每滴酒
都　不一样

Every drop of wine
is
different

沈爱民 —————— 著

天津出版传媒集团
百花文艺出版社

目录

CONTENTS

PART Ⅰ
酒困路长

PART 2

东篱把酒

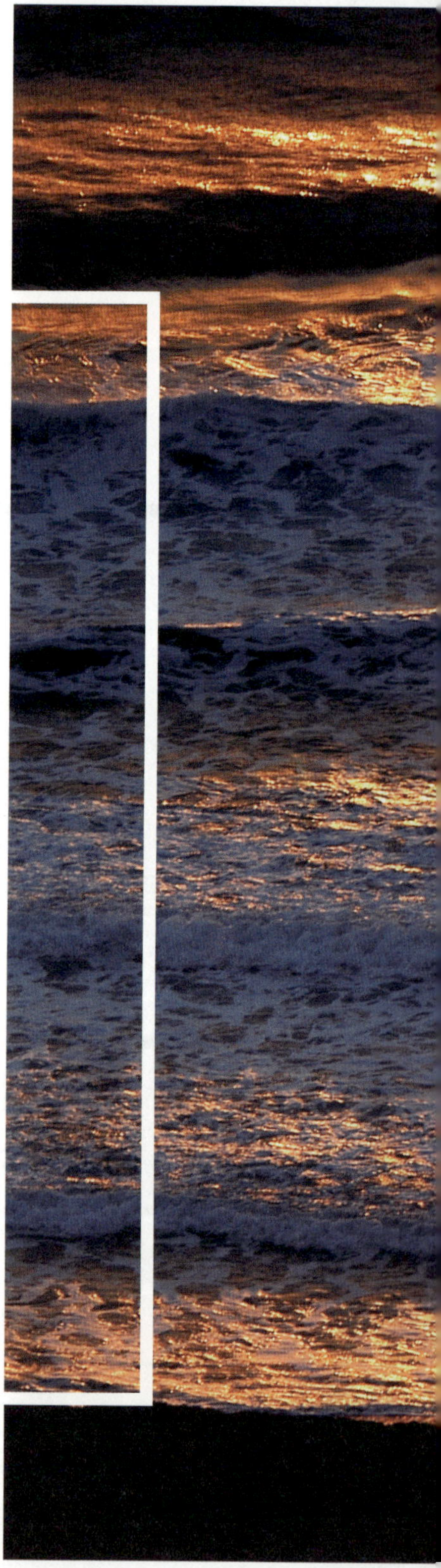

Part 1

酒困路长

不过一般来说，
总是可以找出一些托词，
勉强蒙混过关。
但是在草原喝酒，
不是如何应对的问题，
是根本不该应对。

天苍茫 草黄路长

都说，在草原上，如果有 10 个小时，那么，7 个小时需要用来赶路，1 个小时用来干正事，剩下的 2 个小时，都会用来喝酒。

这种对草原时间的描述，基本靠谱。而且，我觉得喝酒其实也是正事。

- 01

各地都有一些劝酒的方式，有些很难应对。不过一般来说，总是可以找出一些托词，勉强蒙混过关。但是在草原喝酒，不是如何应对的问题，是根本不该应对。

啰唆啥嘛，举碗，干！

对，不是举杯，而是碗。记得很多年以前，第一次去锡盟，就是这样开始喝酒的。来接的当地朋友，拦住我们的车，带到路边的小山上，

山上有个敖包。朋友拿出酒壶，倒上一碗酒，那碗和我家里吃饭的碗差不多大小，材质看起来是铜的。

我知道，这叫下马酒。民族风俗，朋友情意，又是在敖包。印象中敖包是神圣的地方，那首歌传唱大江南北后，敖包也成了浪漫的地方。此时此地，扭捏不喝太娘炮，甚至猥琐。

于是，不须多言，做豪爽状，接过碗，迎着风，一饮而尽。归还酒碗，拍拍朋友肩膀，准备潇洒上车，不料，朋友微笑着说，刚才那个是铜碗，这只是银碗。我愣了一下，再看后面端酒的姑娘，天，手里还有一只金颜色的碗。

既然已经做出豪爽样子了，再装怂有些晚。于是，铜碗，银碗，金碗，三碗下去，后面的路，都在醉意朦胧之中。

后来多次去过各种草原，内蒙的，新疆的，国外的。草原各有不同，有一点倒是是相同的：在草原上，只要停下来，就能见到酒。

走得多了，渐渐走进草原深处，才有些明白，为什么草原人如此喜饮、善饮。如果喝酒是为了应酬，那就是负担；如果喝酒是发泄方式，就令人厌恶；如果酒是伴侣，就是一种诉说。

茫茫草原，天低地广。牧人经常独处，陪伴他的，只是羊、牛，还有马。在额济纳旗，平均每平方公里，只有 0.1 个人。每当夜幕降临，马头琴响起，还有什么能比一碗醇酒，更适合孤单的人？倘若有天与弟兄相遇，当然更需要把酒临风，不醉不归。

其实我个性比较适合独处，喜欢去些荒凉无人的不毛之地。上次去伊犁，伊犁接近 70% 的面积都是草原，来这里的人基本都是看草原的，我却去了图开沙漠。图开沙漠本来就没什么人来，去时赶上正午，烈日当头，沙漠如镬坑，热得空无一人。司机躲在一个树荫处，看着我，眼神传达的信息很明确：傻帽，你自己去吧。

视线所及，这片沙漠只有我一个人。图开沙漠周围都是绿洲，有人说，它是最后一滴眼泪。我不知道其中的意思，是说谁的眼泪？是绿洲的吗？如果真的是眼泪，我觉得是图开自己的。它像一个小孩子，跟着大家族走，走啊走啊，也许睡着了，也许是低着头看野花，结果把自己弄丢了，孤零零地待在绿洲里，挺尴尬，像是一个被家族抛弃的孩子。

同样广袤无垠，但在沙漠这种地方，让人首先考虑的问题，是能否存活。而在草原，让人经常想起的问题，是应该怎样活。

怎样活，比能否活的问题，显然更加湿润。

有个说法，说阿拉伯人去沙漠，有三样东西是必备的：水、炒麦粉和椰枣。法国人去沙漠，必备的三样东西是水、面包和音乐。日本人带的是水、寿司和西装。中国人带的是水、馍和遮阳伞。最后的那个东西是调侃各国人不同的特点，共性的是大家都知道要带水。如果把这个段子里的沙漠换成草原，我想，也许可以把水换成酒。

我在各地草原都有一些朋友，他们邀请我去的时候，有很多理由。写诗的说，下次你来，我们顺着河谷走，那里诗情画意，风景无限。玩摄影的说，下次你来，我们跟着花走，这里的花是一茬茬开的，红的开过，黄的又来，有个高原草原，花开得一层层的，颜色都不一样。

我渴望跟着河谷走，跟着花走。不过，最吸引我的，是锡盟这个朋友的邀请。他说，下次你来，我们找些马，跟着牧民走，晚上住在山岗上，可以喝一晚上马奶酒，醉倒在帐篷里，早上醒来，露水会覆盖在毡毯上。

- 02

我喜欢远离城市的地方。西藏使人敬畏，敬畏天地。云南使人柔软，化作云之梦幻。而内蒙古新疆的草原，能使人放开生命的缰绳，自由驰骋。

新疆的草原，具有蒙着面纱的女性气质，能带来恬静妩媚的感觉。而内蒙古的草原，更像是拿着套马竿的汉子，是让人恣意迷恋好马快刀、醇酒美人的地方。

无论从哪个方向进入内蒙古草原，都会感觉到天很大，地很广，阳光灿烂很西藏，蓝天白云很新疆。但是，你不会觉得自己身处西藏或新疆，因为那种苍凉悠远的味道，是蒙古高原独有的气息。无论是烦躁，还是沮丧，只要看到那些远，那些空茫，心一下子就被放平了。

一路上，基本没车，更没人，只有一望无际，只有大路朝天，视线比天地还宽。

草原起伏，闭着眼睛拍一张，就是微软操作系统的那张绿草白云的桌面。不好看的东西大多数是人造的，自然造的东西都好看，在需要有牛的地方，会有一群牛。在需要有马的地方，会恰到好处地出现一匹马娃子。

走着走着，没了手机信号。没有手机信号的地方，通常是会产生幸福感的地方。

渐近黄昏，到了草原上最舒适的时候，牛羊都在往家走。车上没人说话，都在看暮色苍茫的草原。距离目的地还剩 160 公里，太短了。想起有朋友在微博上也这样写过，说在草原上，希望路长些，再长些。

夕阳从右侧山峰沉了下去，月牙在路的前方升了起来。摇下车窗，让风从车中穿过。

晚上在蒙古包里吃饭。席间，大家都在喝，都在唱，还说些笑话。这时候站起一位蒙古族汉子，开始独舞。他高大，有棱，不说话。他闭着眼睛跳着，人就像被鹰附了体，整个人就是一只在草原上翱翔的苍鹰。

朋友请我提一首歌，我说《雕花的马鞍》。对我而言，这首歌就是草原上的草。我喜欢所有听过的内蒙古民歌，尤其长调。据说亦有短调，不过似乎多了庄稼的味道。实际上，短调只流行在半农半牧区。长调才是草原的歌，字少腔长，随意舒缓，如同长河蜿蜒，草原苍茫。那些独特颤音，就像套马竿顶端的那缕夕阳。

我也喜欢《父亲的草原母亲的河》。词作者席慕蓉回到故乡草原的路上，一直以泪洗面。她在歌词中说："站在芬芳的草原上我泪落如雨。"想起一个在美国长大、记不清是第几代移民的华裔女孩，中文基本不会说，对大陆基本一无所知，可自从踩上国内的土地起，无缘无故地日日泪流满面。

这应该是埋藏在基因内的动物本能，当人们嗅到曾经栖息的远祖土地的味道，就能分辨出其中的芬芳。也许，还是一种前世的记忆，说不定我有一位祖先在草原上生活过。每天早晨，他喝过加盐的奶茶，用袖子擦擦嘴，然后去放马。

我还喜欢马头琴。

当两根弦被琴师反拨，琴就开始唱歌。最揪人心的，是琴声中的那些婉转之处。琴在前面走，我跟着，走着走着，就迷了路。然后，只看到荒草和落日，还有天上的云，还有饮马的河水，日复一日地流过。

- 03

额尔古纳地处草原向山林过渡区，被呼伦贝尔草原、大兴安岭林区和额尔古纳河谷合围。这三者，都是得天独厚的好去处。三个得天独厚加在一起，哪个地方能消受这样的厚爱。

附近有个山坡，那里能看到亚洲最大的湿地。从高处看，有个地方像个马蹄印，人们说这是成吉思汗留下的马蹄印。

再往北走就到了莫尔道嘎。南有西双版纳，北有莫尔道嘎。这是岔路口一块牌子上的标语，也是这个地方推出的形象口号。其实，莫尔道嘎完全不用攀西双版纳这根枝。

它本身已经是个高枝。

莫尔道嘎的蒙语意思，是出发。当年，成吉思汗在这里一声莫尔道嘎，蒙古大军滚滚而下，铁蹄过处，所向披靡，建立了一个横跨欧亚大陆的马背帝国。

我一直疑惑，成吉思汗起兵出发的地方，不应该是让人想归隐山林的莫尔道嘎，那里细腻静寂，适合普鲁斯特写《追忆似水年华》。大汗点燃狼烟之处，更应该是呼伦贝尔大草原。呼伦贝尔，强光耀眼，大路坦荡，策马飞驰中，令人豪情陡生，血脉弩张。即使是猥琐之人，此时也能发出啸声。一代天骄，当然更会气贯丹田，势若长虹。可以想象，八百年前，铁木真弯弓射大雕，铁骑一泻千里，在历史中呼啸而过，何等彪悍。

对这一段历史的评说，自有公论。我只是觉得，在草原，不仅能感受自由，也能感受厚重，还有忧伤，还有悲壮。

千百年来，草原，拉开了多少历史大幕，上演了多少大剧。蒙古族

“化铁出山”，驰骋千百年。突厥控弦四十万，东西万余里。霍去病铁骑猛封狼居胥，金戈狂扫焉支山。

多伦曾经是蒙古大汗国的上都，现在已是废墟，被列入世界遗产。夕阳西下，废墟上全是黄草萋萋。有些石头做的指示牌，标明这里曾经是第六街，小东门，大安阁。

当年的人和事，都烟飞云散。

有旅游的女孩走过，对男友说，都是破土堆，有啥看的。

回来的路上，农历十七的月亮刚从草原上起来。从草原看过去，它显得更像月亮。当时那些马上的征战将士，看的也是这同一轮月亮。他们看它的心情，应该与我不一样。

我咀嚼那些边塞诗，口中都是风霜味道。边月随弓影，胡霜拂剑花。暮天沙漠漠，空碛马萧萧。拔剑击大荒，日收胡马群。弯弓辞汉月，插羽破天骄。

车上，有人唱起《鸿雁》。

江水长，秋草黄。天苍茫，雁何往。

- 04

我有个遗憾，我喜欢草原，也喜欢葡萄酒，不过，在令人醉意朦胧的草原上，总会觉得，这地方不适合葡萄酒。

这里适合摔跤、赛马、叼羊这些娱乐，适合烤全羊、手把肉、血肠这些食品，适合“宁城老窖”、“河套王”，“闷倒驴”、“套马杆”这些烈酒中的烈酒。

广袤的新疆有冬不拉，沧桑的黄土高原有秦腔，狂野的南美有巴萨诺瓦，高冷的北欧有后摇，粗犷的非洲有节奏极强的鼓，虽然这些地方的音乐都很独特，我也都能为它们配上合适的葡萄酒。

而在马头琴和长调里，能听到马群涉过河流，寒风从北方走来，草原在天边消失，它们是如此苍凉悲怆。葡萄酒可以厚重，可以忧伤，但似乎不适合苍凉和悲怆。

那天下午，路过一片草原中的白桦林。我独自走到林子深处，林间有很多野玫瑰。

林中有一片空地。我站在树下，闭上眼，风抚全身。

我站了很久，让全身细胞感受阳光和风。我发现，静下心来与自然接触，能听到一些过去听不到的声音，感受到过去一些没有的触感。

林子里很安静，似乎没有被惊扰过。也许，草原，山水，植物，岩石，都不爱说话，天生沉默，它们不像人那样需要表达。

也许，只有随着岁月流逝，沙漏到底，才可以真正放下红尘里的事务，在高山顶上看云起云散，在森林里拨开藤蔓，在没有路的草原上随意走，旁边有一群白的或者红色的马。

也许，那时我会更加懂得草原，为它找到那只属于它的葡萄酒。

空屋子 园中有间

在专栏中，我写过一篇文章（说到这儿才注意到，这个专栏竟然写这么多年了。嗯，是否可以这么说，对着情人说话，话会越来越少；对着葡萄酒说话，话会越来越多？），那篇文章名字是《明天太阳升起的时候》，说人生可以列出一个最想做的事情清单。然后呢？

然后去做。

文章中我列出了自己的葡萄酒清单，其中一项是这样的：

“要在拉沃（Lavaux）住三天三夜。这个日内瓦湖畔的小镇，有世界上最美丽的、海拔最高的、梯田式的葡萄园，2007 年入选世界文化遗产。白天，可以去湖边看古堡，看空蒙山色，看潋滟水光，看阿尔卑斯的银白峰顶。晚上，就着当地著名的巧克力、奶酪，喝 Chasselas 白葡萄酒，在几个古老的私人酒庄里，在几株古老的葡萄藤边，听几个古老的葡萄酒故事。”

嗯，写得挺文青。

46

最近，我去了这个地方，清单里可以划去一项了。

- 01

通常想去一个地方，去了之后，会觉得不如想象的。所以人们常说不去很遗憾，去了更遗憾。不过拉沃不会让人觉得遗憾，真的很美。

周围都是整齐的梯田式葡萄园，可以俯瞰莱蒙湖，湖对面是雪山，山上有云时隐时现。

饮有佳酿，这里出一流葡萄酒。吃有美食，这里的乳酪、巧克力也是世界水准。东北的苏黎世，湖对面的日内瓦，分别占据全球最高生活品质城市排名的第一、二把交椅。

生活在这样的地方，用得上那句话，夫复何求？

嗯，好像也难说。其他动物，吃饱了，睡足了，再有几个男朋友女朋友，需求就差不多了。离开人世时，哦，离开动物世的时候，它就能够微笑着说：我没有因为虚度年华而悔恨，也不因碌碌无为而羞愧，我的整个生命和全部精力，都已献给世界上最壮丽的事业，为生存和繁衍而斗争。

人这种特殊的动物，自以为高动物一等，需求之多之繁，令动物们困惑。人不仅要吃得饱，还要吃得好，食肉动物只吃肉，草食动物只吃草，人又吃肉又吃草，还要吃遍山珍海味，满汉全席；不仅要有水喝，还要喝得精，要喝果汁，要喝可乐，要喝牛奶、咖啡、茶和酒，而且还要好茶好酒；不但要有衣穿，还要穿名牌；不但要有屋住，还要住豪宅；不但要有男朋友女朋友，还要高富帅和白富美。

不仅如此，还要听音乐，还要读诗歌，还要绘画戏剧和电影。在一个地方待腻了，还要满世界地去旅行。还要蹦极登山潜海找刺激，还要酒精和尼古丁。还要不孤独，还要充实和宁静。还要面子，还要事业，还要成功，最好青史留名。

不要说人活得累，上帝造这么烦人的东西的时候，一定也很累。

人和上帝累的时候，都可以来拉沃住几天。

- 02

与酒有关的东西能成为世界遗产，这方面有一些以讹传讹的说法。最常见的两个说法，是所有葡萄园中，只有拉沃列入世界遗产。另一个是，只有波尔多和拉沃葡萄园列入世界遗产。

其实不然。我的记忆中，到 2011 年为止，列入世界遗产名录的葡萄产地有 5 处：葡萄牙的上杜罗（Alto Douro）产区、葡萄牙的皮库岛（Pico Island）葡萄园文化景观、匈牙利的托卡伊（Tokaji）葡萄酒产地、法国圣艾米伦（Saint Emilion）产区和瑞士拉沃的梯田葡萄园。

还有一处与酒有关却与葡萄酒无关的，是墨西哥特基拉（Tequila）的龙舌兰酒酿造设施遗址。

至于波尔多，也有个误区，该市是 2007 年列入的。不过列入原因却不是因为葡萄园，而是因为是个港口古城（月亮港）。重点保护的对象，主要是古建筑群和城市布局。所以，次年该市一座大桥被拆除时，遭到了世界遗产大会的质疑。

而 1999 年波尔多的圣艾米伦产区入选，倒确实是因为葡萄酒的原因。圣艾米伦入选是理所当然的，它是波尔多最古老的葡萄产区。

世界遗产公约关于文化遗产入选的条件中，有一句是这样说的：从

历史、美学、人种学或人类学角度看，具有突出、普遍价值的人造工程或人与自然的共同杰作。

随着沿湖公路进入拉沃地区后，我觉得，谁都能感受到上面那句话中的最后一句——“人与自然的共同杰作”。实际上，拉沃入选的主要理由，就是这里是“人类与自然的完美对话”。

在这里，人会松弛下来。人生中那些要追逐的目标，那些隐藏在内心或者张扬在脸上的渴求，也许会被消融或者降解。我们小的时候，所要的幸福都很简单。长大之后，才懂得简单才会幸福。生活在拉沃的人，对此一定有切身体会。

随意，自然，古老，是拉沃给我的感受。在这里，葡萄酒不是时尚，只是生活必需品之一，如同面包和水。

哈萨克人有个谚语：最好吃的饭是馕，最好的休息是呼郎（睡觉之意），最好的工作是放羊。对拉沃人来说，我觉得可以把上面的话稍微修改一下：最好喝的饮料是葡萄酒，最好的休息是知道葡萄丰收，最好的工作是在葡萄园里走。

葡萄园都被石头围住。房子都在葡萄园中，葡萄藤能爬到窗口。墓地也在园子里。这里的人，生和死，都和葡萄在一起。

- 03

这次来拉沃，本来想去找一间小空屋。

这个小屋不是什么古迹，也没什么名气，主人也就是拉沃的一个普通酒农，叫 Alain。之所以想去看看，是网上曾有几篇帖子提到这间小屋。它在路边的一个葡萄园里，很小，很可爱，没有人，但有凉棚和桌椅，还有一个迷你酒柜，里面放着几种葡萄酒和纸杯，供路人自取。柜门上有说明，每瓶酒10瑞郎，钱可放在门上一个小箱子里。

路过的人累了，渴了，可以在这里放松，品尝美酒，欣赏美景。

有很多人来过这个小屋，有的还一来再来，带着亲朋好友一起来。小屋里有个留言本，上面有来过的人的留言。路人再次来的时候，还会把上次在这里饮酒歇息的照片贴在留言本上。

真的够温馨。

我挺感动。这个小屋的存在，说明这里治安好，人善良，素质高。也许，这种小屋在我们这里还做不到。我曾经与一位大学负责人聊天，说国外大学很多没有围墙，我们是否也可以不要。他说，什么时候，我们路上下水道的铁井盖不被人拿走，大学就可以不要围墙了。

不过，我被那个小屋感动，主要不是因为治安和素质之类的问题，而是觉得这里的一切显得很自然，随意，与环境很吻合。这座小屋存在于此，如同一片葡萄叶落在园子里，天经地义。

最好的东西，其实都是免费的，比如微笑。有一项调查，问最能让你快乐的是什么？进入前十位的选择，包括太阳照在脸上的感觉，读一本好书，拥抱，看日落，闻到刚修剪过的青草的气息。这个园中小屋，与这些东西属于同类，是能让人由衷快乐的事物。

瑞士葡萄酒虽然品质一流，在国际上知名度却不高。原因之一，是因为它的周边国家，如法国、德国和意大利，都是葡萄酒帝国的大哥大，有这些老大做邻居，自然难以出头。其实更重要的原因，可能就是瑞士人常说的理由，瑞士人觉得他们国家不大，酒的产量还不够自己喝，所以出口量大约只占全年产量的2%左右，国际上自然对瑞士酒知之不多。

我相信这是一个符合逻辑的理由。

身在瑞士，才能体验这个国家的人，为何具有那种与世无争的心态。瑞士作为永久中立国，几百年没有战争，在阿尔卑斯山的怀抱中悠然自得，俨然就是整个世界的后花园。

旅行的人，看到好风景，经常会说，哦，和瑞士一样美。新疆喀纳斯地区风光令人迷醉，而推荐广告中最常见的一句话，是“喀纳斯——中国的瑞士”。

其实，到了瑞士才知道，这里并没有多少绝美之处。在所有“一生必到的50个地方”、“全球最美100处风景”的类似评选中，基本没有瑞士的影子。瑞士有7个世界遗产，大多是老城、修道院、城堡之类的人工建筑。难怪有的驴友会发牢骚，说走遍瑞士，几乎一个样，每个城市都有一个湖，每个湖边上都有一个尖塔，如此而已。

于是，就有了那句话——好山好水好无聊。

\- 04

我是从苏黎世进入瑞士的。

从机场出来先去了莱茵瀑布，这是莱茵河上的最大瀑布，也被称为欧洲最大瀑布。呵呵，可以想象，欧罗巴能有什么瀑布。欧洲大陆大都是平原，阴性十足，就连欧罗巴这个名字，据说也是宙斯喜欢的一个女人的名字。西欧最高峰勃朗峰海拔仅4810米，差不多只是珠穆朗玛的一半而已。整个洲平均海拔才300多米，是平均海拔最低的一个洲，整个地形像是没发育少女的胸部。哪里像南美，荒蛮恢宏，前凸后撅，那样的地方，才会有大气魄，大山大水大瀑布。

几天下来，心境有了变化。对我而言，瑞士成了一个大草地。干净，柔软，令人哪儿都不想去，只想就地躺下。

草地中常有树，开满白花，远远望去，像是披了一层白绒毛。应该是梨树，有这么好看的花，别结梨了，一直开花吧。我喜欢欣赏树的曲线，这些树的形状比花还好看。

这些青绿田野里亭亭玉立的树，独立，静默，看起来像是在等候。最有魅力的女人，是那些对自己魅力全然不知的女人。这些树，一定不知道自己的魅力。

我想，那种田野中有株美树的照片，大概都是在瑞士拍的吧。

整个瑞士都很整洁干净。不但如此，洛桑人最近还制造了一个“太空清理一号”卫星，准备让它去太空打扫卫生。其实瑞士人目前在太空运行的只有两颗小卫星，太空垃圾基本都是那些空间大佬们扔的。有人问为什么多管闲事，瑞士太空研究中心的负责人 Volker Gass 回答说，“瑞士是一个希望保持干净的国家”。

我相信，如果天上能种草，瑞士人也会把草坪铺满太空，而且修剪得整整齐齐。

瓜达（Guarda）村被称为瑞士最美乡村。瓜达是罗曼什语，是“看”的意思。可是，如果很想看什么的话，可能会失望。在瑞士东端的这个深山小村里，其实没有什么可看的。

村里很安静，安静到像是个无人村庄。

冬天听说更安静。由于地形的原因，这里没什么风。因此，冬天下雪的时候，雪花是静静直落的，直落大地。

我在村里的感觉，与在拉沃葡萄园里的感觉很接近。实际上，在瑞士几天，这种感觉越来越清晰——瑞士确实没有景点，只有风景。这里不是探奇的地方，而是生活的地方。

如果像品尝葡萄酒一样仔细品味，会觉得其实草地不无聊，树不无聊，雪花不无聊，好山好水一点儿不无聊。它们都是美好生活的一部分，而且是重要的一部分。所谓无聊，是无东西可聊。如果能静下心来，会与它们有很多话说。

时间匆匆，在拉沃的时候，没能来得及去找 Alain 那间小空屋。我想，以后有机会，还是要去这间小屋坐坐，开一瓶酒，留几块钱，在留言本上写几句话，比如：今天天气不错，酒很好，Alain 多保重。

当酒筹醉折花枝

写了篇瑞士，结果素材仍没用完，丢弃了舍不得，正如胚胎，虽然还不是孩子，但是也是自己怀上的。

那就再写写这个无聊又有趣的国家吧。

- 01

瑞士拉沃（Lavaux）的梯田葡萄园，给人的第一印象，是这里的风景真的太好，好到爆。莱蒙湖波光潋滟，山间轻雾盘绕，花遍地，草青青，不像是葡萄园，像是一个自然大花园，一幅水墨画。

第 31 届世界遗产大会将拉沃梯田葡萄园列为世界遗产，然而，是将其列为文化遗产，并不是自然遗产。

也就是说，拉沃的核心价值，不在于自然景色，而在于文化内涵。

与朋友品酒的时候，倘若有人一不小心说起酒文化这个话题，呵呵，

扫瑞，我会借机侃侃而谈，大肆兜售我的一套理论。话说“沈氏酒文化理论”的核心，可以归纳为“结果说”和“过程说”。

白酒文化的核心是“结果说”，看重结果。

喝白酒讲究“干杯”。这个“干杯”的重点是“干”，名副其实地要让杯子“干”了，要的就是一饮而尽，要的就是看最后的结果。

中国人喝酒有所谓的三重境界。

刚开始是正襟危坐，你好我好。几杯下去，酒意微醺，此时虽然还是属于“寡言少语”阶段，心情却有些陶陶然。遇到敬酒还会推辞，或者半推半就。其实，此时是最佳收杯时候，所谓见好就收。

只是，人要是总能把握好度，字典里就没有“后悔”这个词了。

通常会进入第二阶段，也就是“豪言壮语”的半醉阶段。逐渐话密，星眼朦胧，感觉已经独上西楼，什么都想说，什么都想做。对于敬酒，则是来者不拒。

只要到了第二阶段，如同走下坡路，常常顺势下滑，距离“胡言乱语”的第三阶段也就不远了。到了第三阶段，大多坚称没醉，并且会主动要酒。最后的结果，是酒后真言，什么都说，什么都做。

干杯的目的，其实大多是冲这个阶段来的。对醉者而言，此时能够宣泄一番，释放一下日常生活中的种种不如意。对观者而言，多少有些看笑话看好戏的心理。在心理学层面，算是一种既不违法、也不受道德约束的作践别人的行为，类似我国的闹洞房。

因此，就有了中国酒席上的独特现象——劝酒。劝酒的初级目的是活跃气氛，终极目的是整趴了算，直着进来横着出去。

有劝酒，就有花样百出的、极尽煽情的劝酒辞令。客人喝酒就得醉，要不主人多惭愧。会喝一两喝二两，这样朋友够豪爽。会喝半斤喝一斤，这样哥们最贴心。天上无云地下旱，刚才那杯不能算。万水千山总是情，少喝一口都不行。宁可胃上烂个洞，不叫感情裂条缝。东风吹，战鼓擂，今天喝酒谁怕谁。男人不喝酒，活得像条狗。

除非大仙，凡人通常招架不住。因此，就有了酒席上常见的“成果”。天蓝蓝，海蓝蓝，一杯一杯往下传。一两二两漱漱口，三两四两不算酒，五两六两扶墙走，七两八两还在吼。小快活，顺墙摸。大快活，顺地拖。至于什么“只要心里有，茶水也当酒”，这种淡泊君子心态，在当今酒席上是罕见的，也是不合时宜的。

论起来，我国古人喝酒其实并不碰杯，只是祝酒后高举酒杯再喝，称为“杜举”或者“扬觯”。之所以称“杜举”，与公元前500多年，晋国膳房总管杜蒉规劝晋平公有关。那次，晋平公听了杜的进言，自罚一杯，一饮而尽，杜蒉高举此杯，作为一种劝诫昭告。

不过国人劝酒之风，却是源远流长，自古有之。最甚者，当属西汉刘章，宴会中以军法行酒，不堪醉酒而逃的人，追回斩首。不过总体而言，古人的席间酬酢，还是更注重礼仪，拜祭行酒，都有规矩，不怎么胡来。

即使劝酒，方式也比较雅致，比如行酒令。酒令也是我国独有的酒文化现象。鸣鼓投壶，藏钩射覆，舞蹈奏乐，更不用说流觞曲水，吟诗赋词，醉折花枝当酒筹，何等高雅风流。比起现在的哥俩好啊五魁首啊六个六啊八匹马啊谁怕谁啊乌龟怕铁锤啊，显得有文化些。

红酒文化的核心是“过程说”，看重过程。

喝红酒讲究品味。在酒席上，祝酒时英美人说Cheers，法国人说Santé，西班牙人说Salud，德国人说Prost，俄国人说 Ваше здоровье，土耳其人说Şerefe，这些祝酒词，实际上都没有要“干”的意思，只是一

种祝福的愿望。这时候的干杯，无非象征性地碰碰杯子。

如果真的希望干了，需要专门表达。英美人会说 bottom up，法国人会说 Cul sec，俄国人说 До дна 。法国人有时候还会说 Tchin-tchin，意大利人会说 Cin cin，这些词据说就来自我们中国：请，请。嗯，很有画面感，也很有喜感。

白酒文化注重结果，红酒文化注重过程，这两种文化，与人生观也有些联系。

衡量人生是否成功，注重结果的自然会用结果来衡量。挣了多少钱，当了多大官，住多大的房子，开多豪华的车，出版过多少作品。

注重过程的则在意体验。钱用来干了什么，做过什么可以自豪地告诉儿孙的事情，窗前飘过多少云地上散落着多少个故事，走过哪些美丽的路看过哪些动人风景，曾经有多少次脸红心跳泪眼蒙眬，又写出过哪些文字，可以在空间扩散，随着时间流转传承。

注重结果的，重在最后那天，回首人生，做个盘点结算。注重过程的，享受此时此刻，在意的是今天。

- 02

去拉沃的梯田葡萄园，得到的感受属于后一种。

这里被列入文化遗产的不仅是葡萄园，还包括了 898 公顷的整个地区，覆盖分布在这个地区的 14 个乡镇村落，以及道路和沟渠。这是一片古老的土地，世代传承安居。这里天赐美景，曾经有不少开发商想要在这里进行开发，建高档别墅。当地组织过两次全民公投，否定了商业开发，并将整个区域列入法律保护范围。

来到拉沃，潜心住上几天，也许能体验什么是天人合一。

这里有座房子，墙上刻着几个词：面包、葡萄酒、友谊。拉沃人认为，这是生活中最重要的三样东西。或许，这也是瑞士人比较普遍的价值判断：富人不是拥有最多的人，而是需要最少的人。

人都喜欢美食。但是，何谓美食，真正是仁者见仁，智者见智。并非一定是山珍海味、满汉全席和米其林三星大厨的作品。其实，根据我的观察，每个人最喜欢吃的东西，大多与小时候饮食习惯有关。

网上有个帖子，探讨自己最喜欢吃的东西，一日三餐都吃还吃不够那种。结果，林林总总，五花八门，千奇百怪。不过也有一个共性，就是没有通常意义上的珍馐，大多是普通食物。

我把参与讨论者提到的最喜欢吃的“美食”，列成如下清单：

白糖拌米饭（附议者众多，而且众口一词——“巨好吃”，我是真的难以理解）；薄荷雪糕（这个好理解）；鸭蛋黄拌粥（据说“香得不得了”）；苹果夹老干妈（甜咸辣，号称是“味觉盛宴”，这个同学还试过老干妈拌八喜冰淇淋）；蛋炒饭拌白粥（后面有5个感叹号）；羊眼睛（据说眼睛汤汁流满味蕾的时候，“胃爽得抽搐”）；鱼嘴巴；菠萝蘸酱油；酵母片；板蓝根；煮的梨水里的没了味的梨；生元宵；馄饨皮；软饭冷掉后再翻热的饭；豆浆粉冲的稠稠的没有泡开的疙瘩；熟透的香蕉（“熟得感觉第二天就烂掉的那种”）；苦瓜；剩菜；还有，嗯，方便面（刚刚泡入水中还没透的那种），馒头（我都不好意思写了，有没有一点儿美食精神啊）。

有个朋友和我聊天，说最近处在困顿中，看不清自己，不晓得要什么，不要什么，不知道应该出世还是入世。我说，不要想着出世，那不是我们做人的目的，那是做神成仙的要求。我们能做的，是踏踏实实地入世，平静，自然，随遇而安，做个快乐的好人。

有人说，一煮粥，家就像个家了。有人说，一睁眼，梦就像个梦了。我觉得，一到拉沃，就可以安家，可以安心，可以做梦，可以做个普通的快乐好人了。

与心爱的人，闲躺拉沃的青草地上，看云走过，看满树的白梨花，弹吉他给橡木桶里的酒听，大概就可以算是美丽人生。

我在这里仅仅是短暂停留，但已经心满意足。早上，第一次没有被手机闹铃叫醒。去湖边走，湖上有些雾。雾不够大，没大到能拍出好照片的程度，只是刚刚能让人说，哦，有雾。

空气很湿润，很拉沃。嗯，这话是什么意思，我也不知道。

一个同伴说，昨晚满屋子都找不到插卡取电的地方，黑了很长时间，最后忍不住，只好问前台。前台说，我们的房间不用插卡，开灯直接按开关就好。

- 03

也许，对很多人来说，拉沃葡萄园的这种生活，过久了，会无聊。

我们旅行，到了某些偏远的地方，看到那么安静，美丽，就会说，真想在这里长久住下啊。过一会儿，还会跟上一句话：嗯，住久了，就待不下去了吧。

现代人的通病之一，是无聊。

我也常感无聊，经常漫无目的地在网上溜达。那天，发现一个比我还无聊的帖子。当然，网络上，无聊帖子比北京夜空的星星还多（哦，这个比喻不太贴切，北京只有夜晚，没有夜空，也没有星星），这个不

稀奇。有些稀奇的是，竟然回帖多多，盖了很高的楼。可见，大家都挺无聊。或者用朱德庸漫画的标题，叫《大家都有病》。

这个帖子有些标题党的意思，标题是：我发现了一个惊人秘密！

楼主接着说，这个惊人秘密是："我今天发现，只要切断电源，我的显示器就会关闭，简直太神奇了，酷毙了！"

按理说，看了这个，被骗进来的顶多骂几句就走了。谁知，竟吸引了数百条留言：

"真的耶，我也发现个秘密，今天拣到一个奇怪的东西，插到电脑上竟然可以控制屏幕那个小箭头，以后再也不要用键盘上下左右键了，不相信你们也试试。"

"偶尔发现可以用开瓶器把盖子打开喝，终于不用把瓶子砸碎了过滤掉玻璃再喝了，不信你们也试试。"

"我也发现一个大秘密，告诉你们吧：小孩子如果不出意外的话十几年后都能长成大人啊，不信你们试试。"

"今天发现吃东西的时候只要上下牙一直咬啊咬的，就把食物嚼碎了，可以吞下去了。真酷啊！以后再也不用搅拌机搅碎了再吃了。"

"我今天发现马桶上面有个按钮，只要按一下水就自己出来，好酷啊！以后就不要用桶舀水了。"

"我今天发现原来脚是可以用来走路的，真酷啊！以后再也不用倒立用手来走路了。"

"我今天发现原来筷子是用一只手拿的，好酷啊！以后再也不用一手拿一只了，好刺激！"

嗯，我知道引用这些确实无聊透顶，有点脑残。也有很多人看不下去，留言说"过分了点哦"，更有义愤填膺的："再这样下去，中国迟早完蛋，出了这样下一代！”

其实，无聊，是一种世纪流行病。

人类发展进化的历史，就是一个无限细分的历史。所谓专家，就是在越来越小的领域，知道的越来越多。我们的祖先，每个人都自己打猎，自己种田，自己制造工具，自己烹饪、抚养孩子、保卫家园。所有事情都是自己做，每个人都是十项全能。远古时代，没有时间无聊，为了生存，要从鸡叫忙到鬼叫。

现代社会，是一个交换的社会。每个人通常只做好一件事，其他事情都有别人做，我们通过交换得到所需要的一切。

一般来说，系统越大，越复杂，个体作用越小。所以，人类社会越大，我们越渺小。我们变得越来越无足轻重。于是，只能倍感无聊。

谁说的来着，哦，是毛姆。毛姆在《月亮与六便士》里说：“一般人都不是他们想要做的那种人，而是他们不得不做的那种人。”

实际上，让我们无聊的更深刻原因，是我们离自然越来越远。

在拉沃，我没有看到觉得无聊的人。在瑞士，也是如此。

提到瑞士音乐，大多数人会想到班得瑞（Bandari）乐团。我是这个乐团的忠实粉丝，在CD柜子里，有班得瑞已经发行的全部CD。其实，现在写这篇文章的时候，电脑上放的就是《迷雾森林》。

《仙境》、《寂静山林》、《春野》、《蓝色天际》、《日光海岸》、《梦花园》、《琉璃湖畔》、《微风山谷》、《月光水岸》、《雾色山脉》、《翡翠谷》、《旭日之丘》……听这些名字，就能知道班得瑞乐团无愧它的那个别称——“大自然的心灵投手”。

班得瑞音乐的使命，是收集自然界的元音。班得瑞人深入湖畔和山谷，为了几分钟的风声和虫鸣，昼夜相守。他们坚持不掺杂丝毫的人工

混音，保证自然界声波最细微的毛边都能完整记录。

因此，听这些音乐，一点儿不会觉得艰涩难懂，因为溪水是清澈的，阳光是透明的，绿叶是纯净的。它们也不生硬地强调什么风格，因为江河是蜿蜒的，藤蔓是婀娜的，鸟鸣是婉转的。

有人说，听班得瑞的音乐，有一种轻柔的绝对性，使听的人零压力、零负担，会加强左右脑的沟通，自然芬芳会慢慢沁入心脾。

与自然界相处，不会寂寞，更不会无聊。鸟儿翅膀划过黄昏的云朵，小路在黎明时苏醒，风缠绕着懵懵懂懂的雏菊，星星在紫色夜空中触摸爱情。一只鹿跳跃的身影，消失在枫林薄雾之中。

雨果说，望天空久了，就能看见上帝。其实，如果与自然相处久了，我们的内心，也会有个上帝。

那个上帝，就是生生不息的万物，它们能让我们的心灵不空洞，不无聊，饱满湿润，新鲜萌动。

- 04

晚上住达沃斯。

黄昏时分抵达。山谷里的小镇虽小，街上的酒店都很有型。有些酒店表面看似普通，其实也都是住过总统的。

大自然注重细节。达沃斯也是。酒店桌子上放着总经理的欢迎词，这些材料的订书钉，有着我从来没有见过的一种别致风韵。洗手间里的香皂，很像巧克力，差点被我吃掉。每间屋子都有个小橱窗，放着一些山野果实，木头做的心。

早上在街道上走。让这个小镇名扬全球的是达沃斯论坛，不过对瑞士人而言，它更是一个滑雪的好去处。街上商店，都是卖滑雪用品的。一幅广告上，玻璃杯子冻碎了，而羊在滑雪。另一幅，一只山猪在乘缆车上雪山。

走到小火车站，那座尖塔教堂，传来日常钟声。

面纱后的眼神

这次去瑞士，基本都在车上。对我而言，所谓瑞士，只是车窗外的图画。

在卢塞恩逗留的时间最长——路过时，专门转了半个小时，其实也就是进了两个商店。洛桑也还行，好歹在那里吃了顿中饭。至于有两千多年历史的苏黎世，只能说是路过，远远望了一眼它的沧桑背影。

伯尔尼倒是停留了 10 分钟——为了上洗手间。这个瑞士首都，有 800 年历史，整个古城都被列入世界文化遗产，也是爱因斯坦写出相对论的地方。不过，它留给我的全部印象，只是城边三岔路口那间洗手间。

都在车上似乎也够了，因为城市看起来都是一个样子，几条街，一些商店。商店里卖的东西，大同小异。街上走的人，看起来也都差不多。

嘿嘿，我知道，之所以说这样轻飘飘的话，因为我只是过路的风。

如果住下来，每个城市也许就会不一样。如果住得久些，街上走的那些人，就会开始讲自己不同的故事。

因此，对我而言，瑞士仍然是一位带着面纱的女子。我知道她的名字，依稀看到她的眼睛，却看不清眼神。

- 01

躲在面纱后面的，是一些大大小小的问号。

先说一个最简单的小问号。有天晚上，住湖边一个老酒店。吃早餐是在公路对面的那个酒店专属餐厅，早餐费用和大多数地方一样，通常含在住宿费用里。可是，餐厅与酒店距离挺远，还需要跨过公路。而我没有出示住宿卡，也没有报名字和房号，一进门，餐厅的大婶就微笑着招呼我坐下。吃完饭，抹抹嘴就走，大嫂没向我要饭钱。

如果餐厅在山里还好理解，一般不会有人专门来蹭饭。可是这家餐厅就在镇子的公路旁，人来人往，我脑门上并没有写着“住店客人”几个字，大嫂是如何辨识的呢。

这个也许不难解释，就是社会诚信程度比较高吧。

稍大一些的问号，是瑞士这个国家的包容性。说好听些是海纳百川，说不好听就是莫名其妙。

我说的所谓包容，包含两层意思，一是什么都能独立存在，并行不悖；二是什么都能混在一起，和平共处。

这两方面，瑞士都挺在行。

先说前面那层意思。举个小例子，我经常出门，所以家里有个角落，专门放上路的东西。其中有个包，专门放世界各国的插头，其中还有几个号称万能的。其实，在有些地方，这些万能的也都成了摆设。比如在南非，国内买的专用南非插座也不能用，包括所谓大南非、小南非的统统不能用，只能用南非自己制造的。

人类向上登上了月球，向下潜到了马里亚纳海沟，整个地球都成了一个村了，却连个插座都不能统一。有些像流传的那个段子——我国神九上天说明了什么？说明我国解决贪腐问题、教育问题、住房问题、医疗问题、食品安全问题，比登天还难。

瑞士应该是最具国际性的国家之一，可在我五彩缤纷、琳琅满目的插头包里，竟然没有适合瑞士的。瑞士插座不是欧洲常用的两圆 C 型，不是美洲常用的两扁一圆 B 型，不是亚洲常用的两扁 A 型，不是大洋洲常用的三扁 I 型，而是一种呈波状三圆的 J 型。好像只有瑞士在用这种型号，哦，还有列支敦士登也在用。可是，列支敦士登……作为一个国家，也太小了些吧。2011 年，列支敦士登甚至还推出国家出租方案，7 万美元可以出租国家一个晚上。而且，这个国家连外交、国防、海关都交给瑞士负责，小小插头自然也随瑞士。

所以，在瑞士的这些天里，每次我拿着手机、电脑、相机电池的充电器找插座时，都能看到那个 J 型插座在傻笑，好像在说，嘿，看清楚哦，这里是瑞士。每次住宿下来头一件事，就是向酒店前台借插头。

至于后面那层意思，在瑞士则是无处不在了。

应该说，瑞士人深得儒家精髓，玩中庸之道比中国人老到。长期以来，瑞士在世界政治版图中走钢丝，拿捏得恰到好处，始终保持良好的中立国姿态。它不怎么直接参与国际事务，可却是众多国际组织总部云集之地。它在北约势力范围内，却不是北约成员。它是欧洲国家，但不是欧盟成员。它不是欧盟国家，却是申根公约国，可又不是欧元国。

嗯，听起来有些一头雾水，实际上，这正是瑞士人的聪明之处，好处统统拿来，亏是不吃或者少吃的。

瑞士国土与德国、法国和意大利接壤。瑞士人自己说，瑞士之所以成为瑞士，是因为有些德意志人不愿做德国人，有些法兰西人不愿做法国人，有些意大利人不愿做意大利人，于是，这些人走到一起，成了瑞士人。

- 02

这样一来，瑞士成了掌握多国语言的好地方。电视相亲节目《非诚勿扰》中有个女嘉宾，对来自新加坡的男嘉宾说，我去过新加坡，你们那里的人好厉害哦，都会讲好几种语言哦，这是为什么捏？这个问题有些幼稚（当然，幼稚好像是上这个节目大部分女嘉宾的共同特点），难怪主持人乐嘉听后哑然失笑。

学习语言一要有需求，二要有环境。中国人中，50后学俄语的多，赫勒索（好）、达斯维大娘（再见），是个人都会说，因为那时我们基本上只和北方那个老大哥聊天。80后、90后，英语四六级，托福GRE，说英语的似乎比说普通话的都多。今日世界，英语、计算机、驾驶技能，成了必备的三大生存技能，不懂这些，都不好意思说自己是地球人。

新加坡曾经是英属殖民地，英语就成了官方语言之一。国民里华人占了一大半，达到74%，所以华语也成为官方语言，这恐怕是除了咱们自己外，全世界唯一把汉语作为官方语言的国家，因此，新加坡华人大多能说普通话。华侨中以广东、福建人居多，粤语、闽南语也就流行。所以，当地华人能掌握英语、普通话、粤语和闽南语，并非都是语言天才，而是生存所需的基本能力。

很早很早以前，我第一次去洛杉矶的时候，给我们开车的是个美籍华人小伙子，他同时兼着司机、接待、导游、翻译和谈判助理的活儿，经常英语、西班牙语、普通话、粤语、闽南话穿插着说。那时我见世面少，对此大为叹服，认为人才难得。后来发现，小伙子只是那家公司普通打工仔，当地华人中具备同样能力的，一抓一大把。

瑞士对待语言也是一种来者不拒的态度，仅官方语言就有 4 种，除了德语、法语和意大利语外，还有罗曼语，同时，英语也广泛使用。按区域来说，基本上靠近哪个国家，就使用哪国语言。讲德语的最多，覆盖了北面那一大片靠近德国的地方，占了人口的六七成。

在瑞士旅行，顺着公路走，可能在隧道这边是法语区，出了隧道就是意大利语区了，路标上的文字全都换了过来。

这种情况的后果，是语言混血情况严重。偏偏这次同行的一位旅伴，具有语言洁癖。他说，当地人英语口音像是讲法语，能把人听到吐。我想起来，在和瑞士人讨论的时候，他确实去了好几次洗手间。

语言不但是表达和交流的工具，实际上，每种语言，都是一个物种，是一个复杂、精妙的思想文化世界，是一种独特的看待世界的认知体系。在这个意义上，严格说，不但诗是无法翻译的，各种语言之间，本质上也是无法准确翻译的。

老祖宗说得对，任何事物都有两面性。语言种类越多，认知维度就越多，世界就越丰富，同时交流也会越困难。

当前，世界 80％的人讲 83 种主要语言。其中，将英语、法语、西班牙语、阿拉伯语作为官方语言的国家，各有一二十个。剩下的语言，都只有几个国家或者本国使用。还有六千多种语言，没有文字，没有记录，依靠口口相传，图书馆里找不到它们的影子，只存在部分记忆中。

这些语言的寿命不会很长了，短到甚至可以听见它们的消亡声音，就是“嗖”的一声。

据推测，半数以上的语言，不会活过本世纪。下个世纪末，绝大多数语言将灭绝，其速度与物种灭绝速度有一拼。2012 年 6 月，有一只名叫“孤独乔治”的象龟死亡，标志着一种象龟亚种的灭绝。“孤独乔治”算是高寿，享年 100 多岁，可是，多年来，它只是孑然一身地活着，没有朋友，没有家庭，无龟共眠，无龟交谈。因为，它没有同类。

也许，“孤独乔治”是世界上最孤独的生命，“孤独乔治”的生活，是生命世界最冰冷的生活。

某个语言濒临灭绝前，也许，只剩下一个人还能懂它。语言是用来交流的，无人能懂，他（她）能与谁促膝交谈？这种语言，也是最冰冷的语言。

千百年后，如果全世界人都说一种语言，祸兮福兮？

也许，交流是方便了，不过，世界肯定会变得更单调，更无聊。试想一下，如果地球上除了人类，所有物种都灭绝，就算假设我们还能生存，可是草原上没有马，森林中没有虎豹，天上没有鸟，水里没有鱼，花丛里没有蜜蜂，视线所及，到处只有两条腿的人，嗯，不知你感觉如何，反正我是要搬家了，搬到别的星球上去。

给各种活着的东西留出各自空间，这也许是使生命生生不息的大智慧。

在莱茵河中的船上，有一帮印度人与德国一大家子人聊得起劲，一会儿眉飞色舞，一会儿哄堂大笑，还前仰后合的。引起我那位对语言有洁癖的同伴儿好奇，于是悄悄认真听他们聊什么。仔细一听，德国人竟然一直在说德语，而印度人一直在说难懂的印度英语。

也许，交流的本质，在于有人说话，而不在于说什么。

- 03

瑞士的葡萄，也说着各种语言。

主要的酿酒葡萄品种这里基本都有，黑比诺（Pinot Noir）、赤霞珠（Cabernet Sauvignon）、西拉（Shiraz）和梅洛（Merlot），这些在其他国家表现优异的葡萄品种，在这里也挺适应。

用它们酿出的酒，也似乎分别说着法语、德语和意大利语，因为充分保留了这些国家葡萄酒的风格，就像是从法国、德国和意大利酿出来的。就连瑞士的红酒评级制度，也是参照法国原产地命名方式制定的，也叫作 AOC。可以说，瑞士的葡萄酒比较国际化。

瑞士全国都生产葡萄酒，有 6 个产区，其中最大的是瓦莱州，其次就是我这次拜访的沃州，这也是质量最好的产区。我在日内瓦时曾与当地几位教授喝酒，我问瑞士最好的葡萄酒在哪里，他们相视一笑，说，"我们想说是在日内瓦，但不得不说是在拉沃。"

在拉沃（Lavaux）的梯田式葡萄园，我们顺着湖边丘陵山道进入一家酒庄。主人不在，一个干练并且干瘦的女子接待了我们。她是这里的工作人员，她说自己是捷克人。干练且干瘦的捷克女士在请我们品酒前，先请我们吃了些乳酪。嗯，我懂我懂，买酒用苹果，卖酒给乳酪。品酒先吃苹果，有利于分辨酒中缺陷；先吃乳酪，则能使口感更加柔顺愉快。

本想做出江湖老鸟姿态摆摆手婉拒，可是，听说瑞士乳酪和瑞士巧克力、军刀和手表一样著名，尤其是沃州乳酪，属于世界上非尝不可的东西。于是放下姿态，很低调地拿起一个小角试了一口，嘻嘻，呵呵，果然……

捷克女士开了 4 种酒，其中两种是沙斯拉（Chasselas）酿的干白。

我喝了沙斯拉才知道，说瑞士葡萄酒比较国际化，起码是不全面的说法。用沙斯拉酿造的葡萄酒，很有本地特色，是独一无二的。

沙斯拉对土壤极其敏感，也是人类最早种植的葡萄品种之一。瑞士人用它酿造的干白，完全可以与勃艮第人用霞多丽（chardonnay）酿造的夏布利（Chablis）一争高下，其精致程度以及风格独特性，还要略胜一筹。因此，瑞士人说，沙斯拉是瑞士葡萄酒的形象大使，是瑞士的骄傲。

除了瑞士人以外，喝过沙斯拉的人不多。回国后，我邀请几位品酒达人品尝带回来的瑞士酒，这几位都是久经“酒”场之人，阅酒无数，可也都没喝过沙斯拉。一试之下，略微沉吟，有些惊讶，然后都说不错。

在我意料之中。因其独特性，只能说不错，很难说更多。我们可以比较星星，说谁比谁亮。但我们无法比较月亮，她只有一枚，顶多与昨天相比，说今晚月亮不错。

这里还有一些葡萄品种，说的是当地的罗曼语，更加陌生，有些深奥。捷克女士请我们品的酒中，有一种是用 Plant Robert 酿造的，据说是只有瑞士才有的稀有古老葡萄品种。Plant Robert？没听说过，只知道有个英国摇滚歌手叫 Robert Plant。

回来后，我想查查这个古老品种的资料，竟然没查到，查遍了世界葡萄酒品种列表也没有。嗯，这倒增加了其神秘性。至于味道，虽然已经品尝过，可是它还是有些影影绰绰的，躲在面纱之后，欲说还休。

正如同有些女子，你知道她的名字、血型和星座，见过她的容颜，知道她喜欢用什么香水，喜欢带什么手镯，听什么音乐会微笑，看什么电影会落泪，你甚至知道她熟睡时候的样子。可是，对你而言，她可能仍然是位陌生人。

你认识她，又完全不认识她，因为每个女人都是不一样的，都是自己小宇宙中的那枚月亮。

离开酒庄的时候，把我写的一本关于葡萄酒的书送给了捷克女子。送书算是礼节性表示吧，上面有我说拉沃的一些好听话。书是中文的，她应该看不懂。我礼貌性地送，她会礼貌性地收下，然后放在书架的一个角落里当个装饰，也算是一种小小的异国情调。

反应有些出乎意料，始终表现得沉稳干练的她，一下子兴高采烈起来，面露惊喜，脸泛潮红，进而要求热烈拥抱和贴面吻。对这个意外的小高潮，我有些手足无措。

嗯，女人就是不好懂。

- 04

瑞士人喜欢保持事物的独特性，还可以从这个小例子中得到印证：瑞士有种独特的酒，用空酒瓶把树上的小梨套起来，梨就在瓶子里长大，成熟后把白兰地灌进去，就成了梨酒。没有两个梨是一样的，每瓶梨酒也就成了独一无二的，果香、样子都不一样。而且，不了解的人会很奇怪，那个梨是怎么进去的。

不过，瑞士人的另一个爱好，是把不同的事物调和起来。瑞士一大名品是巧克力。有人喜欢喝什么都不加的黑咖啡，以为这样才算会喝咖啡。同样，也有人喜欢吃什么都不加的黑巧克力，认为这样才算是会吃巧克力。

其实，什么都有度。如果巧克力中可可的含量超过 75%，苦味就盖住了其他芳香，此时吃巧克力等于吃苦。在纳瓦特尔语中，巧克力一词其实就是“苦水”的意思。而吃那种含量超过 85% 的巧克力，纯属狂热粉丝的特殊癖好。目前，全世界销售的巧克力中，80% 是牛奶巧克力，说明大多数人还是喜欢正常口味。

牛奶与巧克力，一黑一白，黑白分明。而最早将这两种对立东西弄到一起的，是 Daniel Peter，他是瑞士人。

既喜欢保持独特，又喜欢你中有我，我中有你，能让这两种看似对立的秉性各得其所，并且相得益彰的，舍瑞士其谁？

葡萄酒的三重性格

其实，在全球葡萄酒地图上，瑞士并不占据重要位置。在老世界，法国是教父，然后有意大利、西班牙、葡萄牙、德国等一干黑衣大佬；在新世界，美国俨然是丐帮帮主，还有澳大利亚、新西兰、南非、智利、阿根廷等一群白衣新秀。瑞士？瑞士是谁？

而我之所以对瑞士说个不停，其实不是因为那里的葡萄酒，而是因为这个国家。

这个国家真的很有意思，很多特点，与葡萄酒相似。很多人有多重性格，或者叫人格分裂。在葡萄酒中浸润久了，会知道葡萄酒其实也如此，也有多重禀性，也会“酒格”分裂。

- 01

烈酒的“酒格”，基本可以归纳为烈。当然，烈，也有不同的烈。

不过，万变不离其宗，烈酒烈酒，最大特点就是个烈嘛。

而啤酒“酒格”，如果用流行的网络语言说，就是挺屌丝。刚接触这个词，还真云里雾里，不懂这是什么个意思，而且也比较难听，不明白为何会大行其道。

也许，是因为当今世界，变得越来越平。社会碎片化，个人原子化，人类进入大师凋零、竖子成名、山中无虎、猴子遍地的时代。高富帅白富美毕竟稀少，左顾右盼，周围大多是屌丝。虽然听起来不雅，不过用这个词形容啤酒“酒格”，太合适。

至于葡萄酒，就难以一言而蔽之了，“酒格”复杂，起码有三重。

第一，葡萄酒比较柔。

听起来像废话。别急，这里面有说头。在葡萄酒国家，喝葡萄酒没有性别之分，全民皆喝。不过，在很多地方，尤其是烈性酒普及的地方，葡萄酒会被看成是更适合女性饮用的酒。

首先是因为葡萄酒的酒精度不高。葡萄酒的酒精是通过葡萄糖分发酵转化而来，酒精超过 16.2 度，酵母就停止发酵。同时，按照国际葡萄酒组织的规定，低于 8.5 度的不叫葡萄酒。所以，葡萄酒的酒精度基本在 12 度至 15 度之间。

过去听老师授课时，记住一句话：如果看到 14 度以上的葡萄酒，别犹豫，赶紧掏腰包拿下。随着“酒龄”渐长，“酒历”增加，知道这句话原本没错，度数高，说明葡萄成熟度好。不过，现在似乎需要做些修正了。

首先，要看产区。通常，欧洲一些国家，气候凉爽，葡萄糖分低，通常酿造出的是 12.5 度的葡萄酒。但是，新世界地区气温普遍较高，所以 14 度甚至更高的酒比比皆是。其次，要看年代。随着全球升温，在欧洲主要产区，近些年来十三四度的酒也开始频频出现。

这种情况下，葡萄酒度数高未必是好事。酒精度低了自然口感不爽，但是高了有可能是糖度积累过快的结果，会导致芳香物质不够，酒质粗糙，造成chaud（热）的不良感受。当然，有些高于20度的加烈葡萄酒另当别论。最近听说国内还出现了81度的葡萄酒，呵呵，比医用酒精度数还高，用来消毒似乎更合适。

与动不动四五十度甚至六七十度的烈酒相比，十来度的葡萄酒当然柔和多了，所以有了葡萄酒适合女性喝的说法。

不过，未必柔酒就一定适合女性。实际上，女人对酒精的化解能力，未必低于男性。有个调查，喝酒的男性数量是女性的16.7倍，但是在人均酒量上，女性以日均192.5毫升完胜男性的159.7毫升，验证了“一般女人不喝酒，女人喝酒不一般”的说法。在这方面，女人即使不能说是很阳刚，起码能够说够刚。

这个调查或许不很靠谱，不过，常在酒桌上混的人，都熟知另一句话——斗酒最怕遇到三种人：戴眼镜的，揣药片的，还有就是扎小辫的。看似文质彬彬的书生、病怏怏的弱汉，都可能是会让你竖着进来横着出去的阴人呐。比这两种人更恐怖的，就是扎小辫的了。遇上能喝酒的女人，最好遵循老祖宗的那句话，好男不跟女斗。否则，好男会死得很难看。

说葡萄酒的柔，可能是强调葡萄酒体现的情调——它的主要功能之一，是让人心变得软一些。

酒文化中，葡萄酒与感情、温馨、家庭这些词相依相伴。而烈酒，则与豪爽、好汉、壮行这些词扭作一团。无论是现实生活中还是电影里，男女双方隔着烛光餐桌含情脉脉，举杯相邀，通常出现的道具都是葡萄

Rathaus Brauerei

酒，不太可能是杯二锅头。同样，风萧萧，易水寒，大风起，云飞扬，为荆轲刺秦送行，弟兄们倘若端杯柔红一饮而尽，悲怆壮烈荡然无存，只剩喜感。

与烈酒应一饮而尽不同，葡萄酒确实需要慢慢品。

和感情这东西一样，尽管也有一见钟情，也有烈火干柴，烈焰焚身，但是，在生活中经历之后，都会知道，烈酒般的感情，通常难以长久。更多的时候，感情如玉，需要滋润打磨。

养玉之人，最讲究盘玉，除了文盘、武盘之外，最高境界是意盘。所谓意盘，需要用长久的时间，甚至要终其毕生，人玉日夜接触沟通，不靠物理打磨，而是靠时光来打磨，达到玉人合一之境界。

如果爱，请深爱，这句话现在很流行。可是，也许，然而，或者，这实际是不懂爱的一种渴望和期盼。爱情也有规则，也需要智慧，更适宜的做法，是如果爱，请轻爱。这样可以最大程度享受感情生活带来的美好，同时避免那些副作用，比如受伤、煎熬、忧愁和痛苦。

瑞士这个国家，很柔和，很干红，耐得住打磨。他们不打仗，搞中立，天蓝云白，处处芳草梨花，让人走到哪里，都想谈恋爱。

我们中国人本质上不喜欢暴力的东西。古时候，我们奉献给世界的东西，是华丽丝绸、精美瓷器和温和的茶叶。尽管我们发明了火药，也只用来做焰火烟花，把绽放的花园搬到夜空中去。可西方人弄出炸药后，他们就做成杀人武器，满世界横行。

瑞士人也不喜欢暴力，他们给世界的是手表和巧克力，也都是些精细与甜蜜的东西。雀巢公司总部门口的日内瓦湖中，有个巨大的雕塑，不是欧洲城市里常见的战马和凯旋门，而是一把吃饭用的叉子。

\- 02

很软的东西，有时也会变得挺硬，甚至非常硬，硬到难以置信。比如葡萄酒、女性、心和瑞士，都是如此。

所以，葡萄酒的第二重“酒格”，是葡萄酒也有刚性。

说葡萄酒是女性的酒，有些简单化。喜欢烈酒的人中，也有很多柔弱之辈。喜欢葡萄酒的人中，也有太多的豪杰枭雄。

比如，有个身高不到 1 米 7 的男人，就是个典型的勃艮第控。关于他的无数传说，包括爱情、事业和死亡，都与葡萄酒纠缠不清。说他曾经与杜福尔酒庄（Dufouleur）庄主女儿缠绵悱恻，以至酒庄后来用他的肖像作了酒标；说他戎马倥偬，叱咤风云，走到哪里，都是右手一把佩剑，左手一瓶勃艮第名酒香贝丹（Chambertin）；甚至有传说，说其实是因为喝不到喜欢的葡萄酒，他才输了生平最重要的战役；还有说他的死，是因为被人在葡萄酒中下了毒。

这个男人，成为与恺撒、亚历山大齐名的帝国皇帝，他把有史以来最大的荣耀带给了法国，并直接影响了人类历史之进程。这个在葡萄汁液里浸泡一生的男人，名叫拿破仑。

相亲中，凡是女人没看上男人的时候，常见的婉拒理由，是对方缺乏安全感。什么是安全感，相信会有很多解释。我觉得合理的解释之一，是女性需要找到依靠。在网上看到一个帖子，主题是寻找理想的人。女性跟帖有数百条，她们理想中的白马王子，大多是这样的：

“有没有这样一个人，在合适的时间与地点，在我心仪的背景下，与我不期而遇。他会一直呵护、保护我，一贯宽容、纵容我，让我无忌无惧，让我温暖温馨。他可以不富有，但能对我倾其所有；他也许很孤寂，但会帮我驱赶孤独。”

“一生求这样一人，将我小心呵护，细心收藏，免我惊，免我苦。免我日子流离，免我无枝可依。”

她们说，这样一个人，得之我幸，失之我命。

我相信这是大多数女子的内心渴望。这样看起来，女人确是弱者，需要呵护。

不过，这只是看起来。作为地球上最神秘的生物，女人是难以说清的。没错，女人是柔软的，包括身体和内心。不过，柔软不等于柔弱。某种意义上，与男人相比，女人更有韧性。在很多方面，坚持到最后的往往是女人，包括感情、信仰和寿命。据说，在重庆渣滓洞关押的政治犯中，男人中出现了一些叛徒，而女犯则无一变节。不能验证这个说法的准确性，但我是相信的。

前面说到，瑞士的著名产品是甜美的巧克力。实际上，瑞士还有个不太甜美却更有名的产品：瑞士军刀。瑞士军刀当年曾经是美国陆海空三军的标配，现在遍布世界各地，每天生产 10 万把。有的军刀，超过上百种组合功能，被很多博物馆收藏。

瑞士军刀，体现了瑞士的另一重性格。

这个国家，永久中立国，几百年没有战争。在瑞士街头，几乎看不到警察或士兵。有移民在那里的朋友说，来了十几年，没见过街上有人打架。

可历史上，瑞士人曾是最能征战的士兵。

不禁想起一个有意思的现象，国人喜酒，我走遍全国所有省份，大江南北，皆可视为豪饮之地，尤以内蒙古、新疆、东北、山东等地为甚。然而，我所体验的酒风最为剽悍之地，却是吴侬软语的苏州。我不善饮，

HELVETIORUM FIDEI AC VIRTUTI

控制力也还行，所以很少喝醉。但在苏州，却大醉酩酊，日上三竿方醒，仍不知身在何处。

与此相关的一个案例，是项羽。通常会认为，猛虎啸叫于山林，猛士多产自荒蛮之地。比如，北方大漠的游牧民族，就擅长铁马金戈，拿手好戏是弯弓射大雕，铁蹄曾经踏遍亚欧。可是，被称为力能扛鼎、气压万夫，“羽之神勇，千古无二”的中国第一猛士霸王项羽，其故里却是山灵水秀的彭城，出生在鱼米之乡的宿迁，一度生活在小桥流水的湖州。

所谓江东，指今上海市、江苏南部及浙江嘉兴市一带。今天说起这个地域的男人，经常会加个“小”字——小男人，擅长吵架，至于动手，还是算了吧，顶多会跑到安全距离后，回头说声“有种你等着”。而两千年前，这里的男人却以骁勇著称。当年，项羽正是率领八千江东子弟，气吞如虎，横扫华夏如扫落叶。

无独有偶。被灵秀山川孕育的瑞士人，也曾是史上最剽悍、最忠烈的军人。勃艮第战争中的三次重大战役，瑞士长矛兵锐不可当，使瑞士人获得不可战胜之声誉。瑞士军团的杰出表现，使得各国竞相雇佣瑞士军人。

1527 年，查理五世血洗罗马城，教廷卫队中其他国家的军人全作鸟兽散，而 147 名瑞士士兵无一人擅离职守，全部战斗至死。从此，梵蒂冈的卫队名称由“教廷卫队”改称为“瑞士卫队”，只招收瑞士人，至今不变。

在瑞士卢塞恩（Luzern）的一个小山上，有一个安静的地方。一汪清池后面的岩壁石洞里，有一个卧狮石雕。这是令我印象最深刻的狮子雕像。我见过的所有石狮，都是威风凛凛的百兽之王姿态。而这只身上插着长矛的卧狮，却是一只痛苦甚至忧伤的狮子。这个雕塑是纪念瑞士卫兵的作品，1792 年，为保护法王路易十六及王后，786 名瑞士卫兵无人生还。

当晚，我住在离市区不远的四州湖畔。旅馆散发着古老气息，走廊里的光线都很幽暗。房间里没有现代用品，也没热水壶，不能泡茶和速溶咖啡。

和很多欧洲旅馆一样，墙上有些油画。不同的是，这里还挂着很多冷兵器。那些刀枪剑戟被暗暗的红光照着，似乎在诉说很早很早以前，那些令人神伤的战场故事。

- 03

葡萄酒的第三重“酒格”，不妨称为刚柔并济。

可以说一个人善良，也可以说一个人冷酷，善良和冷酷，都可以是纯粹的。如果一个人又善良又冷酷，我们会说这个人难以捉摸，或者说很复杂。

葡萄酒很复杂。甚至可以说，葡萄酒是地球上最复杂的液体。

提起 Samuel Beam 这个美国歌手，也许你会觉得有些陌生。不过，如果提起电影《暮光之城》中的片尾插曲 *Flightless Bird, American Mouth*，暮粉们应该是人人皆知。这首曲子就来自 Samuel Beam。

专业人士大多认为，Samuel Beam 的音乐很难归类，乡村，民谣，慢摇，都有些像，也都不典型，独特而另类。Beam 自己则说：“我从来没有考虑过如何给我的音乐归类。”其实，世界万物，都是独特的自己，任何归类的做法，都是为了方便辨识和分析的粗暴做法。

很多人说听他的歌，不会号啕痛哭或者狂喜，声音纯净如同微风拂面，能感到内心受到滋润，趋于平和。

嗯，也许说到点子上了。平和，正是 Beam 的最大特点。平和是一种综合和沉淀。平和的少男少女很少见，因为他或者她，还没有多少可以用来综合沉淀的故事；平和的老人就比较多见了，因为他或者她，已经有过。因此，平和，不是什么都没有，而是什么都有。

头绪纷乱的复杂，其实是种幼稚的混乱。丰满溶融的复杂，才能形成平和。所以，平和可以视为是复杂的高级阶段，是矛盾的成熟混合体，是对立的统一。嗯，说得好哲学，不像是专栏的风格了。说到这里，突然想起，比 Samuel Beam 这个本名更为人所知的，是他的艺名 iron and wine，铁与葡萄酒，真的很有趣。不知道他为什么会起这个莫明其妙的名字，倒是与我现在聊的内容很合拍。

其实，比 iron and wine 更有趣的名字，在 Beam 的歌曲里还有一些。比如，他第一张专辑的名字，就叫 *The Creek Drank the Cradle*，通常翻译成《溪水吞没摇篮》，呵呵，这种不搭界又很和谐的意境，令人有些着迷。

说到溪水，倒是让我联想出对平和更恰当的诠释：平和其实是一种包容。欢快跳跃的小溪，奔腾咆哮的大江大河，汇入大海后，都归平静。

平和意味着一种博大。

在瑞士，最伟大的产品，其实不是巧克力、钟表，也不是军刀，而是红十字会。

世界上有很多红十字会组织的志愿者队伍，这是我最欣赏的一类人。他（她）们是典型的世界公民，很多人未婚，有烟瘾，有专业绝技，家里花园长满荒草，常年在一些贫穷国家游荡，抢险，救灾，提供各种公益服务。他们所做的也许不足以改变世界，但他们每天都在为需要的人提供帮助，拯救生命。

那天，我来到日内瓦新广场北面的亨利·杜南（Henry Dunant）塑像前，脱帽致敬。我对这位红十字会创始人的崇敬，不仅是他一生都在帮助人。更重要的，是他让我明白，应该如何去帮助别人。

他说，提供帮助，首先要懂得、了解和尊重。他说，我们应该学会谦恭地帮助别人。

从乐观角度看，人之初，性本善。善良，助人，也许是人的天性之一。但是，博大的心胸并非天生，用什么姿态去行善，去提供帮助，是需要后天学习和领悟的。

大海是最低的，所有山丘峻岭的海拔都从海平面起算。同时，大海也是最高的，它是生命摇篮，万物归宿。

每块砖头都有表情

伴随着葡萄酒在国内的迅速流行，建筑业也一起凑热闹。

很多楼盘用法国著名酒庄命名。很多会所、酒坊的建筑设计，都模仿欧式尤其是法国建筑风格。有些城市打造的红酒一条街，满街罗马柱、高塔尖，甚至路灯、座椅、垃圾箱，都是似是而非或者啼笑皆非的样子。

其实，虽然 Chateau 在法语中兼有酒庄、城堡的意思，有些酒庄也确实有座古老城堡，但是在大部分酒庄包括五大名庄中，所谓城堡，无非是个大一些的房子。酒王帕图斯（Pétrus）的酒标上，干脆连 Chateau 都不用——它连大房子都没有，就是几座小平房。

小平房不妨碍帕图斯成为红酒之王。

如果要说什么建筑适合葡萄酒，其实没有一定之规。一流的建筑设计师，首先应该是个艺术家，然后才是个工程师。搞艺术，需要细腻、有个性、特立独行。很多建筑师喜欢喝葡萄酒，原因之一，是葡萄酒千变万化，每滴酒都不一样。

有位建筑师做过统计，他说全世界具有一定段位的建筑师，大概有七万多位。而全世界能上台面的葡萄酒，大概也是七万多种。每个建筑师，都可以对应一种葡萄酒。

我没有验证这位建筑师的数据，不过我赞同他的说法，葡萄酒是活的，建筑也是活的。每个建筑，都应该是自己，有自己的气质和表情。

- 01

在墨西哥城六百多年的历史中，各种建筑风格都留下痕迹。既有传统的阿兹特克和托尔特克文化，亦有西班牙殖民时期欧洲风格。宫殿、教堂、修道院等建筑数不胜数，有“宫殿之城”之美誉。

在宫殿之城，我一个宫殿也没看，倒是挤出了 1 个小时，去看了一个私人住宅——墨西哥景观建筑师路易斯 • 巴拉干（Luis Barragan）的住宅。

1979 年，这个住宅获得国际普立兹克建筑奖（Pritzker Architecture Prize），这算是建筑界的诺贝尔奖了。不仅如此，令人有些匪夷所思的是，在第 28 届世界遗产大会上，这栋历史不过五十多年的私人住宅，与中国的高句丽王城、王陵及贵族墓葬，一同被列为世界文化遗产。

普立兹克建筑奖的奖章背面，刻着亨利 • 沃顿 1624 年提出的建筑三要素：坚固、实用、愉悦。巴拉干住宅是否坚固，我不知道。实用和愉悦嘛，呵呵，见仁见智，见仁见智。

位于塔古巴雅区 14 号的这栋住宅，坐落在一个普通到乏味的街道上。普通到如果你是路过，基本不会留下任何印象，如同老北京那些貌似相同的胡同，上海那些外人看起来难以分别的弄堂。

是从一个临街小门进入室内的。进去后，有个窄窄的通道，白墙，黑阶梯。顶端还是一个小门。推开这扇黄色小门，突如其来就是一朵粉墙。

通常，粉色之墙会显胭脂气，用于闺房尚可，最好还是少女闺室。而直接用在迎头棒喝的地方，也就是类似北京四合院那道影壁的地方，还通体大粉，会让人措手不及。不过，奇怪的是，看起来效果并不突兀，大多一愣之际，心里会讷讷地说，哦，艺术，艺术。

会客室灯不多，全靠一面大玻璃墙采光。墙上有幅素描画，据说是巴拉干最喜欢的，画了一些建筑，一群像修女的女人。画上至少有两个太阳，画中建筑，光从两面来，阴影也至少有两个方向。我不知道这幅画的名字，也不知道巴拉干为什么会喜欢这幅画。不过，这幅画和这个住宅，看起来比较搭。

我说搭，是这个住宅有很典型的巴拉干风格。巴拉干风格是什么，有人说是温暖，有人说是安静，有人说是自然。

而我觉得，巴拉干的风格，是各种不同元素能同居一室，和谐相处。这栋住宅具有丰富的表情，而且这些表情都有些迷离，辨认起来有些难度。巴拉干曾说“建筑是一部自传”。如此说来，他的私人住宅，应该是他亲笔撰写的自传。

这部自传在说，巴拉干的安静，不是单纯的安静。巴拉干的温暖，不是单纯的温暖。巴拉干的自然，不是单纯的自然。

- 02

巴拉干的安静，是需要声音的。

刚才说，在门外的时候，觉得这栋建筑很普通，留不下深刻印象。其实还是会有留下印象的地方，比如那高高的墙。要在城市里实现安静，墙，厚厚高高的墙，应该是不能少的，即便这样有些像监狱。实际上，这座住宅的外貌，也多少有些监狱的影子。

住在厚墙后面的人，也可以认为是自愿把自己与世相隔吧。有些人，只有与世相隔，才能获得安静。当然，也有很多人，与世相隔，会感到孤独以至恐惧。

这栋住宅，向南的墙主要面向街道，因此开的窗少且小，开窗面积不到总立面的10%。而面向北面的窗，倒是比较大，因为那里有个花园。

不过，厚墙也好，小窗也好，隔断的主要是外界的喧嚣。如果内心波涛汹涌，再厚的墙，再小的窗，也无法弄出一个风平浪静的港湾。

巴拉干通过曲折的过道阶梯，自然光线，努力营造安详的氛围，以图让心静下来。而安静，不等于寂静无声。静下来后，也许能听到另外的声音。

其实，在他听音乐的那间屋子里，能看到很多非洲的装饰品，他喜欢的音乐，也包括非洲那种动感强烈的韵律。他说，我总是努力让寂静在室内默默细语。

这对观看者其实是一个挑战，毕竟并非谁都能在他的作品中倾听到无声的歌声。而在他的作品中，类似挑战比比皆是。比如色彩。

白色，蓝色，灰色，咖啡色，这些看起来就有安静效果的色彩，他使用得并不多。相反，他的色彩大胆而强烈，以至显得奢侈。这似乎是南美建筑家的共性。在这个住宅里，巴拉干在很多地方使用了艳粉、洋红、明黄等涂料。有意思的是，在整体环境的衬托下，这些嚣张的色彩，会变得宁静而松弛。也许，这部分得益于所有颜料都是用自然材料制造的，包括花粉和蜗牛壳粉。或者，正如很多人说的，巴拉干有个魔棒，能通过使用色彩，让色彩隐去。

巴拉干和安藤都是诗意建筑的代表性人物。两人采取的手段却截然相反。安藤是清水混凝土诗人，将朴素单纯的混凝土作为主要建筑要素，喜爱黑白，作品充满东方禅意。而在巴拉干眼里，“混凝土墙看上去太可怕了”，他认为给墙上色，不仅是给墙穿上衣服，而且是给墙赋予了生命。

这两个看起来背道而驰的人物，其实是殊途同归。用黑白营造宁静，用色彩烘托激情，你我也会。而安藤用黑白点燃火焰，巴拉干用绚丽描绘宁静，方为大师。

正如同葡萄酒，用干瘪腐烂的葡萄酿出芬芳佳酿，将贵腐变为桂馥，才是更高的意境。

- 03

巴拉干的温暖，是有距离感的。

有人说巴拉干不像建筑师，更像是工程师。巴拉干自称为景观建筑师。在我看来，巴拉干最适合的职业，是诗人。

有个常被人误读的现象，认为诗歌是温暖的，诗人都是温馨的。实际并非如此。且不说那些涉及国家、社会、政治、宗教、战争等硬邦邦领域的诗歌，即使是情诗，也并不都是给人取暖的。关于感情的诗歌当中，诉说忧愁、悲伤、痛苦的诗歌，比例不少，而且令人印象更加深刻，更能唤起共鸣。

“蒹葭苍苍，白露为霜。所谓伊人，在水一方。”“昨夜西风凋碧树，独上高楼，望尽天涯路。欲寄彩笺兼尺素，山长水阔知何处。”这类情深至伤的词句，在诗歌长河中俯拾皆是。

说到此，想起婉约宗主李清照，其词不见一泪，然而满纸呜咽。“寂寞深闺，柔肠一寸愁千缕。”“帘卷西风，人比黄花瘦。”“感月吟风多少事，如今老去无成，谁怜憔悴更凋零，试灯无意思，踏雪没心情。”“黄昏院落，凄凄惶惶，酒醒时往事愁肠。”当然，还有那首《声声慢》，“寻寻觅觅，冷冷清清，凄凄惨惨戚戚。……梧桐更兼细雨，到黄昏，点点滴滴。这次第，怎一个愁字了得。”

忧伤的诗歌多，与现实倒是吻合。本来生活和感情中，快乐就从来不是主旋律。

说回建筑。海德格尔觉得，人必须学习诗意栖居。巴拉干的建筑，能令人感到诗意盎然，只是也不太暖。

会客厅的墙上，有些书架，上面摆着大约2000册书。据说，其中还有一些中文书，只是我走马观花，没来得及细看。不知道巴拉干选择了什么样的中文书，来装饰他的书柜和会客厅。如果我替他选，我会选择中国古诗词，线装的，文字竖排。

他虽然有老派的矜持，却也有现代的风骨。所以，适合巴拉干的中国古诗词，不必太古。我会选唐朝的孟郊贾岛。嗯，听起来是乱点鸳鸯，风马牛不相及。巴氏作品，色彩鲜艳，恬静安逸。而那两位，郊寒岛瘦，枯寂幽峭。

说到这里，想起一个桥段。有人问，什么是诗。有人回答，无非风花雪月。于是，有个叫许洞的，邀请一些才华横溢的诗人赋诗，条件是有些字不能用，这些字包括山水风云，竹石花草，霜雪星月等。众人听

espana blanca
SPANISH PAINTING
SAHARA
AFRIQUE NOIRE

罢，全都搁笔，皆称条件过于苛刻，无法成诗。

我想如果孟郊贾岛在场，应该问题不大。有人统计，在孟郊贾岛的诗词里，用得最多的字，是苦、泪、愁、恨等。从这个角度看，两人与巴拉干还真是大相径庭。在巴拉干的建筑词典里，这些字基本不出现。

可是我觉得，巴、孟、贾的精神世界，有相通之处。在气质上，他们一样的清奇雅正。在诉说方式上，都追求造语新奇，风格彰显。尤其是，在作品效果上，虽然都有刻意提炼的过程，可最后展现出来的东西，却能归于淡朴，秋水无痕，显得意蕴内敛。

我还想象了一幅穿越画。在长安灞桥，孟贾折柳，送老巴归去。远处骊山朦胧，岸边古柳依依，雨丝迷离，风吹絮起。孟贾穿对襟阔袖袍衫，老巴身披墨西哥檐帽披风，衣袂飘飘，深情长揖。太平大洋，千年岁月，挡不住知音难觅，惺惺相惜。三人相约秋风吹渭水、落叶满长安的季节，再来相聚。

在这个复杂又简洁的1161平方米的两层小楼中，在这个只有两层却弄出了6种高度依赖9个楼梯连接的小迷宫里，在那些沙发、台灯、扶手、角落处，能直接体验到这样的感觉——只要你有心，只要你的心足够脆弱敏感，就一定能触摸到那种温暖又孤独的气息，它无处不在。

虽然能触摸，但正如一个好友所言，有距离感，令人无法靠近。

之所以会有这种感觉，也许是因为巴拉干喜欢孤独。

巴拉干认为，建筑不仅是我们肉体的居住场所，更重要的是，它是我们精神的居所。在巴拉干的精神世界，孤独，是一个绕不过去的玄关。他曾说过，他的建筑不是给那些害怕和回避孤独的人设计的。

有人说，喜欢孤独甚至爱上孤独，是开始伟大的标志。从那些似乎专为孤独准备的设计看，巴拉干应该善于享受孤独的迷人之处。

很多地方，只放一把椅子。他没有给其他人预留位置，这里是他和自己对话的地方。

即使有对话者，也是上帝。

- 04

巴拉干的自然，是与上帝同在的。

他崇尚自然。住宅灯光不多，注重利用自然光，并尽量减少光的混杂和干扰。

只是，自然在这里，显得刻意。一切都太设计，也太规矩。各种东西放置极其规整。矮桌后面，有木块隔着，佣人清扫时，不至于弄乱小桌与墙的间隔。大部分房间都很狭窄局促，除了工作室。工作室相当开阔，简直是过于开阔，并且除了灵感以外，空无一物，更像是一间苦思冥想的地方。

他给光留了个入口，然后让它自己说话。这些话，都是克制的，甚至是神圣的，让人不得不想到永恒、虚无、幻灭、时间、生命这些大词。喜欢用顶光，令人想到教堂，充满宗教意味。进会客室前，拐角处就有这样的顶光设计。进卧室前，也有一缕顶光，照着天使塑像。

他也善于用水。他的几个著名作品，都有水的影子。比如，那个饮马槽广场的水渠，水渠尽头是蓝墙和白墙。树影映在白墙上，有些像中国的山水画。在这栋住宅的著名天台上，有很多陶器。据说工人浇花的时候，水会漫出来，这个时候，陶器会有漂在水上的感觉。

我坦言，在巴拉干的住宅里，感觉并不舒适。不像是住的，更像是看的。那些墙，那些色彩，那些光，那些水，那些家具和摆设，明明白

白在说，看吧，看出风格了吧。

我喜欢的家居环境，不必让人看，也不用悬挂任何理念和主义的旗帜。所有物品，用着舒服就好。所有装饰，看着舒服就好。任何房间，都能穿拖鞋，或者光着脚，或者全光着，随意走。有很多绵软的东西，可以躺，可以盖。阳光要充足，可以懒洋洋晒太阳。

我说的这种，是懒人的自然观。而巴拉干的自然，需要有敬畏之心，因为是上帝的馈赠。

巴拉干虔诚信仰上帝。这个住宅中，玻璃墙用了十字框。餐桌也放在十字架下。卧室两扇稍稍开启的窗子，形成的光隙仍然是十字架。他没有夫人，没有后代，有一些情人，有专门设计的与情人相会的房间。卧室也放着十字架，情人送的。

他作品的特征之一，是元素简单到接近无，剩下的，是规则的矩形体块和平直的线条。这一点，与同样信仰上帝的西班牙建筑大师安东尼·高迪（Antonio Gaudi Cornet）正好相反。

高迪所有的作品，完全看不到直线。他认为，直线是人类的东西，上帝作品都是曲线。他的代表作巴塞罗那的米拉公寓，从墙面、屋檐、屋脊、阳台、栏杆到扶手，全都是起伏不平的蛇型曲线。在另一个代表作圣家族大教堂里，所有本该笔直的石柱都如同林中的枝枝杈杈。

也许，每个人心中，都有自己的自然，自己的上帝。

- 05

智利有个美宝谷（Maipo Valley）。山谷里有甘露酒庄（Vina Concha y Toro）。酒庄出一种酒，叫活灵魂（Almaviva），被称为智利酒王。在国内，有次无意中喝到这款不多见的酒，顿时失语。

它独特得令人无可言说。

活灵魂的酒名Almaviva，来自《费加罗的婚礼》中的人物。在西班牙语中，有膨胀的灵魂之意。

每瓶还活着的葡萄酒，都有自己不断膨胀的灵魂。

突然想起，巴拉干建筑的表情，与活灵魂十分相像。都在美洲大地上生长，都混合着不同元素却能和谐相处，都是独特的不可言说，都在沉默地吟唱美妙的歌。

在甘露酒庄地下酒窖里参观的时候，有个别具一格的安排。讲解小姐会离开酒窖一段时间，关上大门和灯。她笑笑说，请大家在黑暗中，体验酒的生长。我估计大家都没有听出有什么在生长。不过，我隐约觉得，那些酒魂，正在黑暗中膨胀，在沉默中清唱。

在路边一个小餐厅吃饭的时候，一位老人，拿着吉他边弹边唱，唱的是*Besame Mucho*。这首怀旧老歌，被誉为世纪之歌，它正是墨西哥作曲家的作品。女作曲家Consuelo Velázquez在探望病重亲人后，人生苦短、珍惜生活的强烈情绪分外清晰，于是有了这首歌。

这首歌可以看成是灵魂的吟唱。眷恋，忧伤，凄美，简单而复杂，难以言说，如同巴拉干的建筑，如同活灵魂。

歌中有这样一句歌词，“在你的眼睛里看到我”。巴拉干的餐厅里，有个金属球。从金属球的映射中，每个人都能看到这个屋子的全部，包括自己。

酒意盎然的诗人

有些诗人，诗好，却不怎么喝酒。有些诗人，能喝并且爱喝很多酒，写的诗却基本不能看。写得好并且喝得好的诗人，不算多。李白算一个，老聂算一个。

老聂是指智利诗人巴勃罗·聂鲁达（Pablo Neruda）。要评论这个人，有些难度，他的多面性会让人不知所措。是非功过可以争论，有一点倒是公认的——这是个诗意盎然的人，当然，也是酒意盎然的。

- 01

说老聂不好评论，是指如果用常规标准来衡量，会很难判断他是什么样的诗人，以及他是什么样的人。

比较确定的，是他是智利人。这话比较弱智，不过也许多少能说明，为什么这人如此色彩斑斓。因为生活在智利，想不斑斓些都不容易。

智利是个集各种色彩于一身的国家。国土纵穿 38 个纬度，南北长 4352 公里。这是什么概念？这么说吧，咱们国土够大了吧，可国内最长的直飞航线是三亚到哈尔滨，直线距离也就是 3415 公里。可想而知智利有多长，关键是南北这么长的智利，东西最窄处却不到一百公里，看起来整个国土形状就是根丝瓜。也因此，智利被称为世界上地形最狭长的国家。

在这个狭长地带上，竟然包括 7 种气候类型，比咱们国家还多一种。东边靠着地球上最长山脉安第斯，许多高峰白雪皑皑，从这些雪峰向西一出溜，力道猛了，就溜到世界第一大洋太平洋里去了。如果向南走，走到头，就与南极隔海相望了。因此智利别号是“天涯之国”，听起来充满忧伤诗意。

这样的地方地震少不了，而且一震就大，曾发生过世界最大之一的地震。也曾经一个月有 7 次 7 级以上地震。还有一次，震得部分国土西移入海，国土面积一下子多了 1200 平方公里。不过，据说 100 多年后，这些面积还会缩回去。

智利到处充满谜团和矛盾，包括位居全球自然之谜榜单的复活节岛。南边有幽邃冰川，海洋气候，降水充沛，蓝冰妖娆。北部有阿塔卡马沙漠（Atacama Desert），满目土黄，是世界上最干旱的地方，400 年不下一滴雨。生物学家说，这是地球上唯一没有发现生命的地方，连细菌都没有。听起来像是说火星。但是，这里竟然还有常住民，他们从雾中取水。没看错，是雾。他们在雾中张网，凝成水滴，犹如聚沙成塔。这种生存方式，不用加工，就是很酷的行为艺术了。

智利的首都是圣地亚哥。人们通常喜欢干、暖、软的东西，而冬天的圣地亚哥，湿，冷，硬。所以，我早上起来，在雨中散步，感觉不怎么好。一条大的流浪狗靠了过来，钻在我的雨伞下，和我一起默默地走。

上午去老聂故居，有78公里的路程。路上车不算多，不时有哈雷摩托在公路上呼啸而过。路边随便一间简陋农舍，窗帘都挂得有模有样。在一个休息站，有卖土鸡蛋和自烤面包的，还有个小餐厅，装饰很有风情。走出来一位大妈，很典型，是标准的南美路边小餐厅的大妈形象。

这段旅程不长不短的，有些闷。林黛儿找了张碟，开始放音乐。林黛尔是当地人，来自香港，人与名字不太一样，没那么娇媚柔弱，比较强悍。她还是少女的时候，从香港旅行到智利，喜欢这里就留下了。我分析她有多重性格，而这样的人，大多会喜欢这里。

我以为林黛儿会放些南美的音乐，结果放的是叶倩文。在叶倩文的歌声中，车子行驶在大雾中，去黑岛，看聂鲁达。

- 02

聂鲁达的房间在海边。

屋如其人，建筑凌乱，东一间西一间，像是很随意的作品。房间里像个没有设计的博物馆，放满搜集的各种东西，都快把他挤走了。

这让我想起另一个人，与老聂风马牛不相及，但在家里堆满收藏品这方面，两人有一拼。王世襄先生是著名文物专家和收藏家，学识渊博，涉猎广泛，人称“京城第一玩家”。除了收藏和研究明清家具外，还涉及漆器、建筑、书画、乐器、雕刻、金石、匏器等领域。他的自选集《锦灰堆》一、二卷，分别论述家具、漆器、竹刻、工艺、则例、书画、雕塑、乐舞、忆注、游艺、饮食和杂稿等十二大类。熟悉王老先生的人，曾送他一个别号：柜人。家里堆满各式明清家具和收藏品，挤得睡觉都

NIGHT CLUB
ULTRA CLUB
& TERRACE
SHOW DE NOCHE
TONIGHT AT / ESTA NOCHE
Mardi
Gras
RESERVE WITH ACTIVITIES STAFF
FREE TRANSPORTATION

Water

&Ac

PEPSI

没了地方，就把两个柜子拼在一起，作为他和老伴的卧榻。黄苗子为此写了一副对联："移门好就橱当榻，仰屋常愁雨湿书"，横批是"斯是漏室"。

生活里经常会遇到一类人，扮酷装雅，看不上市井东西，这类人其实智商情商都不会太高。王世襄先生作为收藏大家，除了明清家具、佛像铜器、古籍善本等传统收藏外，最为人乐道的收藏，却是些曾经不登大雅之堂的物件，包括葫芦、鸽哨和蛐蛐罐等小玩意儿。王老先生精通斗蟋蟀、识鸽子、熬鹰猎兔、驯狗捉獾、葫芦烫花和宫廷掼跤，用他自嘲的话，说自己是"玩物丧志"。实际上，能把这些市井游戏之物玩成文化，玩物成家（黄苗子评语），研物立志（启功评语），著书立说，独树一帜，从古至今，罕有其人。正可谓繁华落尽，锦灰三堆；大俗大雅，世纪绝学。因此，有人说，再出一个钱钟书还有可能，王世襄仅此一个了。

通常看一个人的收藏，能看出这个人的品位、修养、生长环境、出身甚至经历。从王世襄先生的收藏中，能看出他出身望族，教育良好，心胸豁达，热爱自然，且颇有晚清民国之风和老北京的浓郁色彩。

老聂的收藏，也能泄露出他的兴趣所在。作为南美最伟大的诗人之一，他的很多爱好却挺世俗，喜欢看喜剧电影，还是最商业的那种。喜欢看侦探小说，不爱看歌剧，听不懂交响乐。（嗯，这些方面我也差不多，这让我自信心爆棚。）他的收藏也是五花八门，除了作家手稿、珍稀文学版本这些与身份相符的收藏外，屋子里还有各种坛坛罐罐，各种蝴蝶昆虫标本，各种木雕面具，各种乐器，包括中国月琴。还有钢琴的垫脚，独角鲸的鼻子，纸制的马（有三条尾巴）。感觉是对什么都有兴趣。

不过，仔细看看，在这些乱糟糟的东西里，其实有三条主要脉络隐约可见：海洋、女人和酒。

北岛也去过黑岛，他分析说：诗歌、爱情与革命，是聂鲁达一生的三大主题。这三大主题与我说的三大脉络有相似之处，比如，爱情基本等同女人。在这个专业领域里，女人是绝对主角。实际上，说穿了，爱情压根就是女人制造的一个阴谋。

在男人的潜意识里，爱情有个别名叫嘿咻。当然，也有一些视爱情如生命的男人，只是他们不知道，自己其实是雌雄同体，或者是一只披着狼外套的羊。

诗歌基本可以等同酒，真正可以称之为诗的东西，都是不正常的人说的话。或者说，是正常人在不正常时说的话。这两种状态说的话，都沾着酒味，拎起来，酒珠就会滴滴答答地洒一地。

聂诗人喜欢女人，喜欢酒，也喜欢海洋。他的这处居住地，不但临海，且处处放着与海有关的物品。整个屋子据说就是按照船的样子设计的，船头的部位是客厅。屋外摆着真的木船，室内摆放着各种船的模型，还有鲸鱼牙齿。最多的是各式各样的海螺和贝壳，据说达 15000 种之多，不少是罕见品种。有的地方，连地面也用贝壳镶嵌。书桌也与海有关。有一天，老聂在沙滩上看到一块船板，就把它弄来做成了书桌。他的那些诗，很多是从这块船板长出来的。

面对大海，血管里如果有诗的基因，灵魂里有诗的种子，就容易被唤醒。这样的人，即使没有什么文艺细胞，也会克制不住地要吟唱。有一个流传广泛的段子，说有个不知诗歌为何物的中年男人，第一次见到大海，实在克制不住地张开双臂，诗意磅礴而出："啊，大海啊，你 TM 怎么那么的大，又怎么那么的蓝。"

在老聂房子下方更靠海的地方，有一所孤零零的小木屋，看不出是干什么的。我好奇地问房子管理员，她说老聂有时候会专门到那间小屋里去写诗。哦，如果是这样，这间不起眼的小屋，可以称为诗屋。虽然看起来没什么诗意。

其实大海看久了，也就没了诗意。真的，我在海边住过很久，也曾坐在海边很长很长时间，也在海上漂过一段日子，海看久了，就是一些看不到边儿的水，挺无聊。嗯，其实我想说的是，很绝望。

当然，绝望也是诗。爱写诗爱喝酒的人，都有或多或少的绝望情愫。也许自己未必知道。

- 03

我不知道老聂是否有感到绝望的时候。应该有，他坐过牢，离过婚，有很多对手和敌人。在他搜集的与海有关的物品中，最引人注目的是那个渔船的船头雕塑。雕塑是个女人，身着华服，身躯上扬，看起来并不特别。

管理员介绍说，这个雕像会流泪，而且都在冬季。流泪在冬季，听起来很忧伤。也许，这种哀伤气息，就是老聂将这座雕像视为最爱收藏的原因吧。有些男人尤其是文艺男会欣赏或者偏爱忧伤的女子，比如宝玉会喜欢黛玉。不过根据我的肤浅观察，大多数男人还是喜欢快乐的女生。

男人都喜欢看女生扮靓、尖叫和狂吃，不喜欢她们哭诉、絮叨和狂躁，也受不了她们哭泣。除了那种恰如其分的小啜泣。

老聂好像也不例外。我印象深刻的是他屋子里的那个洗手间。这么说吧，这是我见过的最香艳的洗手间，马桶和浴缸都贴满碎花，墙上挂满性感女人的图片。

他风花雪月的事情很多，其中他的一生挚爱，也是个快乐单纯的女性。在他的三任妻子中，最后一任妻子玛蒂尔德·乌鲁蒂亚（Matilde Urrutia）的地位曾经有些尴尬。按照国人现在的流行称呼，玛蒂尔德会被叫作小三。不过，起码对老聂而言，最适合玛蒂尔德的称呼，是国人曾经普遍使用现在普遍不使用的一个称呼：爱人。

他们是在圣地亚哥的音乐会上相遇的。就像特务接头，有感觉的人相遇之后，一搭话，就知道对上号了，是自己人。不过他们接头成功后，并没有能在一起，直到三年后再次相遇，从此不再分开。

再后来，老聂用二十多年的时光，为她写诗，包括著名的《一百首爱情十四行诗》（*Cien Sonetos De Amor*）。在那张朝向大海的双人床靠背上，烙着两个字母：P 和 M，那是两人名字的缩写。

再再后来，两人用另一种方式相聚，这次是永远的了——故居旁有条碎石小路，路边也有一个刻着两人名字的地方。墓地也是船形，周围芳草青青，山坡下的涛声无始无终。

玛蒂尔德是一个活泼自由的歌手，有些波希米亚的范儿。她不计较名分，只是单纯地爱着这个有些花心的男人。她不但不懂作为共产党员的老聂所深陷其中的政治，甚至不懂他的诗歌。正如她的自传所言，老聂之所以爱上他，也许正是因为她不懂这些。

好像确实如此。老聂在《一百首爱情十四行诗》的献词中说，自古以来，诗人们创作了很多十四行诗，使用的材质是白银水晶，而他是在海滩散步时，捡拾那些海水送来的木块做成木质的诗，并且用十四块厚木板搭建成小屋，好让她居住其中。

都说老聂的诗歌充满自然的味道。我也觉得，世界上很多领域都需要全力以赴，否则难以成功。写诗不同，诗人主要靠天赋，天赋不够，再使劲也没用。在这个意义上，诗人是最天然的。有人批评老聂，说他诗歌的自然流露超过写作技巧，有人说他是个伟大的坏诗人，因为诗歌布局紊乱。其实，这些说法等于是最好的赞扬。瑞典文学院在授予他诺贝尔文学奖的颁奖词中说："由于他那具有自然力般的诗，复苏了一个大陆的梦幻与命运。"

在我的游历感受中，南美这个大陆，是世界上最有诗意的地方。一方水土一方人，老聂是自然之子，小玛是自然之女。老聂自己也说过，她和他最相像。我想，自然天成的玛蒂尔德，应该也对老聂的诗歌创作产生了影响吧。

她在那里，就是一首诗，他心中的诗。

- 04

热爱自然的人，通常也都热爱美食和美酒。老聂屋子里的另一大类收藏，就是与酒有关的东西。

窗沿上摆满各种酒瓶（这个和我一样，我家厨房窗沿上也有一排喝空的酒瓶，摆得很整齐）。他还喜欢收集葡萄酒杯（这个也和我一样）。老聂有很多彩色的酒杯，他认为用不同颜色的酒杯喝酒会有不同的味道。（这个和我不一样，和我们都不一样，我们都认为不同材质、形状的杯子才会喝出不同味道，颜色？……）老聂还喜欢用陶土杯喝干红（这个也和我不一样，这个习惯太不合规矩了），据说他这样做，是为了慢慢欣赏杯子上的酒渍（哦，原来如此，大诗人就是不一样。我以

后也试试）。

老聂对美食也相当在行，出版过自己编写的食谱。我没见过老聂年轻时的照片，据说那时候挺瘦的，吃着吃着，就胖了。不过，熟悉他的人说，胖老聂比瘦老聂更快活。

老聂生在智利，算是他的运气——这里是孕育好葡萄酒的地方。

走进智利的美宝谷（Maipo Valley），一路上都能看到雪山环抱，土地多砾石（适合种葡萄），植物盛大，枝叶葳蕤（真不错，我能写出这么有文化的词）。山谷里的甘露酒庄（Vina Concha y Toro）生产的酒，非常独特，兼有南美的狂野大气与法国的内敛优雅，能把这两种气质近乎完美结合在一起，基本是不可能完成的任务。

老聂写给玛蒂尔德的诗中，第一首第一句就是："玛蒂尔德：一种植物、岩石或者酒的名字。"他不但把她视为自然之女，而且视为美酒。其实老聂也像一种酒，就是这款独特韵味的活灵魂。而活灵魂，犹如浓缩的液体智利。

有一个传说——老聂走的那天，走进黑岛房子的人，发现室内有一只从未见过的老鹰，这人打开窗子，鹰飞走了。老聂生前说过，他想做一只鹰。这传说听起来不像真的，太像传说，不过我还挺喜欢，因为这种灵魂飞翔的味道，与甘露酒庄活灵魂葡萄酒的酒标挺吻合。那个酒标充满神秘感，上面的标志是印第安部落马普切人（Mapuche civilization）在鼓上使用的图案，象征地球、太空和宇宙。

也许这个传说只是人们对聂鲁达表达的一种敬仰和善意。其实，鹰也有累的时候。我觉得，老聂有些累了，他想安静地欣赏暮色苍茫。

听说在宏大荒蛮环境生活的南美诗人，都擅长在燃后余烬中寻找美。老聂自己说过：我承认，我历经沧桑。看到他这样说，我会想到我的外祖母。外祖母老了之后，经常会拿个小板凳坐在大街边上，看人来车往。那时我是个孩子，问她看什么，她总是笑笑说，没啥，就是看看。

大戏落幕，走出剧场，生活本来的面目会显得更加真切。

老聂爱海成瘾，实际他却完全不会游泳。所以，他实际上和我的外祖母一样，就是看看。不一样的是，外祖母真的就是看看，而老聂，诗心里会有波涛汹涌，潮起潮落。“今夜我可以写出最哀伤的诗——爱太短，而遗忘太长。”老聂的这句名言，有无尽苍凉。

老聂选择造房子的地方，过去没几户人。不知道为什么叫黑岛，其实不是岛，也没有黑色。当地人称这个地方为 La Chascona，是“有着乱发的女人”的意思。住在面向大海鲜花长开的房子里，有乱发小玛陪伴，看看海，喝喝酒，写写诗。我觉得，这样的日子，内心可以没有杂音，诗句中，能生长出通往天堂的旋律。

在从圣地亚哥返程回国的旅程中，我再次翻开老聂的诗集，这句话跳了出来：我喜欢你是寂静的。老聂常坐着的那间书房，屋顶用的是锌板，诗人说，这样可以听到下雨的声音。

我每次远行，其实都会期待，多少天后，起落架降落在北京机场的那“咕咚”一声。走累了，愿意回来。回来，可以去熟悉的超市买喜欢喝的牛奶，坐在常去的餐厅常坐的位子上点经常点的菜，躺在自己的沙发上，听属于自己的雨声。

晚上那个月亮，也是在熟悉的位置上。

生活，原来就是一种习惯。

水中央 草青露白

打开世界地图，向南看，过赤道，南纬 15 至 45 度之间，有两个地方，一个大，一个小；一个是大陆，一个是岛；一个叫澳大利亚，一个叫新西兰。它们与地球其他地方相隔甚远，安静地相守在大洋中央。

去过两次。写这篇文字的时候，又让我想起那个纯净的远方。如果，我也会产生说走就走的冲动，那么，要去的地方，就是那里了。

- 01

澳新都出好葡萄酒。说起那里的酒，只要有些葡萄酒入门知识，脑海里跳出来的第一个词应该是“新世界”。第二个词，也许是年轻，起码对我而言是这样。

没错，澳新的葡萄酒，都是典型的新世界酒。至于年轻，是说对它的感觉。年轻代表着清新，有活力，激情外溢，这些也正是澳新葡萄酒

的标签。它们柔和香郁，轻盈适口，笑呵呵地拥抱每一个接触它的人。不像老世界的葡萄酒，戴着礼帽，矜持少语，让你欲言又止，或者一言难尽。

澳大利亚和新西兰作为独立国家的历史，都不算长。澳大利亚也就是一百来年，新西兰还不到 70 年，与老世界国家相比，确实还是一个年轻人。澳新酿造葡萄酒的历史，也不长。澳大利亚的酿酒业比国家历史还长些，有两个世纪了吧，但真正发展起现代葡萄酒的酿造业，也就是近几十年的事情。新西兰发展葡萄酒的历史更短，算是全球葡萄酒世界最年轻的小朋友之一，全国 70% 的葡萄树的树龄都在 10 年以内。

因为年轻，澳新都喜欢采用现代酿造方法，减少浸提时间，使用螺旋酒塞。老世界津津乐道的“年份”，在这里变得无足轻重。因为澳新气候稳定，每年的雨啊光照啊都差不多。喜欢盲品的品酒客，如果意欲对澳新酒进行年份“垂直”盲品，估计要做好心理准备，胜算不大。

实际上，澳新的酒，都不适合陈年。年轻的酒，最适合年轻人在酒还年轻的时候喝。

虽然年轻，但是发展速度惊人，在全球各种葡萄酒评比中屡获佳绩，市场份额不断扩张。更为难得的是，还形成了各自风格。正如提到勃艮第就会想到黑比诺（Pinot Noir），提到德国就会想到雷司令（Riesling），澳大利亚把西拉子（Shiraz）、新西兰把长相思（Sauvignon Blanc）也都做到了极致。青出于蓝胜于蓝，这句话用在这里很恰当，从欧洲来的这些葡萄品种，在异国土地上大放异彩，像是回到了自己的家。

一个地方的葡萄酒，基本就是那里环境、文化的浓缩和名片。

初到澳新的人，尤其是来到新西兰，最突出的感受应该是生态环境。

无论走到哪里，到处都很养眼，绿色从来没有断裂，一直铺在视线所及的任何地方。据说游客返程上飞机时，眼睛都冒绿光。

路边都是高尔夫球场一样的草地。实际上高尔夫球场也确实处处可见，按照这里的说法，随便在哪儿挖几个洞，就是高尔夫球场了。因此私人球场不少，高尔夫在这里是平民运动。

这里农民不知化肥与农药为何物，因为不准使用。所以，苹果擦擦就可以吃。水当然没有污染，工业很少。据说曾有日本人把这里的空气用易拉罐装了，在氧吧里卖。新西兰人到中国生活，估计很快会生病，身体抵抗力绝对不如百练成精的国人。

这里的人甚至不吃自家院子树上的水果，要吃水果去超市买，长在树上是用来装饰的。大街上几乎没看到清洁工，也许是风把落叶和尘土带走了，也许本来就没有多少尘土。

这是一个温柔的国家。有羊、牛和马，却没有凶猛动物，没有虎狼，甚至连蛇都没有一条。我去的那年，总督、总理、议长、最高法官、最高检察长、惠灵顿市长、警察局长，全都是女性。当然，女王也是。据说，全新西兰 60% 的市长是女性。这里还是女权运动最早的国家，因此有这样的说法，新西兰男人管大事，女人管小事，至于什么是大事小事，由女人决定。

甚至历史上的殖民化过程，都与美国、加拿大等英国殖民地不同，与原住民没有发生血腥冲突。库克在这里没费一枪一弹，就把毛利人请出了自己的家园。

新西兰被称为英国以外最英国化的国家，当初来这里的开拓者，不像澳洲、美洲那样，是以被流放的人为主，这里是以有些文化的人为主。

现在全国军队仍然只有 8000 人。有个传说，有一次空军总司令要

求国会增拨款项，买 F16 来替代破旧的战机。但议员们讨论良久，仍没有发现有谁会来攻打他们。最后做出的决定，不是增拨空军军费，而是将空军的 5 个师压缩为 1 个。海军也强不到哪去，据说新西兰海军想驱逐进入领海打鱼的日本渔船，竟然追不上。

这里的人们很悠闲。人人有养老金，退休还可以拿退休金。有困难，可以申请补助。不工作，可以拿救济金，救济金每周二百多元，每年一万多，相当于六万人民币，在这里也够温饱，甚至可以买台二手老爷车。

所以，这里基本没有小偷。按照向导老钱的话，偷东西翻墙多辛苦，还不如躺在沙发上领救济金。他之所以放弃台湾较好工作移民至此，是妻子当时来旅游时，看到每家门口的空牛奶盒子里都有当日奶钱，送奶车经过，把奶留下，把钱拿走，没有听说过有丢失奶钱的。现在，没有这种送奶的方式了，但是，路不拾遗似乎仍然是这里大部分地区的现实。据说新西兰人家里都没有空调，因为用不着。也都没有防盗网，因为也用不着。

另一位当地朋友是广东来的司徒先生，他大学后到这里捞世界。他说新西兰实行的几乎算是奖懒罚勤的政策，贫富悬殊很小，很勤劳的人会多打几份工，其实挣的钱比什么都不干的也多不到哪儿去。他说来这里很久也感觉不到政府存在。他感受的政府在 ATM 机里——每个星期送来生活费或者救济金。即使把这些送来的钱一夜挥霍或者赌光，生活还是能过下去——有专门的房子，那里有床、牛奶和面包，由民间组织免费提供。司徒说，他之所以选择做一份工作，是因为太闲了人会变傻。好像此言不虚，很多人似乎都悠闲得像树袋熊。

尽管司徒一直在拿新西兰开涮，但言辞之间充满对新西兰的热爱。

从向导老钱那里也能感到这种由衷、自发的热爱。一个国家能让移民有如此感情，挺难得。

环境影响的不只是人，更是所有生命，包括植物，包括葡萄酿出的酒。新西兰葡萄酒有句著名广告词：“发现纯净”。澳大利亚也是如此，他们说，到澳大利亚来吧，“感受最干净的葡萄酒。”正是新西兰的酒庄，酿造了世界上首款获得“零碳排放”认证的葡萄酒。

特殊环境造就了所谓的“新西兰风格”。喝新西兰的酒，能喝出清澈雨水、剔透冰峰、安静夏日的味道。描述新西兰葡萄酒香气的品酒词，用得最多的是青草、青椒、青皮橘、青芒果等泛青味道，或者是鹅莓、芦笋、西番莲等清新果花香。没有浓重、晦涩，只有轻盈在起舞，清冽多阳。

似乎不用品饮，轻轻一嗅之下，就到了绿岛中央。

- 02

澳新的人，如同这里的空气和海水，简单，纯朴，友善，一眼能看穿，特别好相处。这里的酒也如此。圈内有个说法，用快乐心情酿出的澳新葡萄酒，与世界其他产区同等价格的葡萄酒相比，质量要高出许多。另外，这里的酒有副好心肠，不挑剔，不很酸也不很涩，最适宜与各种不同食物联姻，成就完美搭配。

其实，这也许只是澳新呈现的一个正面影像。它的背影，却诉说着另外的味道。

大洋洲，地球上最小的大洲，四面都是汪洋。向北望，那些人类历史上的繁华中心，都在赤道那一边；向西看，波涛汹涌印度洋；向东看，浩浩荡荡太平洋；向南看，人迹罕见南极洲。

大洋洲，大洋汇聚，万水中央。

它还有一个别称：地球上最孤独的大洲。

清晨六时，被疯狂的吉他声弄醒。在床上想象着弹奏者的样子，他是谁，为了什么，要在一个清晨，如此需要倾诉。过了一会儿，吉他声音消失了。我试图缝合搅醒的睡眠，几次努力失败，睡不着了，起来打开窗户，街上空空荡荡。吉他手吵醒一条街后，就消失了。

于是出门，在悉尼市区里随意走。

早上街上行人还不多，鸽子挺多。小店也很多，都没开门，只有一个刚开门的年轻老板娘，带着晚上的气息坐在店门口的台阶上。我走过去，她冲我一笑，样子很适合这个早晨。

在岩石区海边，有小姐弟两个，一个吹长笛，一个吹萨克斯。在海边另一处，也有一个中年绅士在吹萨克斯，风度翩翩，吹得也认真，可盒子里只有零星几个钢镚儿。不远处有个蒙头酣睡的乞丐，前面盒子里的钢嘣已经铺满了。

这是一个规规矩矩的城市，绿灯行，红灯停，大家都自觉遵守。就连乞丐，也只在该出现的地方出现。

正午，走进维多尼亚女王大厦，这个购物中心有很长历史，被皮尔·卡丹称为世界上最美丽的购物中心。不过，里面人似乎不多，国内来的旅游团占了一多半。

傍晚，来到情人港。手册上说这里有夕阳、海风、帅哥靓女。我坐在一个长条枕木上，没看到夕阳，没有海风吹来，也基本上没有帅哥靓女，尤其是没有靓女。

我喝着自带的水，看人们走过。一个年轻人胸前 T 恤上用汉字写

SIGNAL BUS

着：读万卷书，不如行千里路。我坐了很久，有种感觉时隐时现——这里与我无关。实际上，还有一种感觉也会突然袭来——这个世界，也与我无关。为什么这里会让我有这样的感觉，我也不知道。

夜有些深了，往回走。发现真正人满为患的场所，都是酒吧。灯光晦涩，人影憧憧，男人一般，女人肥美。女孩们穿得都少，香水味在人行道上出没。人人端个酒杯杵在那儿，说些不咸不淡的废话。

有数据说，澳洲人每年人均饮酒量为23升，是法国人的两倍，在英语国家里排名第一。这些纯朴友善的人，确实喜欢酒。我用拼音输入法敲前面“友善”这个词的时候，多敲了一个g，跳出来的词是“忧伤”。

从悉尼乘车去堪培拉，三百多公里，大约4小时。资料上说这段路程会有大片草场和牛羊。其实没有，或者说没那么多。我曾经有一次乘飞机从这片土地上空飞过，挺荒芜的。有一个时令湖，叫乔治湖（Leke Goerge），据说失踪快20年了，还没再现身。

很单调的路，两旁只有桉树林，比戈壁沙漠还单调。戈壁沙漠表情很多，这里只有一种，像是在不停地说，我是桉树林，我是桉树林。

住的汽车旅馆倒是出乎意料地好，睡了个好觉。

早上出去晨跑，走了出来，空气好，湿度和温度都好，还有微风，令人舒适的要素很齐全。周围开阔，干净，安静，冷清，看不到人，令人寂寞的要素也很齐全。

我有些纳闷，这样的地方，为什么没听说出过好作家？即使不适宜出作家，为什么也没出过哲学家、思想家？或是为什么也没出疯子？我是说著名的疯子。舒适和寂寞都占全的地方，容易出疯子。

街区还没醒。太阳刚出来。路上没车。房子周围没人。这个还在睡的街区，疏影，花丛，平房，看起来很和谐。可是这些屋子里的人，过得好吗？

路边有个长椅，上面放着一个酒瓶。昨晚这里有人喝酒，显然是一个人，也只喝了一瓶。他或她，在想谁吗？

我曾在很多国家很多城市的清晨走过街道，经常看到摔碎的酒瓶渣。那些碎渣，来自宣泄和愤怒。看得出来，长椅上的这人并不愤怒，它看上去，只是一个孤独的酒瓶。

也许，在这个大陆，有很多人，都会在某个夜里，坐在桉树下的长椅里，喝上一瓶酒。

太阳升起来了。街区正在起床。有些房子，花还在，只是有些枯萎了。草也长乱了。门前台阶护栏上，有些斑驳锈迹。凌晨送来的报纸还扔在地上，没人来捡。主人的日子似乎过得不是很精心，这也许是个不完整的家。女主人或者男主人不在，剩下的他或她也老了。

回到汽车旅馆，翻看《星岛日报》。报纸上说美国有个叫 Robert Shields 的，24 年间，每 5 分钟要写一次日记，记下所有生活琐事。晚上每 2 小时醒一次，记下梦境。他已经写了 3500 万字。这个不停写日记的 Robert Shields，应该也在深夜长椅上喝过酒。

澳洲葡萄酒历史虽然不长，却有些世界上最古老的葡萄树。比如在南澳的巴罗萨谷，这里是澳洲最著名的葡萄酒产区，有些家族的葡萄种植和酿造事业已经传承到第六代了。这里由于与世隔绝，一些古老的葡萄树，躲过了席卷整个欧洲、北美以及澳大利亚东岸的根瘤蚜瘟疫，得以幸存。用这些古老葡萄藤酿出的酒，倒有些老世界的沧桑味道。

与老世界相像的，还有新西兰的黑比诺（Pinot Noir）。有资深酒评家曾经说，“我会毫不犹豫地储存一瓶新西兰黑比诺，甚至优先于勃艮第出品的。”新西兰南岛中部的奥塔哥（Otago），因其广袤荒凉，

成为《指环王》的拍摄地。这里拥有新西兰最极端的气候，夏季炎热干燥，冬日冰冻入骨，一般果树在这里难以生存。出乎意料的是，养尊处优的贵族小姐黑比诺，在这个世界最南端的葡萄酒产区，竟然得其所哉，静静绽放。

这个娇贵的葡萄品种，很多人称其为“刁蛮公主”，极难伺候。不过在我眼里，它更像是林妹妹。在贾、史、王、薛四大家族的众多人物中，林黛玉最具性情，虽然不善处世，却是难得的敢爱痴情的真女子。虽然生得烟眉弱柳，经常伤花悲秋，却又雪骨冰肌，刚烈孤高。这样的女子，并非是凤姐所言，只是美人灯儿，风吹吹就坏了，而是既能安住深宅大院潇湘馆，也可以在荒郊野地采天地之精华。

据说，黑比诺最适合生长的地方，需要兼具内陆与海岸气候特点，全球只有三个地方具备条件，北半球是法国的勃艮第（Bourgogne）和美国俄勒冈州的威拉麦狄谷（Willamette Valley），南半球就是新西兰的奥塔哥。用这里的黑比诺酿造的葡萄酒，有着自己独特的风格，优雅又敏感，复杂又纯净。

如果一个人具备这样的特点，他（她）不会很幸福，他（她）多半会是个忧伤的人。

奥克兰有座山，山顶上有个大铜镜，上面写着许多国家首都的名字以及距离。北京的距离是 10407 公里。从那个山上望过去，在一个岛后面，就是激流岛。有一年，从 10407 公里外的地方来了个诗人，名字叫顾城，他就住在那个岛上。

激流岛曾经是顾城的乌托邦。顾城最后的日子，目光所及之处，或者说心灵所及之处，或许皆是孤独，那种把心冻僵的孤独。也许，他是这个岛国有史以来最孤独的人。

也许他来的不是地方。

这里有钢琴，没有竖琴。有干净衬衫，没有波希米亚鲜艳长裙。有蓝天碧海绿草地，没有黑色和灰色。没有北斗七星，只有南十字。这里适合微笑，不适合酿造带泪的故事。

说到这里，我把自己说懵了。澳新的葡萄酒，也许不仅是开始感觉的那种味道。

还记得新西兰的国鸟吗？对，就是那个看起来无比可爱的几维鸟（kiwi bird），呆萌到爆。它的学名叫鹬鸵，别名叫奇异鸟。说它奇异，是因为它虽然是鸟，却因为翅膀退化，不能飞翔。

在那个风靡网络的动漫片子中，这个可爱的小鸟，却有个令人非常忧伤的悲剧结局。它为了实现飞翔梦想，在悬崖壁上种了很多树，然后一跃而下，在从树顶掠过的过程中，用生命圆了飞行的梦。

对，也许这不能说是悲剧，没有梦想才是。我还记得动漫片里，那只飞翔的几维鸟眼睛里有泪珠，谁都能看得出来，那是幸福之泪。

走上金色之丘

曾经说过，看电影《遗愿清单》（*the Bucket List*）后，我也列了一个自己的心愿清单，就是此生特别想做的与葡萄酒有关的事情。

在我的那个清单里，有一部分是想喝那些天价酒，显得既没出息又没文化。这些流着口水的心愿，至今一个都没实现。

清单里还有一部分事情，属于有理想挺文艺的。比如，去瑞士拉沃（Lavaux）梯田式葡萄园，看湖光空蒙；在那不勒斯（Napoli）的情调小酒馆里，用晚霞下酒。如此等等。别说，倒是这些对腰包要求不是很高的事儿，陆陆续续实现了一些。

清单里还有个比较靠前的事项："行走在'金色之丘'（Côte d'Or）。"现在这一项也可以划掉了，最近去了勃艮第产区的那条名庄之路（Route des Grands Crus），沿着夜丘（Côte de Nuits）、伯恩丘（Côte de Beaune），纵穿金丘。

Route des
Grands Crus

- 01

关于这个愿望我是这么写的："在古老火车上遥望被染成金色的葡萄叶。"确实有火车。不过，很多人喜欢沿着这条路开车走，边走边看。这么牛的路，坐在火车里当风景看，有些浪费。

我是从里昂去的。里昂与葡萄酒也有不解之缘，它将罗纳河（Rhone River）分为上、下两部分。罗纳河，法国五大河流之首，也可以称为葡萄酒之河，古希腊人过去就是沿着这条通道运来了葡萄酒。后来，罗纳河谷地区开始自己酿酒，而且酿出了当时最负盛名的教皇新堡，这里也成了法国葡萄酒 AOC 制度的发源地。

早晨，我靠在栏杆上看罗纳河。一些当地人从我身后骑车驶过，这里有很多骑车和步行道。一个中年汉子，夹着长棍面包，微笑着从桥上走过。想起来时飞机上看的一个电影，里面一个女孩对已经离去的妈妈说，你不是我生命中的一块拼图，你是我生命中的点点滴滴。

说得真好。每个人的一生，剖开来看，其实都是点点滴滴。

从里昂去第戎（Dijon）两百多公里的路上，没什么风景。开车的是个小伙子，我问他有音乐吗，他问我什么音乐，我装了一下，说比如香颂什么的。他愣了一下，然后说没有。我说那有什么呢，他说什么都没有。

车进第戎。小城，苍老朴实，一看就喜欢上了。触目可及的，都是千年老法的味道。第戎作为艺术之都，美食之都，有很多可以看的。我时间有限，选择了勃艮第大学旁边的市政图书馆，这是勃艮第历史最悠久的图书馆，有四百多年历史了。

阅览室从 1909 年以来就没有改变过。空气有些潮湿，感觉窗外应该会有鱼游进来。一个枯瘦老太太迎了上来，像是从 16 世纪穿越来的人物，不过穿了件牛仔裤。

穿越来的老太太翻出很多古籍，其中有 12 世纪的羊皮书，是镇馆之宝，手写的，极为工整，应该用的是鹅毛笔。上面有关于葡萄的绘图。老太太说，这说明第戎那时候就有了葡萄。

对我而言，第戎什么时候有葡萄不重要，重要的它是通往名庄之路的起点。

- 02

看起来，这条路没有什么特殊之处。如果不在乎那些大名鼎鼎的酒庄，这条路与大部分道路差不多，甚至更加平淡，只是路边葡萄园多了些而已。

要说有所不同，是路边时常出现的各种路牌。有些写着“特级酒庄之路”，有些则是一些酒庄或者葡萄园的名字。那些名字，葡萄酒圈外的人会置若罔闻。而对圈内人来说，看到这些名字大多会心起微澜，因为许多名字，可以与伟大这个词连在一起。

国内对葡萄酒不熟悉的人，提起名庄，言必称拉菲。实际上，在 2013 年全球最贵葡萄酒榜单上，拉菲只排在第 34 位。这份榜单收录了全球均价最贵葡萄酒的 Top50，金丘所在的勃艮第产区将其中 37 个席位收入怀中，而拉菲所在的波尔多产区只有 3 席而已。在前 10 名中，勃艮第更是占据了 8 席。

勃艮第，是当今葡萄酒江湖中难以撼动的王者。据说，勃艮第有一千多个酒庄，其中有 30 个不接电话的。这些不接电话的酒庄酿的酒，

不上市场就卖光了。

而勃艮第的33个特级葡萄园，金丘就占了32个。那些如雷贯耳的酒庄，现在就平平淡淡地散坐在路边，很家常的样子。

哲维瑞－香贝丹（Gevrey-Chambertin）一闪而过。看起来是个很大的村子，实际上，它就是夜丘最大的村子。还没回过神来，香贝丹已经抛在身后。一转眼，已经看到了香波－蜜思妮（Chambolle-Musigny）的牌子。我连忙说，拐、拐、拐进去看看嘛。

错过了勃艮第的国王，不能错过王后了。

香波－蜜思妮这名字的翻译，可以与一些好译名PK。比如，徐志摩把佛罗伦萨（Firenze）译成翡冷翠，不但更接近意大利语原有发音，而且译出了味道，既如翡翠般幽雅，又像冰美人剔透。再比如还是徐诗人译的枫丹白露（Fontainebleu）。还有香榭丽舍（Champs-Elysees），这个不知道谁译的，闻起来也像出自诗人之手。

还有些译名也不错，悍马（Hummer），奔腾（Pentium），香奈儿（Chanel），香颂（Chanson），爱琴海（Aegean Sea）。哦，还有维他命（Vitamin），的确凉（Dacron），托福（TOEFL），宜家（IKEA）。还有爱滋（AIDS）——因爱才滋生的病嘛。当然，还有伟哥（Viagra）。

其实，网上孩子们自己译的血拼（Shoping），哇靠（wacko），也是浓盐赤酱，味道足足。也有人说盖世太保（Gestapo）其实很到位，也有说披头士、披头四（Beatles）很传神。最被众口称赞的是可口可乐（Coca Cola），认为是绝译。上个世纪三十年代，这种怪里怪气的饮料刚引进时，译名也同样怪里怪气：蝌蚪啃蜡。结果看到的人只是狂笑，没人买。我觉得译者应该是高级黑，谁会去品尝小虫子啃起来都如同嚼蜡的东西呢。

也有人说香波－蜜思妮翻译得过于香艳。其实，这个酒的特点，就是女人味道十足，优雅细腻，无出其右。

对法国葡萄酒来说，翻译一直是个大问题。法国葡萄酒的分类分级本来就让人头大，再加上法文很多有关葡萄酒的单词看起来都差不多，所以，到了这些村子，让人有成了文盲的感觉。不但我分不清，带我们去的向导也分不清。我觉得吧，除了在本地从事葡萄酒行业的，其他人没有几个能分清法国那些村、那些庄、那些田。

翻译成中文后也是五花八门，再加上两岸三地各显神通，你意译我音译，有的还带些口音方言。连最常见的葡萄品种 Cabernet Sauvignon，就有赤霞珠、解百纳、嘉本纳沙威浓、卡本纳苏维翁、卡本那胜维浓、加本纳沙威浓、卡本尼萧维昂、解伯纳萧维昂等，岂止是一头雾水，是让人觉得脑子进了水。

香波－蜜思妮村容挺不错，典雅，有点法国老乡村的味道。还有间四星旅馆，安德烈·兹特内尔城堡酒店（Chateau Hotel Andre Ziltener），听说是附近地区最美丽的旅馆之一，酒店的每间客房都以特级葡萄园命名。旅馆前面有块绿地，有个老人在打瞌睡，旁边卧着一只狗，漫不经心地用眼角扫一眼我们。

村里有很多石子路。我想起清单里写的那个愿望："黄昏时分，看夕阳挂在中世纪的石墙上。夜里，在田舍间石子路上漫无目标地散步，手里提着瓶喝了一多半的当地小酒庄酿的葡萄酒。"这里，有些像。

出了蜜思妮村，没多久，就到了罗曼尼－康帝（Domaine de la Romanee-Conti）所在的沃恩·罗曼尼（Vosne-Romanee）村。对，就是它，刚才说哲维瑞－香贝丹是勃艮第的国王，那是根据酒的风格说的，要说真正的国王，这家才是。而且，是全球葡萄酒世界的国王。

不过，说实在，我始终没有弄清到底是不是这个地方。王者所在村庄，与其他村子没有任何区别，甚至比一般的村子还普通。

村里基本没人。或者说，看起来基本没人。偶尔会开进来一辆轿车，悄无声地驶入一个院子，门悄无声息地关上。到处都没有标志。只有一个院子写着 La MAISON des VINS，应该是一间自制葡萄酒吧。

罗曼尼－康帝的房子在村中心教堂边儿上。大门紧闭，也没有任何标志。太低调，简直低调到做作，写个名字会死吗？

我鬼鬼祟祟地在宅院外四处打量，直到带我们去的朋友指了指门铃。嗯，还有门铃，而且是个现代电子门铃，看来还是没有完全与世隔绝。再仔细看，才发现在门铃上有一个小标签：Societe Civile du Domaine de la Romanee-Conti。呵呵，老罗，原来躲在这儿呢。

旁边的路上倒是有一个牌子，上面写着 Rue du Temps Perdu。这句法文，应该是“时间消失之路”的意思吧。

那条路指向村外葡萄园。

我想象着住在这里人的生活，安静是不用说的，有好酒喝也不是问题。当然，还要料理葡萄园，还要酿酒。此外，他们还做些什么呢。哦，如果内心没有杂音，也许有这些就足够了吧。有了这些，只需要留意季节、气候和月升日落，具体的时间不再有意义，它可以停住，也可以走开。

在葡萄园里，一年，十年，一百年，也许都是一样的。

我顺着这条路向村外走，当夕阳落在山脊上的时候，小教堂钟声响起。

La MAISON des VINS
Marie-Andrée et Chantal Gerbet
CAVEAU
La Maison des Vins
ENTREE

RUE du
TEMPS PERDU

- 03

第二天，去了夏山－蒙哈榭（Chassagne-Montrachet）酒庄。

金丘，上红下白。北面的夜丘，聚集红酒大腕；南面的伯恩丘，全是白酒翘楚。如果说红酒还有些诸雄逐鹿的意思，在干白葡萄酒世界里，蒙哈榭的名字往那里一戳，万马齐喑。爱米尔·强宁斯（Emil Jannings），人称德国默片之王，然而，玛琳•黛德丽在《蓝天使》里一出场，银幕上就剩下她，强宁斯无法控制地成了配角。

蒙哈榭就是干白葡萄酒里的黛德丽。

我半开玩笑地问夏山－蒙哈榭酒庄的一个伙计，你觉得你家的酒比其他家的酒怎样？我知道这是一个很傻的问题，甚至有些二。不过我就是想看看他怎么回答。伙计说：我只关心如何做酒，不关心其他。

我想，这也许是大多数勃艮第人的态度。

夏山－蒙哈榭使用霞多丽酿酒，这种葡萄有挺大宽容度，酿酒师不同，可以风格迥异，质量也可以差很多。这个庄有特级田，也有一级田。特级田的酒，比一级田的贵很多倍。我让伙计帮助推荐一款酒，他推荐了一款一级田的，价格中等。他说，特级田那个当然不错，不过，这瓶一级田的年份，最能充分表现这一年的味道。

我心里笑了笑，只有勃艮第人，才这样卖酒。

也只有勃艮第人，才会弄出 Climat 这个词，还以此申请世界文化遗产。Climat 比 Terroir 似乎更能体现勃艮第的精髓。Terroir 是“风土”，指的是葡萄藤生长环境中的所有自然因素，比如土壤、地形、光照、降水、温差和微生物环境等。而 Climat，不仅包括了 Terroir，还包括了与葡萄有关其他因素，比如，葡萄品种、栽培技术等。

说了半天，我知道可能还是没说清楚，因为我自己也有些晕。索性把 Climat 理解成葡萄田吧。勃艮第有 33 个特级田，六百多个一级田。一个庄可以包括不同的 Climat。所以，在勃艮第，级别的划分不是针对酒庄，而是针对田，这是与其他葡萄酒产区都不一样的地方。同一个酒庄，可能有不同的田，有不同等级的酒。

我懵懂地试着理解这些 Climat 的区别。第一，差一点，就会差很多。离开几百米，甚至一个拐弯，刮来的风不一样，土壤温度和松紧程度就不一样，出来的酒就可能从强劲转为柔美。第二，就像翡翠一样。每块翡翠的形成，都受所在具体地质结构的影响。没有完全一样的翡翠，没有完全一样的 Climat，每个 Climat 都是独特的。

勃艮第人像对待翡翠一样对待每一寸土地。这让我想起当年这里的西多会（Cistercian Order）修士们用嘴品尝土壤的传说。在能够分出 Climat 的地方，我相信这个传说不只是传说，这些石头墙围起来的小片土地，是修士们一口口咂摸出来的。联想起武夷山的岩茶，正岩外山，三坑两涧，牛栏鬼洞，武夷茶人也把自己的土地环境细分得无比复杂，还提出了“韵”这种看不见摸不着、只能意会不能言传的品茶专用词。在我看来，武夷的韵，就像勃艮第的 Climat。

武夷山与勃艮第，葡萄酒与茶，一脉相承，都把崇尚自然、尊敬自然作为至高王道。

走在金丘上，举目四望，会发现不同级别的葡萄园其实也有共性。坡地中部，聚集了特级园和一级园。靠近山顶，质量参差不齐。靠近坡底，就都是比较一般的村庄级和地区级的了。至于平原，只能种庄稼。这是因为，靠近山顶，土质偏石灰岩，香气好，骨架足，但不够饱满圆润。靠近山脚，偏黏土，出来的葡萄比较平庸。中间的，比较平衡。

Le Salon de Café

CHALLENGER
le shop photo
SFR

平衡是杰出的标志。

勃艮第尊重风土，所以只选择单一葡萄品种，红酒黑比诺，白酒霞多丽，年份好就好，不好就不好，认了，不靠混酿拼配弥补。

温暖年份能够更好体现花香。不过，一般来说，冷一些的年份，更能代表勃艮第。相比波尔多的幸运年份是“5”，勃艮第的幸运数字是“9”，尾数是 9 的年份，好像都不错。

- 04

Beaune，翻译成伯恩还是博纳还是博讷，是个问题。谷歌是博纳。百度是博恩。英语像是伯恩，法语接近博讷。

我叫它博纳，没什么原因，看着比较正经。

是在傍晚时分进入博纳的，这是进入这个葡萄酒之都的最佳时分。镇外面标识着地名的牌子上，有四朵小花，表明这是个四星级小镇。在法国，四星小镇是最高等级了。

博纳位居勃艮第葡萄酒产区的核心位置，是享誉全球的葡萄酒重镇，几乎成了葡萄酒的代名词，如同国人提起火腿就想起金华或者宣威一样。

晚上，走在这个古老的小镇里，风吹过来，都有葡萄的香气。小城很安静，而且灯光很美妙，在很多墙上，都有设计的灯光秀。我拍了几束楼顶的花，夜色中的花，很从容。

很多小酒店，里面摆放的，都是那种圆润斜肩的勃艮第瓶。到处都有金丘地图，书店不用说，酒店墙上，路边建筑，都有。当地人知道，金丘，是值得自豪的家园。

我在这里只能住一晚，所以很珍惜。清晨 6 点出来逛，没什么人，小镇也还没醒。街上只有偶尔走过的几个人，比偶尔驶过的车还少，都是清洁工人，老人，小店主，大家好像还在梦里，见面并不问候早安。

有个货车司机在卸货，边干活边吹口哨，十分流畅好听，尾音轻轻一甩，挂到了树梢上。

我往小镇的深处走，走着走着，就只有我的脚步声了。

越走越慢，最后，坐了下来，有些不想走了。都说，当个重要的人可能是愉快的，但更重要的是当个愉快的人。在这里，当愉快人的可能性比较大。

回到镇中心，买了一瓶圆润斜肩的勃艮第酒。还买了一把拉吉奥（laguiole）酒刀。这是我的清单上的另一个心愿。

清单上的心愿，还有很多呢。

三套车与喀秋莎

自以为是旅行达人。但只是自以为，公开场合不敢这么说，因为一直没去过俄罗斯。这么近（邻居啊）、这么大（是地球上面积最大的国家啊）、这么重要（……啊，只能说个“啊”，因为太重要，所以不知如何形容）的国家，竟然没去过，岂敢称达人。

最近终于去了。一路上除了做该干和不该干的事情，也一直留意葡萄酒。几天下来，感觉是，这是一个酒的国度。只是，基本没有葡萄酒，全是伏特加。

- 01

当然，不是说真的没有葡萄酒，只是稍微夸张而已。我是想说与伏特加的地位和影响相比，俄罗斯的葡萄酒基本可以忽略不计。

其实，我知道，在很早很早以前，俄罗斯就开始酿造葡萄酒了，尤

其是在里海、黑海和亚速海附近地区更为普遍。有学者认为，历史上俄罗斯葡萄种植甚至早于古希腊。1917 年十月革命后，葡萄酒产业逐成气候，有了规模，主力产区是摩尔多瓦、格鲁吉亚、乌克兰、亚美尼亚和阿塞拜疆。1991 年，苏联解体，树倒猢狲散，主要产区基本全都独立，俄罗斯葡萄酒产业一落千丈。目前还保留了一些产区，种植面积和产量也在缓慢提升。质量嘛，呵呵。

俄罗斯不适合种葡萄。大部分地区温度低，冬天会冻坏大量葡萄藤，以至于只好采用埋土保护的办法。也许还有很多其他原因，反正我觉得，在俄罗斯提瓶伏特加很自然，就像在北京提着瓶二锅头一样。可如果北京胡同里的老大爷左手架鸟笼，右手拎瓶葡萄酒，怎么看都不顺眼。

全世界都喜欢用北极熊来形容俄罗斯，还是挺贴切的。俄罗斯确实是个大块头。美国够牛吧，可俄罗斯的国土有两个美国大（嗯，也有两个中国那么大），其国土东西 9000 公里，横跨 11 个时区；南北 4000 公里，纵穿 3 个气候带。难怪国旗是白、蓝、红三色，表明国土跨寒带、亚寒带和温带。不但面积大，人也高马也大，什么都大。老天青睐俄罗斯，全世界的自然资源似乎都集中在那片土地上了，所以被称为全世界资源最丰富的国家：煤炭占全世界总储量 23%，世界第一；天然气蕴藏量占世界 1/3 强，世界第一；森林资源、淡水资源以及银、铂金、锡、锌、铌、泥炭储量世界第一；原油开采和出口、氮肥出口世界第一。

也有不是世界第一的，比如金矿，只是世界第二。其实人家看不上这些金啊银啊的——俄罗斯的钻石储量，令其他国家只能羡慕嫉妒恨。据说，西伯利亚东部有个超大的陨石坑，名叫珀匹盖（Popigai），直径超过 100 公里。这个坑应该是地球上最土豪的坑，坑里钻石储量据说超过万亿克拉。数字很单调，这么说吧，目前全球已知钻石储量全加起来只有30亿，与这个坑相比，只能算个零花钱。如果坑里钻石都开发出来，戒指上可能就不再镶钻石了，婚姻大事，岂能如此儿戏，钻石那东西只适合给孩子当弹球玩。

据说有专家认真论证过，结论是该坑储量只是估计而已，并且坑里的钻石不会是宝石级的，所以，上面说法算是调侃。对珀匹盖可以调侃，对俄罗斯不能。形容这个国家最好都用大词，因为它真的是一部庄重的史诗。

俄罗斯的地理环境，从北到南，依次为极地荒漠、苔原、森林苔原、森林、森林草原、草原带和半荒漠带。环境影响灵魂，俄罗斯的文艺巨匠们，比如托尔斯泰、陀思妥耶夫斯基、柴可夫斯基，还有普希金，都有强烈的悲剧色彩。

俄罗斯这个巨人，犹如冰山，雄踞北方，沉默无语。

对它而言，葡萄酒似乎显得轻松，过于生活化，不够庄严。

- 02

一般来说，葡萄酒普及程度，与经济发展水平成正比。对，这又是我DIY的一个“沈氏定理”，当不得真。不过，仔细想想，好像也不无道理。也说不定早已是人所共知的老生常谈了，我还沾沾自喜，以为有了知识产权。

我这个“定理”包含两层意思。第一，在世界范围，一个国家经济发展水平越高，葡萄酒普及程度也越高。比如，葡萄酒的老世界国家，都是老牌发达国家，法国、意大利、德国、西班牙、葡萄牙。葡萄酒新世界的主要代表，如美国、澳大利亚、新西兰等，经济水平也自不待言。

另外几个新世界国家，如智利，既稳坐南美经济前几把交椅，也是南美葡萄酒的翘楚。而南非，在基本不生产葡萄酒的非洲大陆，既执非洲经济牛耳，也是葡萄酒花园里的一朵奇葩。在亚洲，曾经创造经济起飞奇迹的亚洲四小龙，日本，韩国，还有我国的港台地区，也正是亚洲葡萄酒文化最普及的地方。

第二，在同一个国家，随着经济发展，烈酒普及率会逐步下降，葡萄酒普及率会逐步提高。在我国这一现象很明显，在俄罗斯也是。沙皇时期，随着国势强大，在克里米亚建造了第一个葡萄酒厂。苏联时期，从 1920 年开始，葡萄酒产业进入快车道。苏联解体，经济随之放缓，2000 年，整个俄罗斯只有 72000 公顷葡萄园，不到八十年代初期的一半，生产能力仅为当时的 20% 至 25%。普京大佬执政后，经济快速回升，连续 8 年增长，年均增幅约 6.7%，2011 年，俄罗斯 GDP 总量已经达到 1.85 万亿美元，重回世界十大经济体。与此相适应，葡萄酒消费开始增加，专家预测，俄葡萄酒市场将以每年 12% 的速度增长。目前政府正在努力将葡萄园恢复到 40 多万公顷。

不过，曾经有很长的一段时期，俄罗斯虽然也是经济大国，但属于国富民穷的那种。我对此曾有切身感受。

前面说没有去过俄罗斯，不够准确，其实去过一次，算是擦边而过。那是改革开放初期，国门刚刚打开一条缝。去的是黑龙江对面的俄罗斯边境城市。当时政策允许搞些比较灵活的边贸活动，旅行社负责办边境手续。除了旅行外，旅行社还要求每人穿件黑皮夹克，背个阿迪达斯运动旅行袋，里面装些羽绒衣运动鞋什么的。黑皮夹克、旅行袋和里面装的东西，都是地摊货。要用这些东西换回俄罗斯的货物，也就是呢子大衣望远镜压蒜器什么的，背回来交给旅行社。现在想起来，等于为旅行社义务打工。

于是就出现这样的场景：去的时候，每个人都穿皮夹克，看上去有些像混社会的，街头的那种。回来的时候，都换了黑呢大衣，看上去更像混社会的，黑社会那种。

回来过关时，每个人都要打开旅行袋，被迫送俄罗斯海关官员一两件东西，否则过不了关。这件东西基本是由他指点示意。轮到我的时候，他先指指我的尼康单反，我吃了一惊，摇摇手，表示这个真不行。他又指指我的索尼傻瓜相机，我犹豫了一下，摇摇手，说这个也不行。他不高兴了，拿走了我的一件儿童羽绒衣和一双运动鞋，扔进柜子下面的一个大筐里。

我后面是随队的一个哈尔滨小姑娘，她也许是经常去，没有背阿迪达斯旅行袋。他上下打量一下，直接伸手拉开小姑娘的腰包，取走了一小叠卢布。虽然有精神准备，但看到这个举动，我仍然大吃一惊。看看人家小姑娘，处变不惊，面带微笑，一副见多识广、见怪不怪的表情。

过关后，我对小姑娘说，这也太离谱了，基本就是明抢啊，找他们的上级告他啊。小姑娘偷偷指了指站在不远处的一个穿制服的人，说，那就是关长。

这事情现在说出来有些像天方夜谭。也许，只有在那个特殊时代，才会有这样的事情。其实对面这个城市叫布拉戈维申斯克（Blagoveshchensk，咱们叫海兰泡），还是挺不错的。当时令我感慨的是，市里有一些博物馆和图书馆，装修很考究，用现在的话，就是高大上，放在哪个大城市都不含糊。其实，布市是俄罗斯远东第三大城，是阿穆尔河（Amur River，咱们叫黑龙江）中上游的重镇。

布市的基础设施不错，但是普通市民的生活仍然捉襟见肘。往往是我们的车一停下来，车下会围上很多人兜售物品。我们内地做这些的通常是大嫂、老婆婆或者孩子，可是他们中有很多中青年男人。

对方提供的餐食质量也不好，就是很粗糙的面包，还有一碗汤。另外有几个苹果，很小，歪歪扭扭，表皮上有几个疤痕。我们没吃，留在外面。几个孩子一拥而上，被一个中年男人呵斥走了。

至今，那个中年男人和孩子的样子我已全然忘记，却清清楚楚记得那几个其貌不扬的小苹果的样子，以及一些渴望的眼神。

- 03

早晨5点就醒了。其实还不错，实际时间已经是北京时间9点多，睡了有6个小时。刚到一个有时差的国家，这个睡眠算是很好了。何况，外面街道车流声嘈杂，挺吵的。室内小冰箱也不断启动，尽管里面什么也没有，就是个摆设。

6点多出来在街上转。不算太冷，有北方味道。

走进附近一个居民小区，此时天已大亮，小区还在沉睡。很多窗户下有卫星小锅，似乎没人管，这点比我们放得开。地上有些酒瓶和空烟盒。墙上有些涂鸦，不过分的那种，起着点缀作用。

走在街上，远处仍然有镰刀斧头的塑像，提醒着这个国家的过去。街头绿灯等待时间很长，我数了一下，两分钟。洒水车走过，边走边洒，地上有挺厚的灰土，这种做法不知是在清扫，还是在和泥。市中心街道两边都可以免费停车。路人衣着普通，表情正常。莫斯科房子据说挺贵，有的每平米5万美元。嗯，你没看错，5万美元。

看了看红场什么的，走马看花，没看出名堂。也去了著名的阿尔巴特街，下着雨，有些寒冷，空无一人。

哦，这就是心仪已久的莫斯科给我的全部印象。

有些失落。

于是去了彼得堡。需要一晚上车程，雨跟着我们走了一路。凌晨时分醒了，光线从窗帘缝隙中钻了进来，天亮了。好可惜。好好的一个晚上，俄罗斯火车，夜晚，雨，令人萌生感伤的要素齐备，也是某个相遇的好时候。可是，没有感伤，没有遇到什么人，都睡过去了。

出圣彼得堡站台，东方红，太阳升起。车站很配合地响起宏伟交响乐，很俄国的那种。流浪人和拉客小贩也理所当然地出现，用中文说你好。心情大好，牵着行李箱像遛狗一样，走上涅瓦大街。

任谁都能一眼看出，这是一个古老的城市。这个城市的年轮，层层缠绕，曲折复杂。

去了诺夫哥罗德（Novgorod），看起来是个小镇，靠近芬兰，天清地明，有北欧面孔。这里空气洁净，食品无污染，竞争不激烈，生活节奏慢，看起来应该是适宜人类居住的地方。可是，进一步了解了一下，才知道，这里人的平均寿命仅仅六十多，远不及污染嘈杂竞争白热化的咱们那地方。

俄罗斯确实是个有点儿奇怪的国家。极有宗教感，却又是最早确立无神论的国家。被蒙古人、波兰人、瑞典人、法国人占领过，谁都没有得逞，连拿破仑、希特勒到了这里，都只能止步。当年生活水平不怎么样，但最早弄出了代表人类飞向太空的宇宙飞船。有一百五十多个民族，而世人知道的民族工艺品只有那个套娃。看起来坚不可摧的巨大帝国，瞬间轰然倒塌，土崩瓦解，速度快得令人瞠目结舌。武器是用来杀人的，通常名字都霸气冷血，鬼头刀，狼牙棒，豹式坦克，枭龙战机……而苏联那款杀伤力极大的火箭炮，则起个喀秋莎这样的纯情少女的名字，就像江湖黑老大的名字叫小芳。

居住在如此丰饶美好大地上的人们，却有另一些不怎么好的世界排名：俄罗斯人居民健康指数世界第127位，平均寿命世界第134位，心血管系统疾病死亡率世界第一，中年人、少年和儿童自杀数量世界第一。

也许是因为爱饮酒？确实，这是一个酒的国度。那些世界排名中还有这些数字：俄罗斯酒精消耗量和含酒精类产品数量世界第一，高浓度酒精产量世界第一，酒精中毒和烟瘾致死人数世界第一。由于酗酒行为普遍，政府被迫实行过禁酒令。

除此之外，俄罗斯的烟草产量世界第一，海洛因消费量也是世界第一（占全世界产量的21%）。是什么原因，使他们如此依赖酒精、尼古丁和可卡因？

解释这些问题，非我所能。在我拍的照片里，红场上和莫斯科郊区修道院河边看自拍的年轻人，个个青春阳光，欢快畅笑。那些孩子，全都宛如天使。

晚上住在一个农庄里，户主叫柳德米拉。哦，当然不是普京前妻的那个柳德米拉，这个名字在俄罗斯很常见。这个柳德米拉在市里做经贸生意，来过几次中国。我们住的是个木头房，有木头香气。

柳德米拉热情友善，晚餐丰盛。她还叫来几个女伴儿，都是略略发福的中年女人，有铁路工程师，有公务员，都不住在村里。喝了伏特加，还喝了葡萄酒，比我想象的好些。

然后，夜就深了，就唱苏联老歌。怎么能不唱，那些《莫斯科郊外的晚上》《红莓花儿开》《三套车》，还有《喀秋莎》。我们两个国家曾经是兄弟，我们称他们是老大哥。上一点年纪的俄国人中国人，都会

唱这些歌。

后来聊天，知道她们的老伴都先走了。据说，俄罗斯孤独女人比较多。有的是先生先走了，先生先生，通常先出生，所以也会先走。也有的是又找别的女人了。柳德米拉说，他们会说句“我不能在这里整天看尿片子”，然后人就走了，说要换个地方挂窗帘。翻译说，在他孩子的班上，有一半孩子没有父亲，都是单身女人带着。

据统计，俄罗斯离婚率和未婚生子率也是世界第一，此外，堕胎率和被抛弃孩子世界第一，人口绝对减少率世界第一。最新人口普查表明，2002 年至 2010 年，人口从 1.452 亿下降至 1.429 亿，减少 230 万人，降幅近 1.6%。目前政府增加投入，推行改善医疗条件、鼓励生育等政策，促进人口稳定增长。好消息是，2010 年，俄居民平均寿命已从 2005 年的 65 岁提高至 69 岁。

柳德米拉的院子里有蔬菜大棚，还有个小风车。风吹来，滴溜溜转个不停。

走的时候，柳德米拉送我两瓶酒，1 瓶干红，1 瓶伏特加。

我想起昨晚唱的那些老歌：

冰雪覆盖着，
冰河上跑着三套车，
有人在唱着忧郁的歌
唱歌的是那赶车的人。

——《三套车》

正当梨花开遍了天涯，
河上飘着柔曼的轻纱，
喀秋莎站在那竣峭的岸上，
歌声好像明媚的春光。

——《喀秋莎》

前者苍凉，适合边唱边喝伏特加。后者明媚，适合边唱边饮葡萄酒。这两种截然不同的情调，都是俄罗斯。对俄罗斯来说，宏大有很多，伟大有很多，伏特加有很多。除此之外，也需要更多梨花，更多春光，更多葡萄酒。

据统计，目前俄罗斯的伏特加等烈酒销售持续下跌，葡萄酒销售增长势头惊人。听起来不错。伏特加也许能排遣忧郁，而葡萄酒更适合品味生活。

下次见到柳德米拉，她如果再送酒给我，希望两瓶都是葡萄酒。

台湾（上）
茶里酒里看

在我眼里，台湾那些河里流的，一半儿是茶，一半儿是酒。

- 01

台湾有好茶。“北文山、南冻顶”，这次去的是冻顶。

冻顶山在南投。台湾是四面环海的岛，走到哪里都可以看海。而南投是台湾唯一无海岸线的县，境内大多是山。

台湾茶人吴先生来接我们。一路盘山而上。台湾地势陡峭，据说太鲁阁的立雾溪每 17 米下降 1 米，切割力相当了得，也由此才让人们感叹太鲁阁大峡谷的鬼斧神工。

车过埔里。埔里是南投所辖四镇八乡的交通枢纽。然后过雾社，地图上的这个地方的正式名字是仁爱，不过太书面，没人叫，路牌商店上写的都是雾社。

雾社，好听。台湾有很多用雾开头的名字：搭里雾，阿罩雾，燕雾，雾峰，立雾溪，雾台乡，雾鹿村。也许是因为雾多，也许是原住民的发音，反正听起来就想起水墨画。大陆用雾作为地名的似乎比较少，多的是雾霾。

魏德圣执导的电影《赛德克·巴莱》是在这一带拍摄的。我很喜欢他拍的《海角七号》，《赛德克·巴莱》呢，是经典无疑，不过也许有些用力过度。片子叫好不叫座，成为孤独的经典。《赛德克·巴莱》充满原始自然的张力，魏导之所以选这里取景，也许是因为这里的自然环境与片子的风格完全吻合。

这样的地方，通常也出好茶。吴先生说过，能种柑橘的地方就能种茶。但是，要出好茶，环境条件格外重要。所谓好茶，一般来说，制作工艺的优劣能占 20%，而茶叶本身的品质要占到 80%。当然，这要看茶叶种类，对岩茶而言，可能两者的比例要反过来了。而茶叶本身的优劣，一看品种，二看自然条件。

冻顶乌龙也许是最有代表性的台湾茶之一，其最好的产地在鹿谷冻顶。冻顶在台湾乌龙中的地位，犹如武夷山与大红袍，桐木村与正山小种，狮峰与龙井，猴坑与猴魁，班章老寨与普洱。

冻顶乌龙主要产地包括鹿谷乡的凤凰、永隆和彰雅（冻顶巷）三个自然村。中有麒麟潭，潭倚冻顶山，山高近 800 米。

我们的车停在冻顶巷的苏家古厝。苏氏在冻顶乌龙茶人中相当有地位，苏文昭是传统古式徒手炒茶的高手。他出去了，没见到，见到了古厝主人苏文彬，八十多岁了。我希望给老两口在门前照个相，老太太不好意思，躲进里屋。老爷子笑呵呵地站在门口让我拍照，纯朴，光着脚，笑容真诚如孩童。

古厝的每个门前都有对联。横批不是通常的四个字，而是七个。“一卷茶经探陆羽，万杆竹影绘王维”，横批：“冻顶茗茶永泰兴”；“四面云山开画谱，一楼烟雨读书声”，横批：“书声方可振家声”。对联都还工整，也贴切，应该是出自某位乡村秀才之手，而横批似乎更像是主人自己创作的。

还有的对联应该就是屋主的原创了，都是大白话：“冻顶山上云雾多，乌龙好茶香远播”，横批：“鹿谷冻顶茶故乡”。呵呵。虽然朴实到不像对联了，但接着地气和主人心声。不知为什么，喝写这种对联的茶农种的茶，我心里会觉得更踏实。

- 02

文山包种讲究香气，冻顶乌龙讲究喉韵，回味似乎云淡风轻，却又苦尽甘来，悠久绵长。如果喝几十年的冻顶老茶，这种口感会更显著，入口全是沧海桑田。

在鹿谷茶叶改良场冻顶工作站，黄正宗站长请我们喝了30年前获得银奖的老茶。茶呈虾形卷，这是老冻顶的标志，现在的会更加包圆一些。品了一下，果然如它的名字，那是相当正宗。所谓茶的香气要先到水里，再到嘴里，30年的茶，每口茶汤，都充满转化而来的梅酸香韵。

在鹿谷喝茶，所见茶人泡茶的动作看起来都很随意。现在有些地方，喝茶讲究文化范儿，搞得喝茶不像喝茶，像是表演秀，茶成了走T台的模特，形式大过了内容。

记得上次去潮汕，那里出著名的凤凰单丛，也是广东四大翡翠加工地之一。下了飞机先去翡翠市场转了转。转了一会儿，同行当地朋友问

我带了多少钱，我说三五百吧。朋友说，这句话在我们这里，就是后面再加个万字的意思。我说我是后面不加那个字的意思，他说那咱们还是走吧。自尊心受到打击，于是喝茶去。

喝茶的结果，自尊心不但没有恢复，反而降到尘埃里。我们是在一个老师那里喝的。他泡的真的是工夫茶——考验我的耐性工夫。用的都是古炭炉，炭是橄榄核与荔枝核烧的。所有的杯子盘子都比我资深，有的是江捞，有的是海捞，就是江里海里捞上来的那种。

老师请我分别喝用炭炉烧的水、电炉烧的水、老水加了一勺生水等种种区别之水泡的茶。试过之后我说“真的耶”。其实我也不知道我说真的耶是啥意思，因为我完全没有喝出来有什么区别。而同去的几位茶友，全都认为区别之大，简直是姚明与潘长江之比。有的还说，感受茶汤需要将舌头分成很多细微部位，比如这口茶下去，舌面右侧后面的1/6 处，还是空落落的感觉。

我呢，整个舌头感觉都差不多，如果一定要将其细分，顶多分成大舌头和小舌头。原来以为自己对茶还算略知一二，这回才知道，我还是喝北京前门 5 分钱一碗的大碗茶比较合适。当然，现在即使想喝大碗茶也喝不到了，都进了茶楼。

不过，我个人还是喜欢比较随意的茶局，就是那种以茶为本的。茶友小郑带我看了一些单丛古树，其貌很不扬，每棵每年也就两三公斤的产量。别看产量低，价格可不低，每斤都能卖一两万元。还有一棵宋种，曾经拍出一斤百万元。

喝这样的茶，这样的喝茶，已经没了喝茶的意思。其实潮汕人日常喝工夫茶，不很贵，也不在意形式。无论多少人喝茶，只摆三个杯子。三个杯子，是个“品”字。不问来者身份，只说茶话。如果人多了，就三个杯子轮着喝。也不怎么清洗，开水淋一下就好。

喝茶时间长了才知道，那种表面上不露声色随意泡茶的，其实隐藏着许多狠角色。羽扇纶巾，谈笑间，水化香起。举手投足，看似不经意，其实每个招式都很讲究，都是岁月的沉淀。比如，吴先生后来告诉我，在鹿谷喝的冻顶乌龙，冲泡时间需要掌握在50秒左右，最佳时间是42秒。

- 03

住在南投的山间旅社，台湾人称其为民宿。晚上与吴兄品茶聊天。俗话说，梅有骨而竹有节，水能言而茶能语。何况老友相逢，山峦静寂，夜色深深，茶香袅袅，聊得愉快，都不想睡觉了。

早晨6点就醒了。有时候，太安静反而容易醒。就像有时候太雅致的地方，反而让人有些躁动。推开窗子，一夜小雨不知去哪儿了，阳光灿烂，远处是轻雾白云。

冻顶山的茶园里还长着很多槟榔树，细细长长，玉树临风。台湾人过去喜欢嚼槟榔，槟榔西施曾是一景，近年来似乎少了很多。在上帝创造的东西中，能将各种对立面融为一体的比较少见，槟榔算一个。这东西蛮奇特的，所谓醒能使之醉，醉能使之醒；饥能使之饱，饱能使之消。嚼槟榔后人的面色如醉酒一般，面红耳赤，苏东坡形容为“两颊红潮增妩媚，谁知侬是醉槟榔”，“暗麝着人簪茉莉，红潮登颊醉槟榔”。由于其“醉能使之醒”，也常被用来作醒酒之物。饿的时候吃一点，会有饱腹之感；而餐后食之，则有利于消化。

槟榔能让人上瘾，也能致命。通常一筐槟榔中，会有一个“倒吊子”。倒吊子长得与其他槟榔没什么区别，只是普通槟榔朝下长，而它是朝上长的，所以被称为“倒吊子”。倒吊子有个本事，吃了后会使血管扩张，心跳加快，血压升高，产生亢奋之感。听起来像毒品。实际上，确实有的地方用它来替代摇头丸。如果过量，倒吊子可能引发心肌及脑部缺氧，造成休克甚至诱发猝死。

嗯，这些特点，有些像酒。

南投不但有茶，也有酒。南投出茶酒。对茶酒曾有耳闻，据说上古时期就有记载，是一种将米酒与茶勾兑的茶酒。北宋苏轼则对茶酒另下定论，“茶酒采茗酿之，自然发酵蒸馏，其浆无色，茶香自溢”。在制茶基础上，在茶叶中加入酵母，使其发酵成酒。

此后，有不少文人墨客，根据苏轼提出的“七齐”、“八必”之法，尝试秘酿茶酒，并以此为名，举行各种 party。群贤毕至，少长咸集，自然免不了吟诗作画，琴棋茶酒。只是，此时的茶与酒，已经合为一个东西了，正是“昨日东阁畅胸意，品茗醉似酿茶浆”。

唐代王敷，曾作《茶酒论》，其中茶和酒拟人化的对话，有点意思。开始时，茶酒自我表扬，自吹自擂，到后来相互攻击。茶说自己是“百草之首，万木之花。贵之取蕊，重之摘芽”，酒则说自己是“单醪投河，三军告醉。君王饮之，叫呼万岁”；茶说自己“浮梁歙州，万国来求”，酒则说自己“一醉三年，流传今古”；茶说自己“或白如玉，或似黄金”，酒则说笑死人啊笑死人，“茶贱三文五碗，酒贱盅半七文”；茶恼羞成怒，指责酒后之人丑态百出，“只言粗豪酒醉，不曾有茶醉相言”。

上善若水，老子说过，水利万物而不争。可这回旁边的水听不下去了，也跳出来参加辩论赛。这老兄一出来也先强调自己的重要性，“米曲干吃，损人肠胃。茶片干吃，砺破喉咙。万物须水，五谷之宗”。说

着说着开始和稀泥，希望茶酒二人，“从今以后，切须和同。长为兄弟，须得始终。永世不害，酒癫茶疯”。也许是水老兄的话起了作用，茶酒和好，携手同行。走着走着，茶与酒索性联姻，成为一家，从此就有了茶酒。

我从未喝过茶酒，心向往之。在鹿谷农会，喝茶前会长说走时要送我们一瓶，听得我心里暗自窃喜。谁知喝茶喝得高兴，走时忘了拿。看来，不仅喝酒误事，喝茶也能误大事。会长，咱们说好了，那瓶茶酒一定给我留着，下次来拿。

- 04

在南投还是喝了酒的，是在茶农张隆盛先生的家里。老张 70 岁，儿孙都在。在老张的餐桌上，鸡是凌晨 4 点钟上山抓的鸡（完全野养，据说凌晨好抓鸡），自己山林中的笋，用山上鹿的鹿茸和龟甲自酿的米酒。

老张的茶生意做得很大。边吃边聊，老张说，过去是今天有地瓜吃，不知道明天有没有地瓜。老张说，自己没什么文化，甚至不会写名字。老张说，说出来的话，比写出来的更要有信用。我想，最后这句话，也许是老张生意做得挺大的原因吧。

老张现在经常一上午都在池塘里看鸭子，看它们的表情，与它们对话。老张的鸡、鸭、狗，都以酒糟作为饲料，一个个毛发鲜亮，英姿勃发。

墙上有吴先生的手书，是有一年吴先生夜宿老张家，酒至半酣，即兴泼墨而成。吴先生在鹿谷也有茶场。他做茶有些像勃艮第人做葡萄酒，崇尚完全自然，坚持不用农药，只用被虫子吃剩的茶叶。这次他没有请我们去他的茶场，说是台湾当地引进一种植物，结果这种外来植物在这片土地上反客为主，不断疯长蚕食，人工来不及去除，半个茶园都快荒了。就这样，他仍然坚持不用农药。

吴先生告诉我，冻顶乌龙也曾经有过十年迷失。有一段时间，高山茶风靡一时，价格扶摇直上，于是一些冻顶茶农，也开始改用高山茶的做法，结果使冻顶乌龙沦落成了高山茶的二军茶。吴先生是制茶好手，也是品酒高人，这个二军的说法，可能是借用葡萄酒术语，指酒庄的副牌酒。

对吴先生来说，没有二军，只有最好。他说，对茶人来说，最重要的，不是卖出好价格，而是做出真正的好茶。

我把与茶有关的人，依次分为茶商、茶农、茶人。吴先生是茶人，老张也是。在我眼里，他们就是两株冻顶老茶树。

与这样的人，一起吃这样的饭，喝这样的酒，不喝醉就不像话了。离开鹿谷的路上，醉意盎然，一路昏睡。

醒来时，晚霞满天。

台湾（下）
茶里酒里看

台湾人爱喝茶，也有很多好茶，并且卖到世界各地；台湾人也爱喝酒，好酒却不多，于是，世界各地的好酒都卖到台湾来了。

- 01

要论华人圈里发育比较早、比较成熟的葡萄酒市场，应该算香港和台湾。要论及葡萄酒文化，我觉得台湾比香港似乎更加普及，也更加到位。回想一下，我接触葡萄酒圈子后，看过的几本中文葡萄酒书籍，竟然都是台湾人写的。林裕森、陈新民、齐绍仁，《城堡里的珍酿》《酒瓶里的风景》《稀世珍酿》《法国人的酒窝》，这些作者和书籍的名字，在华人葡萄酒爱好者中，流传甚广，耳熟能详。

在台北的时候，吴先生请我参加了一个朋友圈的聚会，属于以酒会友的那种。这个聚会，我觉得有一定代表性，体现了台湾葡萄酒圈子的

一些特点。参加聚会的，大多是受过良好教育、有品位、懂美食美酒、事业有成的人士。有做生意的，也有从事其他专业领域的。相处时举止优雅，彬彬有礼，有点当年雅皮士风格，热情而有度，彼此保持适度距离。

酒是聚会的人自带的，不算昂贵，但一看就是专业圈子里喝的那种。菜肴是吴先生精心配制的，头天就与厨师（一个年轻帅哥）反复商议。牛肉用文火烤制二十多个小时，皮脆内鲜。不过最叫好的却不是主菜，而是一道米饭，里面不知道用的什么材料，配了鸭肝，口味比鹅肝还好。有些遗憾的是，那盛米饭的容器，只有一杯二两酒盅那么大，刚勾起馋虫就吃光了。

席间，话题漫无边际，轻松而惬意。用于下酒的，除了佳肴，还有一些轻松的玩笑。比如吴先生说，他还藏了一瓶罗曼尼·康帝，准备在弥留之际，打点滴吊瓶子用。

一次以葡萄酒为媒介的聚会，掌握在这个温度，应该说刚刚好，与葡萄酒的内涵相符。我觉得，聚会的格调和氛围，能折射出这个地方葡萄酒文化的成熟程度。

台湾人会喝葡萄酒，只是基本不生产葡萄酒。也有一两家葡萄酒厂，不过可以略过不提（据说积压的库存如果装箱竖起来，高度要超过 1000 座 101 大楼）。

究其原因，倒不是酿造工艺和设备问题，主要是台湾的地理环境不适合种植酿酒葡萄。台湾这个海岛，适合人类居住，却不适合葡萄居住。这片土地，能孕育出邓丽君、林青霞、秦汉、萧蔷、胡慧中、孟庭苇、林志玲、柯震东、林志颖这样的帅哥靓女，在台风暴雨中好不容易长大的葡萄，却一个个长得像……丑的明星也不提啦。

其实台湾葡萄酒普及的历史并不长。有位台湾权威专家说，1978 年他才刚刚接触这个领域，那时台湾葡萄酒还算是奢侈品，品种也非常少，一般人喝不起。用他的话，是“一瓶葡萄酒的钱可以看几十场电影，头脑发烧才会去喝”。

- 02

一般来说，台湾人也许更喜欢喝烈酒，这点上和大陆相似。台湾本土不怎么生产葡萄酒，但是却出好白酒。其中最著名的，当属金门高粱、东引高粱和八八坑道高粱等三大高粱酒。

听这些名字，都有高粱，一听就显得正宗，显得亲切。

高粱的别称是蜀黍。蜀黍这个本来显得挺古雅的名字，近年来变得有些邪恶。网上流行“怪蜀黍”之称谓，专指那些长风衣鸭舌帽络腮胡、拿着棒棒糖诱拐小萝莉的中年男子。

其实蜀黍这个东西，即使算不上高大上，但也绝不是那么不堪。它应该属于质朴敦厚一类，算是正面人物。有时候会形容一个人“顶了一头高粱花子”，一方面可能是说此人有些土，同时也让人有信赖感，知道绝非偷奸耍滑之辈。

高粱可以用来做米饭，也可以做成窝窝头。高粱秸可以烧火、盖房、铺床和扎鸡笼。高粱还有一项重要职责，就是酿酒了。高粱是白酒原料之王，自古就被称为“五谷之精、百谷之长”，几乎所有大名鼎鼎的白酒，都少不了用高粱做原料。可以这么说，没有高粱，就没有中国白酒。

不过，提起高粱，通常会联想起辽阔的北方。“我的家在东北松花江上，那里有森林煤矿，还有那满山遍野的大豆高粱”，每当唱起《松花江上》，必然会浮现出东北的白山黑土，扑面而来的是无尽苍凉。老谋子的电影成名作《红高粱》，出处则在山东高密，镜头里都是北方汉子和北方大妞，都糙得一塌糊涂，痛快淋漓。还有河北，记得那首怒吼呼啸的《黄河大合唱》吗，“风在吼！马在叫！黄河在咆哮！河西山岗万丈高，河东河北高粱熟了”，正是高粱，在华北大地长成了漫无边际的青纱帐。

至于南方的土地，能让人联想的应该是秧苗青青、稻浪翻滚之类的田间风光。所以，当我多年前刚听到金门高粱酒的名字时，第一反应就是“金门也有高粱”？

实际上不但有，还有好高粱。金门岛上大多是砂壤和红壤，所产旱地高粱颗粒小，表皮厚，黏性强，很适合酿酒。岛上也曾使用外地运来的高粱酿酒，滋味确实差了很多。

金门基本没有工业，提供了无污染的良好环境。两岸长期军事对峙，岛上修筑了大量地下坑道，据说军队调动，从岛东走到岛西，基本不用到地面上来。无心插柳柳成荫，坑道所具有的恒温、恒湿、稳定酒质的特性，成为储酒的绝佳场所。这些因素，使金门高粱酒独树一帜。

金门高粱酒在台湾有很高地位，实际已经成为台湾符号之一。这酒其实与大陆关系密切。金门过去并不生产高粱酒，上个世纪五十年代，岛上驻扎数万名国民党军队，最多时甚至超过原住民数量。长期困守孤岛的数万精壮男丁，亲人远在大洋之外，每天只有枪械、钢铁和海风做伴，日复一日，长夜漫漫，可以想象在这种环境下，全岛对白酒的需求量有多大。据说，当时金门每月要从台湾购买白酒 10 万瓶以上。

金门种了不少高粱，岛上人却不爱吃高粱。岛上人对白酒需求量大，当地却不生产白酒。在这种条件下，用岛上的高粱酿造白酒，就成为顺理成章的事情。据说，当时动议一出，得到一致赞成。

金门高粱酒的酿造，完全采用了中华民族传统的古法纯粮固态酿制工艺，成就了中国白酒文化长河中的一朵浪花。而且，金门高粱酒还有一个特点，冰镇后入喉更顺口，尤其适合炎热天气饮用，别有一番滋味。

在台湾，我多次与台湾朋友畅饮白酒，血浓于水的感觉，几乎可以触摸到。过去，我曾经多次在厦门遥望对面的金门，半夜坐在海边沙滩上，月明星稀，海面有薄雾，对面山形田地依稀可见。

那时万物静籁，似乎能听到金门高粱的拔节声。

- 03

一个国家和地区流行喝什么酒，酒精度数的高低，与其地理环境、文化习俗有关，也与经济社会发展程度有关。在农耕时期，物质不是很充沛，通常有什么喝什么。进入工业化时期，情况比较复杂了，不过整体来看，还是明显呈现一个总的发展趋势：经济越发达，社会流行的酒精度数越低。

世界八大烈酒中，欧美流行的白兰地、威士忌、杜松子酒（Geneva）、朗姆酒和龙舌兰酒，酒精度数大致都在三四十度左右。而且喝的时候，除了少数酒徒，大部分人还需要加冰块、苏打水稀释，因此实际酒精含量并不高。这些酒也是调配鸡尾酒的主要原料，而调制好的鸡尾酒，酒精度一般不会超过 30 度。

八大烈酒之一的伏特加，主要产自俄罗斯和波兰。发现了化学元素周期律的门捷列夫，曾经以科学态度对待伏特加，缜密分析后认为最佳适饮的酒精度数是 38 度。

但是，人的本性其实是与科学对着干的。最好吃的食物都不健康，油炸的、高脂肪的、高热量的东西，都是美味。而那些健康的寡油少盐的能让嘴里淡出鸟来的东西，吃它们的时候不是享受，基本是在思考营养和保健作用。如果将红烧肉与胡萝卜作个比较，哦，根本不能比，前者是美食，后者……就是个胡萝卜素吧。

这样看，上帝他老人家是深谋远虑的。又好吃又健康？想得美，越吃越爱吃，越吃越健康，这样下去，人口一定会大爆炸，地球上找不到落脚之地，天天都有踩踏事件。

38 度，肯定不能满足生活在寒冷无聊大地上的人们需求。于是，最适宜的度数，变成了不能低于这个度数，成了伏特加上市标准的底线。市场上到处都是 40 度以上的伏特加，有的则达到 60 度。

伏特加的爱好者们说，低于 40 度的伏特加，喝起来的口感，实际是没口感，基本等于喝水。只有达到 40 度，入口才有伏特加特有的“火熨”之感，产生烈焰般的刺激。

后来也有加水加软饮料的喝法，比如像詹姆斯·邦德那样的公子哥。而真正的伏特加铁杆拥趸，是鄙视这种喝法的。他们喜欢古典原始的冷冻喝法（neatvodka），冰镇后纯饮，而且必须一口见底，等到“肚子上挨了一拳”之后，冰火开始相融，并在瞬间遍布全身。

八大烈酒中还有一种烈酒，就是中国白酒了。农耕生活长期占据社会主流的俄罗斯和中国，喝酒的习俗也是半斤八两，其实也可以说中国有过之而无不及。俄罗斯人平均每年每人要喝掉 67 瓶伏特加。中国人喝多少似乎没有统计，不过，仅从酒的度数来说，中国传统白酒的酒度大多为 50 度以上，而且动不动就达到 60 度至 65 度。

没有最高，只有更高。茅台一直稳定在 53 度左右，是全国名白酒中度数最低的。泸州老窖、东北烧刀子有过 60 度，闷倒驴 68 度，五粮液、琅琊台、仰韶、霸王醉均达到过 70 度，红星二锅头 72 度，清河大曲 75 度，衡水老白干 76 度，西北王 78 度。东北据说有一种小烧有 80 度。其实，再高了算不算酒都值得商榷，药用酒精通常也就是 75 度。

八大烈酒最后一种是日本清酒，这个，就不提了吧，才十几度。我有些不理解，为什么清酒能列入烈酒。

- 04

随着社会经济的发展，烈酒比重下降，葡萄酒比重上升。日本，韩国，中国港澳台地区，都是如此。咱们这里也是一样，经济发展最快的地区，也是葡萄酒最普及的地区，比如北上广。如果有兴趣研究这个课题，把 GDP 指数与葡萄酒消费指数做一个比较，应该会发现两者曲线走势基本吻合。

在转型时期，则是烈酒和葡萄酒交错相处，传统和现代并驾齐驱。在台湾，这种现象也无处不在。

台湾负责接待我们的人中，有两个知识女性。一个叫阿蕙，在台北工作，尚未婚配；另一个叫阿萍，在台南，已婚。两人有个相同的地方，就是都不会做饭，不知这是否算是现代女性的特点之一。在车里，阿蕙阿萍一直在热烈讨论，煮饺子，到底是冷水时就放进去，还是应该等水开了放。她们讨论得很热闹，我一旁听得很无语。

阿萍在知名大学工作，说起她的应聘过程，也让我开了眼界。她应聘时除了参加一般性考试外，导师还采用了风水算命的方法，而她在风水考核排名中位居首位。由此可见台湾风水风气之盛。

在台南孔庙中，有历代皇帝的钦赐御匾，除此之外，马英九等题写的匾也赫然在列，与康熙、乾隆、咸丰和光绪的御匾们和谐相处。

宫原眼科是个日式建筑，有些历史了。台湾这点做得不错，一些老建筑，不是把它变成陈列品，而是让它在保护中活起来。这个建筑交给企业经营，除了与建筑有关的东西，还售卖很多物品与食品。离开之后，才听说里面卖的冰淇淋和乳酪蛋糕都超级赞，后悔没试一下。

如果说香港是美食天堂，台湾大概可以算是小吃天堂。在急急忙忙的现代社会里，传统小吃香气四溢，成了台湾的重要名片。在台湾，麦当劳、肯德基等现代洋快餐，远不如传统小吃那般如鱼得水。

在赤坎吃了担仔面，喝了仙草茶和决明子茶。餐厅里放的歌，都是闽南语小调和日本民谣一类的歌曲，不紧不慢，很有些旧时光的意思。在台北时，听说著名的士林夜市已经成了大陆观光客的天下，到处都是蚵仔煎。于是我们去了以本地人为主的宁夏夜市，果然是乘兴而去，尽兴而归。

晚上住在君品。这个酒店位于高铁、台铁、捷运、客运枢纽之处，却丝毫不觉嘈杂，安静如在乡间。酒店设计凸显现代风格，强调设计为王。墙上没有任何灯光开关，室内灯光由遥控器一键控制，分为全亮、半亮和微亮。这个遥控器还可以遥控电视、音乐和空调。床头有酒店说明书，翻开来，并没有先介绍酒店，而是先说文化。从历史名人说起，比如笛卡尔、巴斯卡、卢梭，然后导入酒店经营理念。

抽空去了西门町。到了才知道，这里似乎并不适合我来。到处是卡通少女杂货摊，到处都有古惑仔味道。这里没有我需要的东西，于是想找个可以歇歇的地方等同伴。一转头，看到诚品时尚。嗯，在我的认知里，诚品嘛，都是书喽，诚品时尚，也许都是时尚书吧。

于是进了一楼，天，全是少女潮流。上二楼，啊，还是女性天地。鼓足勇气低着头上了三楼，心想可能好些了，一抬头，满视野少女内衣。正在不知所措，看到旁边竟然有个翰林老茶馆，赶紧躲了进去，要了杯

茶定定神。在少女内衣包围中喝传统老茶，感觉尴尬，也有些穿越。

别说，茶馆的茶还是挺讲究的，可以要热的，温的，还有凉的，红茶可以加鲜奶，也可以加奶精。

- 05

周围亲友凡是去过台湾的，回来谈起，都说不错。至于哪些地方不错，则是仁者见仁，智者见智了。

我自己的体验，是喜欢这里的人情世故。台湾人讲人情，率真，本色。在香港，也能感受传统与现代的融合，不过，有些不同。传统文化也有，英国的也学了不少，西服穿得很像样，不过，总觉得不是自己的衣服。而台湾，虽然也受过各种外来影响，比如荷兰，比如日本，但是给人的感觉，穿的还是自己家里的衣服。

台湾戏剧家俞大纲说：传统好比人的头颅，现代犹如人的双足。他认为，在时代的遽变中，出现传统与现代割裂、头脚分离的奇异局面，而文化工作者应有做“肚腹”的担当，使现代中国人能衔接传统与现代，全身而行。

在台湾，有很多愿做“肚腹”的文化人。

晚上见到《汉声》的创始人吴美云女士，七十多岁，爽朗亲切，令人一见如故。汉声是我最敬重的出版机构之一，在我眼里，这是真正的出版人。我收藏了一些汉声的书，本本堪称精品。汉声四十多年，不计成本，只做一件事：以田野调查的方式，记录中国民间传统文化，衔接传统文化与现代生活，确实担得起“中国民间文化基因库”的美誉。

美云女士请我们吃热带水果，释迦、桂圆、芭乐（番石榴），边说

一帆風順
我要蔡依琳的身材
1년에 1나라 여행하기
S.E
2015年成為SANA黃金董事

边吃，边吃边笑，诚挚坦率，宾主都很开心。离开老太太时，不，这个词不适合她，她给人的感觉，每个细胞依然充满活力。离开吴女士的时候，虽然只接触了短短一两个小时，却有不舍之情。车开出很久，回头看，她依然站在门口招手。

在箐桐老街边上，挂着一排竹筒，上面写了些心愿。应该是买竹筒的人写的，而且一看就是台湾人写的，只有台湾人的心愿才这么实在：“我想有蔡依林的身材”；“加油，买单反”；“肥肉变肌肉”；“老婆，不要跟我吵架”；“赚大钱，今晚中一亿五千两百七十万六合彩”；“水润瘦！”（问了才知道，是希望又水灵又滋润又瘦）。

墙上有地图，表明这里的祖辈来自福建安溪和惠安。这里的氛围，就是那种岁月停住的老镇，到处掉落着混合了日式、闽南、台式的古老碎片。皮卡载着汤包、奶茶一路走，车上喇叭不停地兜售，同时放着闽南语歌曲。

路边有一个小店，有个业务，叫“时光胶囊”。是写一封信，投到靠墙放着的那个老邮筒里，店里负责一年后寄出。据说这项业务还不错。我不知道写信的人是准备寄给谁的。我想，应该寄给情人的居多，会问她（他）还想不想他（她），会约定见面时间地点。也许有写给孩子的，希望孩子长大了些，应该懂得爸爸妈妈的一些话了。

也许有不少是写给自己的。如果我也写一封给一年后的自己，会说什么呢？也许是，祝贺你，能读到这封信，表明你还活着。

除了时光胶囊外，这里还有许多其他留下心愿的方式，比如竹筒，还有天灯。也许，在接近自然和时光的地方，人们会更加在意倾听自己的心声吧。

金三角 烟波浩渺

最近，作家莫言获诺贝尔奖，于是有酒厂把他考察该厂后写的一篇文章再次刊发，当作好广告。莫言在文中说，“我相信，有了好水，未必能酿出好酒，但没有好水，绝对酿不出好酒，这是颠扑不破的真理。”

莫言写过《酒国》，红高粱里也有浓厚酒香，不过他自称并不懂酿酒，也不善饮酒，甚至多年滴酒不沾。之所以断言没有好水就没有好酒是真理，而且颠扑不破，是因为考察中有句话让老莫印象深刻。

这句话是：水乃酒之魂。

- 01

我也不善饮酒，喝几口就会上脸（好处是有时可成为保护色）。也不懂酿酒，属于只动口不动手那一类。不过，莫言这么一说，让我想起平时大家似乎也都这么说。于是动了好奇心——水与酒，关系真的如此

密切？

在国内酒界，“水乃酒之魂”属于天经地义的道理。只是，更多的时候，用的是“水是酒之血”。业内翘楚，行内大腕，经常会引用这句话。很多专业论文，也会把这句话作为主题。

魂也好，血也好，虽然有共识，未必是真理。

于是，就开始瞎琢磨。

以下说的，底气不足，姑且算是论酒八卦。

最近有机会去了趟茅台镇。中国人不知道拉菲的大有人在，不知道茅台的……no，那是不可能的。

大名鼎鼎的茅台镇热热的，湿湿的，脏脏的。唯一显得清爽的地方，就是镇子边上的那条赤水河。国人知道赤水河的，大多会说，就是那个红军四渡赤水的嘛。对酒人来说，赤水河还有个更响亮的名头：美酒河。

要知个中原因，不妨沿着这条看起来并不怎么赤色的河走走，会觉得这片土地，真的很有意思。

第一站当然是茅台镇。进入仁怀，再走几公里，过寒婆岭，就到了位于赤水河东岸的茅台镇。视野所及，全和酒有关。且不说那些摩肩接踵的酒店酒馆，路边雕塑要不然是酒杯，要不然干脆是干杯的手。那些路，或叫酒神路，或叫酒都大道。就连空气里，也全是酒糟味道。给我的感觉是，坐在路边的人，都应该是醉眼惺忪醉意朦胧的，如果没有八两一斤烈酒的量，都不好意思在这个镇上走。

茅台酒的名号似乎不用说了，国酒嘛（不过这个名号挺有争议，“国酒茅台”的商标9次申请全遭失败，最近据说终于进入公示，却再次引发哗然一片）。好酒自然就贵，1瓶1958年的茅台，在2010年拍出145.6万元。因此，有人说，买贵州茅台股票，还不如直接买酒升值快。

那瓶酒还创下世界最贵单瓶酒的记录。原纪录保持者是1瓶1787年的拉菲，就是江湖上著名的Th.J总统酒，1985年拍出了10.5万英镑。不过，这个记录现在成了问题。卖出这瓶酒的德国人Hardy Rodenstock，已被质疑造假。所以，1958年的那瓶茅台，基本可以稳坐最高单瓶酒的头把交椅。

只是，依稀还记得1瓶六十多年的汾酒，2010年曾拍出过209万人民币。2012年6月，茅台集团的1瓶汉帝茅台，拍出了890万元高价。确实有些离谱，所以，这些拍卖也被不少人视为纯属炒作。

- 02

出茅台，沿着美酒河，向西北走。

走上百余里，有习水河。习水河边，有习水县。

在习水县境内，不仅有习水河，总共还有246条大小河流。这里自古出好酒，其中佼佼者是习酒。

隔着赤水河与习水遥遥相望的，是四川古蔺。赤水河在古蔺境内蜿蜒上百公里，重峦叠嶂，沟壑纵横，其间亦有古蔺、盐井、白沙、马蹄、菜板等河流浅吟低唱。沿河地名，也都是湿漉漉的——太平渡、九溪口、二郎滩、草莲溪……川酒"六朵金花"之一的百年郎酒，就产自这峻岭平水之间。

跟着美酒河继续西北行，就到了合江。合江合江，顾名思义，应有来水在这里与赤水交合。这个天来之水，名头太大——世界第三、亚洲第一的长江在这里与赤水相拥。因此，合江也成为长江出川的第一港。

从合江再西行百余里，便是泸州。

泸州，古称江阳。泸州亦是江河汇合之处，长江和沱江在此交汇。沱江有些与众不同，不同之处在于水系发育有些乱。它的源头在九顶山，那里溪流众多，大的有3条，还有2条旁系，血缘混杂。至中下游，水系更呈现树枝网状分布，众多亲友，打成一片。不但如此，其水网还与岷江交错，弄得你中有我，我中有你。

因此，进入泸州地界，一片烟水苍苍。既然有大水，亦应有名酒。泸州老窖，无人不晓，俨然已成泸州名片。实际上，郎酒也在泸州辖区内。川酒六朵金花中，三分天下在江阳，别名“酒城”，当属名副其实。

在老百姓口碑中，一直有“川酒云烟”之说。巴蜀人酿酒，不似沱江那样嘻嘻哈哈，混淆不清，而是正本清源，自成体系，一色的浓香香型。独独到了泸州境内，不知是不是受沱江性格影响，一不小心出了混血儿——郎酒这个二郎，音容笑貌，俨然是河对面那些兄弟的样子，酱香盎然，与黔酒们天生融为一体。

从泸州转向西南，再走百余里，就是宜宾。宜宾，万里长江第一城，金沙江、岷江在此汇合，长江从此称为长江。这个地方，河流够多，密度也够大，除了长江、岷江、金沙江等老大哥外，仅有头有脸的河流，就有萃河、古宋河、文星河、南广河、长宁河、横江河、西宁河、黄沙河、越溪河、箭板河、玉河……嗯，数不过来，三江支流共有大小溪河六百多条呢。

至于酒嘛，这儿自古就与酒分不开。骚人墨客在这里诗情如酒喷涌，留下无数饮酒文字，号称拥有的赞酒之诗为川南之首。从秦汉时期僰人酿造的“蒟酱”开始，三千年来名酒代出。目前，宜宾头号的支柱产业就是酿酒。

国内有三江汇流的地方很多，比如抚远有黑龙江、乌苏里江和松花江，宁波有余姚江、奉化江和甬江，博鳌有龙滚河、万泉河和九曲江，广西平乐有漓江、荔江和茶江，梧州有浔江、桂江和西江，桂平有郁江、黔江和浔江。即使在四川，也有乐山的岷江、青衣江和大渡河，绵阳的涪江、安昌江和芙蓉溪。可是，也许只有在宜宾，才能酿出五粮液这样的酒。

我在宜宾的时候，天阴阴的似乎就要下雨。可来到汇流处，所有小吃摊位全部坐得满满的。川南人性格，既火爆，又闲适，喜欢喝着小白酒，陪着小婆娘，看看小录像，打打小麻将。人生中，很多事情是重要的，比如理想，比如事业，比如学习，比如挣钱买房子。来到这里会觉得，还有很多事情也是重要的，比如在夕阳下，江水边，喝酒吃鱼。

- 03

茅台，习水，古蔺，泸州，宜宾。茅台酒，习酒，郎酒，泸州老窖，五粮液。把这个地区画一个圈，会发现这些大名鼎鼎的白酒，都集中在黔北川南一块不算大的区域。白酒圈子里，把这一带称为盛产优质高端白酒的“金三角”。

听听这些地方的“别称”：茅台——中国第一酒镇；习水——十里酒城；泸州——中国酒城；宜宾——中国白酒之都。不管这些称号是人们的口碑，还是自己的“谦称”，这些地方出好酒，是公认的事实。

有趣的是，这些地方也都是河流密集之处，赤水河，沱江，岷江，长江，金沙江，江江如雷贯耳。

实际上，在地球其他地方，类似情况也很常见。

绍兴出顶级黄酒，因为旁边守着个得天独厚的鉴湖。青岛出好啤酒，因为有个崂山之水。

即使在葡萄酒领域，也能看到这种影子。作为葡萄酒爱好者，如果竟然不知道波尔多的左岸右岸，就像小资文青不知道塞纳河左岸一样，不如就此闭嘴，随便找个什么缝钻进去。而划分波尔多左岸右岸的，就是那些河。

面朝大西洋，吉隆河（Gironde）左边的梅多克（Medoc），与加龙河（Garonne）左边的格拉夫（Graves）就是左岸；多尔多涅河（Dordogne）右边的圣艾米利永（st-Emilion）与波美侯（Pomerol）就是右岸。

法国葡萄酒产区划分中，有些干脆就以河谷命名，比如卢瓦河产区（Loire Valley）和罗讷河产区（Rhone Valley）。如果去被称为后花园的卢瓦河产区走走，随处可见波光潋滟，古堡倒映在水面。西班牙的多罗河谷地区（Ribera del Duero），也是著名的葡萄酒产区。而瑞士的拉沃梯田葡萄园，正对着烟波浩渺的莱蒙湖。

这样看来，老莫那句“水乃酒之魂”，看来真的有道理。

可是，我还是觉得这些只是“看起来”，倘若仔细推敲，也许还是值得推敲的。

首先，几乎所有白酒厂家，都会强调水的重要性。问题是，除了茅台说自己是用赤水河的水酿酒外，其他白酒厂家，基本不提周围那些大江大河，众口一词，主打的是井和泉。

名酒中，除了西凤外，似乎都说自己有口好井。没有好井的，也有好泉。

无锡惠山多泉水，相传有九龙十三泉，自北宋始，用泉水酿造的惠泉酒，名闻天下。安徽亳州古井镇有古井，井水清冽甜美，人称“天下名井”，于是，有了古井贡酒。杏花村汾酒有申明亭古井，《汾酒曲》称，“申明亭畔新淘井，水重依稀亚蟹黄”。郎酒“四宝”，亦有美泉，

郎泉之水天上来，“千山共醉，万户同香”。泸州老窖用的是龙泉井水，剑南春用水取自城西玉妃泉，“饮之如珠玑在喉，闻之似香思刻骨”。全兴酒厂位于水井街，故能做出水井坊。沱牌曲酒和五粮液都有神话传说，皆有神泉相助。

凡是此类说法，包括专业论文，都会在前面引用一句“名酒产地，必有佳泉”。我孤陋寡闻，想去找找这句话的出处，找来找去没找到，所见皆为“人们说”，“谚语说”，“俗话说”，“常言说”。

主打井泉，从销售策略上说，挺聪明。总不能说我用的是长江水，长 3219 公里呢，流域面积 180 多万平方公里，涵盖全国国土面积的五分之一，毫无稀缺性可言。

而且，有些井和泉，确实存在，有些我还看过。只是，这些名酒的产量都不小，一口井，一口泉，够用吗？

据统计，国内大部分白酒企业，酿造用水来自江河、地下或者自来水。看过一份专家报告，对某著名白酒品牌酿造用水进行了分析，说该厂用的其实是江水。不过，专家补充了一句，说水质不错，与厂内井水质量接近。

- 04

即使都用那些神奇的井水和泉水酿造，水对于酿酒，真的那么重要吗？

一般来说，水对酒应该是重要的。酒字去掉三点水，就是酉，只是个内中盛了东西的坛子。（不过，也传说杜康造酒时，酒的这三滴水，是三滴血。或者，这便是“水是酒之血”的出处？）

不过，不一般地说，水对酒的重要性，需要具体分析。

我相信对黄酒、啤酒来说，酿造用水，非常重要，说是血，或者魂，都不夸大。因为，这些酒都是酿造酒，水直接渗入成品，水质与酒质关系无须多言。

而白酒是固态发酵的蒸馏酒，在其制曲、蒸煮、发酵、蒸馏、陈酿过程中，水的参与是间接的，嗯，简直太间接。酿造白酒用的水，无非是制曲搅拌、原料浸泡、淀粉糊化稀释用的水。如果说，对黄酒、啤酒而言，水是骨肉同胞；对白酒而言，水就像是舅舅的大姨子二弟的小外甥，关系是有的，属于那种可以请他吃饭，但不会借给他钱的关系。

如同泡茶，喝的是茶水，水在这里是主人，所以可以说茶重要，水也很重要。

煮大米饭，虽然也用水，不过吃的是饭，大米很重要，水嘛，干净就可以了。诚然，如果一定要用农夫山泉或者依云矿泉水煮米饭，相信也会好吃。

有人说，把高度酒稀释到低度酒，需要直接加浆，这时水质就很重要了。没错，当然。不过，请教一下，降度也算是酿酒吗？

有人说，在白酒生产中，还有很多用水的地方，比如清洗瓶瓶罐罐和锅炉。嗯，当然。不过，那似乎应该列为卫生清洁范畴。

还有人说，在液态法白酒中，水的重要性很明显。嗯，液态法，这个问题，咱们就不说了吧，你懂得。

实际上，在传统白酒酿造中，有许多比水更重要的东西。

比如原料。五粮液用五种粮食，高粱香，小麦劲，大米净，玉米甜，糯米绵。茅台酿酒只用红缨子高粱，粒小皮厚，富含单宁和支链淀粉。泸州老窖，需要使用特产糯红高粱。惠泉黄酒，只用金坛白糯米。

比如工艺。各种名酒，形成了与众不同的精彩酿造工艺。茅台的“三高

三长”，两次投料、九次蒸馏、八次发酵、七次取酒、长期陈酿，被称为酿造技艺的“千古一绝”。古藺郎酒，亦是需要经过高温制曲、凉堂堆积、回沙发酵、历年洞藏和盘勾勾兑等独特方法。泸州老窖，以糟养窖、以窖养糟、回马上甑、续糟混蒸、分层蒸馏，低温入窖，经岁月历练，代代相传。

比如发酵。在酿酒圈子里有种说法，认为酒之精髓在于窖。窖龄越长，其香越幽，其味越正，其品越高。于是，比宣扬自己的水更下力气的，是突出自己的窖池。五粮液有 16 口明代古窖池，剑南春有“天益老号”，都说是世界上最古老的窖池。泸州老窖，国窖 1573，连酒名都打窖池牌子，其老窖池群被列为全国重点文物保护单位和文化遗产。

比如制曲。酒曲亦称酒母，听听，不是舅母，是酒母，酒的母亲该有多重要，不言自明。于是，制曲被称为酿酒工艺中的重中之重。千年老窖万年糟，酒曲在酒的最终形成中，起着关键的诱导作用。中国是曲蘖的故乡，白酒的独特风格，与酒曲密不可分。

比如陈酿。郎酒存酒的地方是天然岩洞天宝洞和地宝洞。比如勾兑，有人说，勾兑调味是酒的最高工艺。比如……

无论怎么看，上述这些，都比水更可以称为魂，称为血。实际上，类似说法很多，“曲为酒之母”，“窖为酒之本”……

在其他蒸馏酒中，如威士忌、伏特加、白兰地、朗姆酒，有时也偶尔会提到酿酒用水的重要性，但是，从来都没有抬高到我们这种地位。

至于葡萄酒，几乎不存在水质问题。因为葡萄酒是酿造酒，酿造过程全靠葡萄汁。水？也许只是洗洗葡萄吧，甚至不洗，要保留葡萄皮上的天然酵母菌。

虽然主要产区都有河流，但在极端重视风土的自然环境中，好的葡萄园其实都离河流较远。土质肥沃、水位高的地方，长不出好葡萄，酿出的酒会平淡粗糙。那些最好的酒庄，大多在山坡之上，而且是中坡以上，甚至在坡顶。土壤看起来其貌不扬，含有大量的碎石和片岩。

当然，当年雨水多寡对葡萄的生长很重要。不过，这只是水量的问题，与水质什么的没有关系。

说到这里，小结一下吧。水对酒的重要性，不能一概而论。对葡萄酒，不但不是魂，甚至连皮肤毛发都不能算。对黄酒和啤酒，很重要。对其他蒸馏酒，有些意义，但没有如此重要。对白酒而言，比较重要，但称其为魂为血，根据不足。相比而言，很多其他要素，更像酒的魂魄。

不妨举个例子。1974 年，茅台酒厂在遵义北郊十字铺进行了易地试验。高粱、曲药、母糟、设备和窖泥都从茅台镇运来，连木铲、砌窖池青石都原封不动带来，甚至还包了些灰尘。技术人员和工人也选最好的。最后结果，很多人说是失败了，表明茅台是不可复制的，这个说法符合大家心理预期，于是得到广泛传播。

实际结果是，当年的验收鉴定委员会成员，均由最具权威的科技大腕和酒业老大组成。该委员会验收之后，打出的是 93.2 高分，并且做出了“基本具有茅台酒风格”、“质量接近市售茅台酒水平”的结论性评语，给予肯定和认同。也就是说，验收鉴定的结论表明试验是成功的。至于为什么没有在其他地方再建茅台酒厂，这个道理，即使脑子进了水也都能懂。

这也表明，赤水河之水，未必是茅台之魂。

中国人在白酒上发明了如此丰富的香型，酱香、清香、兼香、馥郁香、凤香、米香、特香和芝麻香，这种百花吐艳的大花园，需要天光日月、大地山川、酿造工艺的综合孕育。

对酒香中那些复杂独特的成分，对那些神秘的孕育过程，我们已经知道的，还是太少。

Part 2

东篱把酒

更可能的结果，是那杯红酒，
那个电影，一不小心，
就改变了身体的内分泌。
沉静多年的心灵角落被触动，
于是，封尘扬起，心海涨潮。

一杯红酒配电影

黄小琥是受很多小资喜爱的台湾歌手。小琥擅长酒吧驻唱，被誉为Pub女王，具有灵魂唱腔。灵魂唱腔用多了会挺累。所以，她有一首歌，大概是说自己。其中有句歌词，是“一杯红酒配电影”。她唱到，在周末晚上，不想拥有太多情绪，关上了手机，一杯红酒配电影，舒服地窝在沙发里。

嗯，听起来不错，确实很舒服。

不过，正如这首歌的名字，事情《没那么简单》。一杯红酒配电影，收获的结果，未必都是窝在沙发里的舒适感。不想拥有太多情绪也是一厢情愿。

更可能的结果，是那杯红酒，那个电影，一不小心，就改变了身体的内分泌。沉静多年的心灵角落被触动，于是，封尘扬起，心海涨潮。

关于红酒和电影，我写过一些文章，讨论了不同风格、不同情绪的酒和电影，比如平庸和无聊的，沉闷和激情的，厚重和娱乐的，自然主

义的，平实家常的。

有一种情绪还没提到。在生活里，这种情绪大概谁都有过，不算多重要。不过少了它，生活也就不像是生活了。

这种情绪叫忧伤。

- 01

提起忧伤的电影，比比皆是。要找忧伤的葡萄酒，就有些茫茫然了。

网上有个提问，说“哪种葡萄酒喝完会有伤感的感觉”。我估计问这个问题的应该是个孩子，很可能是个有小资情调的女孩，或者是个失恋中的傻女孩，想找瓶与情绪匹配的酒，以酒浇愁。

殊不知，先不说能否找到这瓶葡萄酒，假如真的找到了，而且这酒果然很伤感，那么，岂不是越喝越伤，越伤越喝。其结果可以想象，只能是抱着马桶把肠子都吐出来，像很多忧伤的电影镜头那样。

在我有限的品酒经验里，要说哪种葡萄酒最忧伤，还真不好说。倒是下面这些状况比较忧伤：

为了省钱吃了几个月泡面，然后买了瓶上千欧元的名酒。走在路上被香蕉皮滑了一下，于是名酒掉在地上摔碎了。看到满地玻璃碴，应该会哽咽地说伤不起啊伤不起。

更忧伤的，可能是吃了几个月泡面，买了瓶上千欧元的名酒。喝了之后，大放悲声，说不过如此不过如此，坑爹啊坑爹。

一定要想出葡萄酒与忧伤的关系，我能想到的是下面这些说法，都有些不明觉厉。

第一个说法，是说葡萄酒是“上帝的泪珠”。最早的葡萄酒不是人类酿造的，是上帝酿造的。那些野浆果，熟透后从枝头坠落，落在石缝里，洼地上，吸取日月风霜精华，自然发酵，成为酒。因此，有种说法，认为葡萄酒是地球上最古老的味道。

按照这个思路，可以把葡萄酒视为上帝馈赠给人类的礼物。只是，上帝能酿出这种好东西，心中估计会暗自得意，脸上也有光彩，应该会露出满足的微笑。怎么就成了泪珠呢？也许，和我们一样，上帝把好东西送人，内心也会舍不得。

另一个说法，是把法国阿尔萨斯地区的葡萄酒，称为“阿尔萨斯之泪”。我第一次听老师说阿尔萨斯葡萄酒时，就听到过这个说法。只是，老师没有解释这个名字是怎么来的。后来，我遍寻各种资料，也没有找到令人信服的解释。

受这个说法的影响，我第一次喝这个地区的酒时，做好了充分的情绪酝酿。我特意在黄昏时分开了酒，因为这个时候，通常是我一天中最容易伤感的时候。

一口下去，我有些惊诧。一杯下去后，不好意思，完全没有忧伤之感，还忍不住笑了起来。

因为那酒实在太香了。

阿尔萨斯出好酒，尤其是干白葡萄酒。那里的葡萄品种，六白一红，号称七仙女，大部分都是香浓馥郁的。比如琼瑶浆（Gewurztraminer），这个阿尔萨斯最有特点的葡萄，在萜烯这种化合物的作用下，香气那叫一个张扬。比如灰皮诺（Pinot Gris），香气肥润，如同黄油。至于麝香葡萄（Muscat），连葡萄皮都带着香气，因此其他地区都用它酿造加强甜型葡萄酒。

酒江湖上，有一个传说。有个品酒师第一次喝阿尔萨斯葡萄酒，闻后，面现疑惑。再喝一口，忍不住喊道："这哪里是葡萄酒，分明是香水嘛！"

这样的酒，怎么会带泪。即使带泪，也是笑出来的。

如果一定要找个与忧伤接近的葡萄酒产区，我建议首选勃艮第。勃艮第的酒，有与生俱来的悲剧感。

还有一个说法，属于众人皆知的，就是所谓挂杯。挂杯常被称作酒泪。我想，最早想出这个名字的人，应该很满意，认为挺诗意盎然的。还有人借此发挥，说好酒会哭，因为会流泪。

其实，挂杯现象不是葡萄酒独有，而是液体产品的普遍现象，很多酒都会挂杯，甚至酸奶、酱油都有。挂杯常被当作品质好的标志，实际上，这种说法算是某种程度的误读，起码对葡萄酒的质量而言，挂杯并没有那么重要。

不过，不知为什么，只有葡萄酒的挂杯，被冠以泪名。

相比而言，我喜欢另一些对挂杯的比喻。比如，法国人喜欢将其喻为美人腿。德国人更有趣，将其称为教堂窗，那些细长的挂杯，确实有些像哥特式教堂的狭长窗户。

有趣的是，与忧伤的葡萄酒说法相反，葡萄酒经常被用来作为治疗抑郁症的药方。据说，葡萄酒能直接对神经系统发生作用，带给人以舒适、欣快的感觉。也经常有医生建议抑郁症病人睡不着觉的时候，喝一杯干红葡萄酒。

因此，葡萄酒与忧伤没什么必然联系，倒是与快乐有关。酿泪为酒，权当是诗人的说法吧。

就一般人而言，有个小饭馆墙上的话，听起来可能感觉更爽：酒是爹菜是娘，喝死总比饿死强。

- 02

不过，即使我们不是诗人，喝葡萄酒的时候，有时也确实会感到伤感。

吃葡萄和葡萄干的时候，好像没听到有人说忧伤。所以，伤感并非来自葡萄，只可能与酒精有关。

在前面说的例子里，提到喝葡萄酒有利于缓解抑郁症。同时也有数据表明，还存在相反的情况，40% 的酗酒者都有抑郁症状。所以，对抑郁症而言，葡萄酒是个双刃剑，关键在酒精含量：酒精含量小的时候，酒可以缓解抑郁；超过一定含量，酒成了抑郁症的推手。

其实，关键也不在酒精。喝高了会伤感，是因为情绪失控。情绪失控，是因为会想起什么。那事那人，才是伤感袭来的真正原因。

平时，我们忙于学习、工作和生计，这些时候，不能或者不愿去想。当天色转晚，夜幕下垂，叶子变黄，雨声淅沥，可以暂时放下责任和压力端起酒杯的时候，有些人的身影和笑容，就如约浮现。

此时喝酒，只是按下了一些情绪的启动按钮。

在电影《人工智能》里，大卫是机器人，是个成人化的小男孩。只要启动程序，大卫就会对启动者爱而不渝。我们不是机器人，但我们也都是大卫，生来都被植入了感情的芯片。

有人说，人生长度，不是以呼吸过多少次来衡量，而是以多少次喘不过气来计算。上帝喜欢恶作剧，他老人家植入这个芯片的作用，就是让我们一次又一次喘不过气。

还有一部同样有科幻背景的电影，名字叫《暖暖内含光》（*Eternal sunshine of the spotless mind*）。恋爱双方，各自做了洗脑，希望忘掉对方。可是没有用，洗了半天，两个人还是要走到一起来。没有发生的事情，也许会发生，也许不会发生；可注定要发生的事情，总是会发生的。

有些记忆是洗不掉的，因为它不在脑细胞中，它留在灵魂里。科学也许能够解决大脑的问题，解决不了心的问题。心快乐了，大脑会指挥人笑起来。心不快乐的时候，可能会碎掉，此时的大脑，也会不知所措。

《余生的第一天》（*Le Premier jour du reste de ta vie*），得过法国凯撒奖最佳导演提名，还有最佳男女新人奖。我对这部片子印象并不很深，现在想起来，只留下三个印象。

第一个，是片子的名字。不懂法语，也不知道翻译得是否准确。这个名字，是片子中小女儿16岁时，日记中的一句话。她把人生开始的第一天，视为余生第一天。每个人的余生，都可以开始在不同的日子。可以是86岁，66岁，26岁，16岁。说不定，也可以把生出来那天，算作余生的开始。这个人的一生，就都是余生。

我不知道我的余生从什么时候开始的，应该比16岁晚。我觉得可以用重要事件来划分，比如某件事发生了（可以是非常快乐的，也可以是濒死的，反正就是足够厉害的），人生已经够了，那么后面的就可以是余生了。按照这个方法，我或许开始过好几次余生了。

第二个，是小儿子在一个音乐会上，认识了一个女孩。女孩在他皮夹克口袋里放了张纸条，上面有电话号码。本来这样就可以开始一个故事了。可是，当他在车上拿出来看的时候，纸条不慎被风吹走了。这个故事也就被风吹走了。

6年后，他清晰地回忆起那天晚上的事情，那张纸条在记忆中也清晰地浮现出来，连电话号码也浮现出来了。他拨打了晚了6年的电话，

西南

应答的是电话留言，说没有他要找的那个人。

看来，我们遇上了什么，如果想要就及时抓住。抓不住的，就让它随风而去吧，找是找不回来的。

第三个，是接近片尾了。开出租车的丈夫病逝了，晚上，妻子坐在驾驶座上，拿起他的气囊垫背。那个垫背是小女儿送父亲的生日礼物。妻子拿起垫背，打开气阀，气慢慢放了出来。她靠近，慢慢地感受放出来的气息。那些气息，是他几天前吹垫背时吹进去的。

地球上有很多气体，各式各样。属于那个人的气息，是唯一的。

今天对一个朋友说，我们都在日常生活中寻找意义，寻找价值，寻找愉悦和光亮，让自己感觉活着是件好事。看完片子，想加一句：我们寻找的，还有那个独特的气息。

- 03

网上有很多的签名档，很有趣。有些也在说忧伤，说得很直接，一看就知道说的人很年轻。

据说，最忧伤的QQ签名是这些：

“既然你不要我，你来干什么。”

“你才给我一个短暂的春天，却把我此生剩下的日子，全都变成冬天。”

“请你不要离开我。请你不要离开我。请不要让你离开我。”

我认为这些都很忧伤，是真正的忧伤。还有更直接的，我觉得也是更忧伤的，是这句：

“我还在原地，你回头看一眼吧。”

不过，还有一些忧伤，说都说不出来。它们不动声色，因为内心已经空空洞洞。我把这些归类为红酒忧伤。

能让你号啕大哭的，是白酒，或者啤酒。那些伤口也许比较好愈合。红酒忧伤，让你说不出来哭不出来。

再说一部片子吧，《花落花开》（*Séraphine*）。看这部片子，年龄最好大一些。否则，它的好，不能充分领略。

片子里的细节并不多。我在意影片中的细节，自然，真实，信手拈来又不可替代，这样的细节是神来之笔，是好片子的必备元素。这部片子，有细节，但是似乎不够细。

精彩对话也不很多。我也在意对话，好的对话，会带来有智慧含量的享受。这部片子的对话，比较自然，也有一些还可以。比如，做帮佣的女主角说，当心情悲伤的时候，就会走到野外，与鸟和虫子说说话，就好了。她照相的时候还说，她必须仰着头，因为灵感来自天上。

我也在意画面。这部片子，画面没得说，色调好得不能再好。最后的画面，是患了精神病的女主角，拎着一把铁椅子，走到山坡大树下坐下，像是坐在另一个世界。让看的人也有冲动，想走进画面，在那里坐下。

尽管细节、对话都不够好，这部电影的冲击力，仍然能于无形之中，给我以重击。

尤其是女主角友兰达·梦露（Yolande Moreau），她长得不好看，甚至可以说是丑，像英国那个歌手选秀电视节目中的苏珊大妈。老且臃肿，满身赘肉，指关节粗大。据说，她演过三次疯子。看完影片，我觉得，她并不是在演，她就是那个疯子。只能她演，而且，演了之后，不需要再演别的了，对一个演员来说，以后的路只能是下坡路，因为已经登顶。

博客上有个男人说，看到第 10 分钟，就开始哭，然后就没停过，一直低嚎。

我觉得能理解。因为，友兰达·梦露扮演的是法国“素朴艺术”（Naive Art）的代表人物萨贺芬·路易斯（Séraphine Louis），影片中，她一直在画画。而那些不动声色的画，真的让人一眼就能雷到伤。

- 04

有人在网上留言，说最近爱上葡萄酒了，博客想改成与葡萄酒有关的名字，最好五个字，跪求各位帮忙。

热心人不少，大家七嘴八舌出了很多主意。我看了一下，诸如此类：情迷葡萄酒。葡萄酒人生。品味酒人生。

还有这样的：进口葡萄酒。灌装葡萄酒。一杯葡萄酒。

嗯，是有点帮倒忙了。

德国有位品酒师说：“此刻什么都全球化了，连口味也变得无聊枯燥。加利福尼亚的、法国的、意大利的，管它产地是哪儿，尝起来都一个味儿。这真是可口可乐社会的悲哀。”

忧伤看多了，好像也都是一个味儿。

美很单调，只有一张面孔。丑远比美表情丰富。忧伤的表情，本来也很丰富。弄得好，忧伤可以成为一种生活态度，还可以成为一种情调。

看完《寂寞钢琴师》，有些不是滋味，又说不出是什么滋味。想去配一杯与心情相符的饮料。只找到乌龙茶、炒熟的大麦、牛奶，还有一瓶星巴克的咖啡巧克力饮料，索性都混到一起，微波了一微。

试了一口，不怎么忧伤。不过还好，已经有了软弱的味道。也许这种混乱的搭配，比较接近真实的日常生活。把日常生活中的忧伤过成习惯，可能会呈现比较丰富的忧郁之美。

看《回忆积木小屋》，会同时得到两种相反又关联的感受，在感受忧伤的同时，也会感到温馨。这部动漫，是日本导演加藤久仁生的作品，获得过 2009 年奥斯卡金像奖最佳动画短片奖。

全球变暖，世界一片汪洋。老人形影单只地活在一个落寞小楼上。水位还在不断上涨，老人被迫不断加高楼层，下面的楼层被水淹没。有一天，老人烟斗掉了下去，经过每层打开的盖板，落到底层。

老人找来潜水服，一层层下潜，去寻找烟斗。在每一层，都看到遗留在那里的物品。每一层，都是他人生的轨迹。

岁月不是动漫，经历才是人生。老人下潜的过程，记忆井喷。那些楼层，曾经挂满全家合影的照片，有婴儿出生，女儿结婚。在最底层，看到了他与新婚妻子用的葡萄酒杯。

这东西杀伤力太大了。我担心他会留在底层，不再回到楼顶。

我小时候曾经有一个假设，如果突发大灾难，呵呵，就像传说中的世界末日，地球上只剩下我一个人，那时候我会做什么呢？

估计什么都不会去做，也不用做。不用挤公交去上班。不用对着镜子端详。从此没有了爱，也没有恨。也许不会哭，但肯定不会再笑了。

这位老人如果回去，每天的生活，和我假设的那种日子其实相差不远。楼顶除了落寞，似乎什么都没有了。

然而老人捡起酒杯，回到了顶层房间。

晚饭时，他拿出红酒，摆上两只酒杯。灯下，他举起酒杯，与那只空杯干杯。

很多人看到这里哭了。有人说，md，怎么能不哭。有人说，这是他爱上的第一个动漫片。

画面很美，音乐很美。最后碰杯的声音，很清脆，像心碎的声音。

评论大多是两句话，第一句话，好忧伤。第二句，好温馨。

谁知道，也许这正是生活的本来面目。

哭笑不得，方为人生。

驻足酒中 生活如风

我收藏了很多电影光碟，也收藏了一些葡萄酒。可惜没有多少时间看，没有多少时间品。它们静静地躺在格子上和酒柜里，对我的冷落并不在意，因为它们自己互相倾谈。

- 01

年轻的时候，经常会说，年轻真好。

说这句话的时候，有种由衷地喜悦，知道还有大量无忧无虑的时间可以挥霍，可以闻到青春发梢的味道，能感受到生命像一只矫健的豹子，正在褐色荒草中优美地奔跑。

二十多岁的时候，我有时会在凌晨 4 点就起来跑步，一直跑到旭日东升。那时，迎着早霞越跑越畅快淋漓，毫无倦意，全身肌肉和血液都在说，跑吧，跑吧，向着太阳。

年老的时候，也经常会说，年轻真好。

这时说这句话，应该是另一种心态了。虽不至于是羡慕嫉妒恨，不过也只剩下欣赏，还有留恋和感叹。

喝年轻的葡萄酒，也有类似情况。年轻人喝这种酒，犹如两个年轻生命邂逅，会是一种惊喜，有契合之感。上了岁数的人喝年轻的酒，会有不同反应。城府深深的人可能会笑酒太单薄，经不住细品。倘若是位本性纯朴的老人，应该会在芬芳无邪的酒香中，穿越回到青葱岁月。

年轻的酒中当然也有好酒，尤以法国的博若莱（Beaujolais）为代表。此外，智利、新西兰、澳大利亚，葡萄酒风格也是偏向明快生动，新鲜芳香。美国酒过去也如此，近年来似乎有些变化，相当一部分酒庄开始向老世界靠拢，玩起了深沉。

电影中也有一类片子，名为青春片。好的青春片，很像一瓶好的博若莱新酒。

有些电影要早些看，等老了再看就没感觉了。《环岛单车日志》算是这样的电影，简单到透明，干净到诡异。导演、摄影、编剧都是陈怀恩，他曾当过《悲情城市》的摄影师。片子用光被净化，每个镜头都像是被 PS 的照片，不过让人觉得就应该那样。

骑单车环台湾岛的那个聋哑学生，长得模样很年轻，很健康。他说了句年轻人不一定有感触、老年人一定有感触的话，“有些事现在不做，一辈子都不会做了。”

我也绕过那个岛，整整一圈，由东向西，逆着季风，很快乐。一路下来，那条路线上的名字，都成了记忆中的日历。野柳，立雾溪，太鲁阁，宜兰，花莲，北回归线，鹅銮鼻，南投，阿里山，高雄。

看《十三棵泡桐》，会让萎缩的味蕾复苏。我没有仔细看过这部片子的相关资料，从风格看，应该是国内一帮小孩弄的，讲中学生的。大多数人，都曾经是个中学生。即使不上中学，也需要经历十五六七八岁的时候，除非不幸或者幸运夭折。

那个年龄阶段的特点，就是生涩。片子拍得技巧也略显生涩，不过却能打动人。看那些少男少女，如同看当年的自己。他（她）们的表情和眼神，我们也都有过。

- 02

对博若莱酒，不少人存在认识误区。这种酒的酿造时间极短，从采摘到上市，只需要两个多月，因此，博若莱酒是世界上最新鲜的葡萄酒。同时，绝大部分博若莱酒是用佳美（Gamay）葡萄酿造的，口味清淡，单宁含量低，所以不耐久存，需要尽快喝掉。这就造成一种印象，博若莱的酒只适合当年喝。

实际上，在博若莱的12个法定产区中，大区（Beaujolais）级别和村庄（Beaujolais Villages）级别的酒，确实是用来生产新酒的。而特级村庄（Beaujolais Crus）级别的酒，基本都使用传统方法酿造，很多也适合陈年，口味也会深邃复杂。尤其是Moulan à Vent的葡萄酒，其醇厚的程度，堪与勃艮第的葡萄酒相媲美。

同样，年轻也未必等同单纯。年轻的人生，也可以有酸甜苦辣，也可以五味杂陈。只不过，即使是酸甜苦辣，味道都还干净，像一只刚摘下来的鲜木瓜，一颗青柠檬。长大成人之后，很多人会变成重口味，酸要带苦，苦要拌蜜，辣要辣出眼泪，直到味蕾全都麻木。他们知道，他们再也吃不出当年那种干净的味道。

大名鼎鼎的电影《社交网络》（*The Social Network*）中，有种令人怦然心动的东西，就是那种蓬蓬勃勃、不管不顾、一往无前的劲头，不是我为世界而生，而是世界为我而生。

这部电影里不仅展示了年轻人特有的创造力，也揭示了一种迫不得已的成熟，包括背叛、逐利，以及尔虞我诈。不过，那种不堪的味道被年轻的时光过滤，似乎显得好闻一些，可以原谅，可以接受。

影片开头，有个一闪而过的镜头——马克被女友抛弃，气急败坏赶回宿舍。他途经路边一个拉小提琴的人，也许影片音响设计就是如此，也许我这个是张盗版光碟，听到的是杂乱喧闹的背景声，完全不知拉的是什么曲子。我觉得应该是一只很孤独很孤独的曲子，因为那个拉琴的背影分明就是这样的。

这个拉琴的人，应该不知道，从他身边急匆匆走过的这个年轻人，创建了 Facebook 这个全世界最热闹的交友网站。我想，即使拉琴人也上过这个网站，还是可能会来街头拉琴。有些人在 Facebook 上有数百万好友，可在夜半孤寂之时，翻遍通讯录，却找不到一个能说心里话的人。

实际上，电影里（据说现实中也是如此）创造了全球最大社交网站的马克，现实中的朋友却大多一拍两散，或分道扬镳，或法院相见。故事结尾，马克看着当年那个离他而去的女孩照片，一次次把她加为好友，然后一次次删掉。

我一直认为，华人电影中，香港有些吵，大陆有些装，台湾的电影比较好看。虽然台湾文化很混杂，被荷兰、西班牙、日本人分别统治过，都留下了殖民文化的痕迹。不过这种痕迹不像香港，香港被英国人统治那么多年，除了保留了中华美食，其他基本就是全盘模仿英国了。我参加过一些在香港举办的活动，燕尾服，黑领结，说英语，虽然那时已经回归，可是整个过程，包括表情和口气，都让人觉得英国总督还在台上坐着。台湾不一样，任何文化气势汹汹地冲杀过来，台湾还是台湾，那些外来文化最后都悄无声息地融化了。

在《海角七号》这杯茶中，能品出两种味道，一种是台湾的世俗生活，吵吵嚷嚷，令人心烦；一种是那个归乡客的七封情书，好年轻，很清新，令人心软。这两种味道融在一起，亲密无间，释放出奇兰的芬芳。

看的时候，在很多搞笑的地方，却能听到“海风所带来的哭声”。在最后的那个海边舞台上，阿嘉指着海上落日大声倒计时，数到最后，转身一跃，电光火石，歌声骤起，令人心中浪花飞溅。

还有一个让我难以形容的影视作品，是一个网上流传的动漫视频：kiwi。这是一个孩子做的，放到网上没多久，看的人已接近百万。内容很简单，主角是一只新西兰特有的长嘴无翅的鸟，名字叫鹬鸵（kiwi）。

kiwi 没有翅膀，所以不能飞翔。可是，它毕竟还是一只鸟，所以内在的生物本能，也让它渴望能够好歹飞上一回。于是，它开始了一个计划，把一些树垂直钉在悬崖峭壁上，这样从悬崖顶上往下看，峭壁就像平地一样。计划完成后，kiwi 从悬崖顶上助跑，然后跳了下去。

在高速下坠的过程中，kiwi 看着树顶从身下快速掠过，感觉就是飞行。它用生命换来了飞翔体验，虽然仅有一次，可是它觉得很幸福，因为在下坠（或者是飞翔）的过程中，我看到 kiwi 闭上眼睛，流出陶醉的热泪。

网上有的留言说，不能飞，就不要飞了嘛。我不知道留言这位的年龄。如果是老人说这样的话，也许这是他活了一辈子的心得。如果留言的还是个孩子，我就觉得有些可惜。如果年轻时都没有梦想，那么，他

CORK KFT

的一辈子，应该都不会再有梦想。

顶多会做一些梦，比如梦到在逛菜市场。

- 03

青涩有青涩的美好，成熟也有成熟的韵味。

有的恋人会说，我想把最好的时候留给你。这是很动人的话。不过，大树的每个年轮，都有不同的美感。对个人而言，人生历程的各个阶段，很难说哪个阶段会成为最好。笑靥如花很动人，历尽沧桑的皱纹也充满岁月之美。

我忘记罗贝尔•萨巴捷（Robert Sabatier）是谁，只记得他说过的这句话："人要努力活得像博若莱那样年轻，像勃艮第那样老去。"像博若莱年轻可以理解，像勃艮第老去的意思，看起来有些费解。

实际上，对熟悉勃艮第葡萄酒的人来说，这句话的意思还是好理解的。喝博若莱，是无牵无挂的一种放松。喝勃艮第，是了然于胸的一种从容。

勃艮第，意味着乡土，讲究血脉，家族管理，小型园，小气候，Climat。勃艮第的老，是经历世态炎凉后的回归淡定，老是老了，但形成了可爱的老灵魂。有些地区的酒，虽然是老藤葡萄酿的，可它确是真的老了，魂魄已散，喝起来，像是窗台上晒太阳的那只老猫。

最近看了一部韩国片子，《喜马拉雅，风驻足之地》。中年男人，喜马拉雅，这两个事物放在一起，表明这个电影可能比较沉默，也可能比较耐看。

结果，不是比较沉默，而是非常沉默。语言是这部电影里的奢侈品。

忘了整个片子里，韩国戏骨崔岷植是否说过话。即使说过，应该也只有几个字。

导演全秀日在玩儿电影的极简主义。不但没什么话，还基本没有音乐，也没有故事，节奏还极其缓慢，有时候，就是一动不动的长镜头，还是手持的，晃来晃去。

这让我想起蔡康永说他学电影时看的一部纽约艺术家拍的片子，说那个片子用 8 小时就拍一个男人睡觉的脸。观众以为这个男人最后应该会醒过来，结果他在 8 小时一直在睡，当中并没有醒。

喜马拉雅这部片子没那么闷，虽然感到有些不带表情的漠然。其实漠然不是空虚，不是没有，漠然有漠然之美。我喜欢马。你看那些好马，都有漠然又忧郁的表情，它们那些心不在焉实际上向往远山的神态，令人痴迷。

我还喜欢枪。那些好枪，比美人好看。那些冷冰冰的工业线条，那些充满现代仪式感的金属灰色，那些精准零件融为一体后呈现的理工精神，那种凛然冷漠的姿态，让我心动。

扯远了，继续说《喜马拉雅，风驻足之地》。这部片子还是挺耐看的，崔虽然没说什么话，可观众应该能看懂他在说什么。用现在流行的话说，就是你懂得。

不说话，是因为说不出来，或者，在那个情景中，话显得多余。如果不知道他在说什么，说明你还小，或者比较木。

电影里有很多风。那些风是看得见的，它们驻足在旗、裙子、云和骨灰上面。一些镜头印象深刻。比如那匹白马，老是自己走。多吉妻子喂奶，一点不忌讳，很自然。崔高原反应晕过去，那个尼泊尔人没有采取什么措施，只把他脸擦擦干净。老女人去世，腹部却在激烈起伏。杀羊的动作，比电影还极简，利索之极，有些残忍，也挺震撼。

豆瓣上给这个片子打分不太高，大部分给三颗星。我喜欢这部片子，我至少要给它四颗星。因为它不煽情，好冷静，很漠然。

我知道，它要说的话，还有那些曾经滚烫的幸福，都交给了风。

人生（上）品酒赏碟看

电影总是在演绎人生，葡萄酒也在演绎自己的一生。人生和“酒生”，很像。

- 01

抱歉，一开始就要对碟和酒说句不好听的话：就如大部分人的生活是无聊平庸的一样，相当多的电影和葡萄酒，其实也都很无聊平庸。看了这些电影，喝了这些酒，更会让你觉得人生确实无聊，想不平庸都不行。

无聊的电影是不值得看的，咱们就略过不提吧。还有一类电影被称为闷片，很多人觉得闷片无聊之极。其实，闷不等于无聊。无聊是因为无东西可聊，而有些闷片，能感觉里面有东西，还是好东西。

这里有个度的问题，少一点就是闷，过一点就是骚，把握得好，

就是闷骚。而据说，90 后们对人最差的评价是闷，最好的评价就是闷骚了。

还有人说，能欣赏闷片的，都是具有艺术鉴赏力的。在有些国家，影院放这些片子的票价确实都要贵些，因为它被归为 film，不是 movie。film 是艺术片，就是莫明其妙基本看不懂的那种；movie 是商业片，搂搂抱抱打打杀杀的那种。翻成中文，film 可以翻成“电影”，movie 只能叫“电影儿”。

我有个习惯，或者说是个毛病，心理医生会说有受虐倾向——再无聊的书，只要翻开第 1 页，会从封面标题看到最后版权页和封底的上架建议。我曾这样看完一本《农村拖拉机维修手册》。再闷的电影，我也会从片名看到演员表，直到出现 END。

之所以如此，大概是因为精神上曾经被饿残过，饥不择食，落下这个病根，生怕丢了什么好东西。总觉得，也许后面可能有句话，或是有个镜头，会击中我。

不过，在闷片界，我看闷片的水平只能算是勉强及格。有些片子，实在太闷，简直能够闷倒驴。

墙上挂本日历，翻过一页，一个男人和一个女人对坐着说话，听不懂说什么。再翻一页，这个男人和另一个女人说听不懂的话。整个片子都是如此，唯一的变化，是换对面坐的女人，还会换喝茶的杯子。

还有个片子，从头到尾没有一句对白，住在岛上的一个女人，每天挑桶水浇菜。看一个多小时，就看她走路浇菜，而且，每天走的路和种的菜，都不变样。

这些都是挺有名的片子。这也说明，能欣赏闷片的，大有人在。

我只能看还有些故事情节的闷片。有个叫《现代离婚故事》，镜头会对着一扇门，一面墙，一个表情，长时间一动不动。出席聚会，她试穿一条蓝裙子，他说挺好的，她就会说他根本不懂蓝色，然后换成一条红裙子。反正全是这样的细节。片子把婚姻这件事，掰碎了拿给观众看。世上的东西，大多是经不起掰碎了看的。

我觉得，导演无非是想说，两人长时期相处其实没啥意思，只剩相互折磨。也许他还想说，再闷的片子，都闷不过生活。

挺早以前，在常去的碟店里看到一张碟，封面晦暗，名字叫《我的温尼伯》。以我多年淘碟的经验判断，一准是个闷片，搞不好是个大闷片。想了想，还是买了，就因为这个名字——温尼伯。

我在那个加拿大城市待过，看到这个名字，就能想起那一路寒云天色，闻到那些雪花的味道。果然，片子是挺闷的。我的修行显然不行，功力不够，一个小时零几分钟的片子，分三次才看完——头两次看一会儿就睡着了，第三次干脆用了白天很正式的时间，才避免第四次看。

在片子里，温尼伯人不知道白天该做什么，他们是夜晚的公民。这个城市的梦游者很多，是世界其他地方的十倍，市民们走路都会做梦，或者做着梦走路。城里有许多黑暗的小路，地图上找不到它们，可市民全知道。在这些小路上，能听到许多奇怪的波段。

片子里有个孩子，不知该做什么，就把体育场里的一万把折叠椅都放下来，然后再折叠起来。还有一些人，因为实在无事可做，就去世了。

在我们的生活中，除了闷片，还有许多闷酒。在各国的葡萄酒中，无聊沉闷的葡萄酒占了相当比例。在国内，客观地说，这种酒的比例还要大些。

喝葡萄酒的也有很多无聊沉闷的人。比如有一次，有人在网上发了个帖子：品酒前，拿着杯子摇酒时，你的习惯是顺时针晃还是逆时针晃？

明显是个没话找话的无聊帖，我估计会无人搭理。谁知道，竟引来留言无数。看了这些帖子才知道，原来有这么多无聊的人。这个帖子留言的楼盖得很高，而且大多竟然还很专业，态度很认真，俨然成了个学术讨论会。这些人引经据典，力图证明如果方向晃错了，无异于虐待葡萄酒。

有的说正确的国际礼仪是逆时针晃酒。有的说左撇子应该顺时针，右撇子应该逆时针。有的说放在桌子上摇应该顺时针，拿在手上应该相反。有的说北半球应该逆时针，南半球应该顺时针。有的说从物理角度看，逆时针摇动最符合力学原理，立刻就有人从化学、生理学、地球自转等专业角度提出了相反意见。

我没有再看下去，估计这样讨论下去，可能会进一步提出男人女人老人少年亚洲人欧洲人的正确摇酒方向，说不定，拿个杯子晃啊晃的，其实与行星轨道、海洋潮汐什么的有密切关联。

这让我想起一个漫画，一个小孩在地上认真看什么，于是有人围过来，看他究竟看什么，最后围了里三层外三层的，还阻塞了交通。实际上，小孩是在看一只蚂蚁搬大米。

- 02

当然，生活不仅是无聊的，有时竟然也是有趣的，有时甚至是激情的。

只是，在我们很多人的生活里，激情大多只体现在酒桌上。有句老话，叫以茶会友，以酒煽情。比如散伙饭，可以说是天底下最煽情的饭局。在这种饭局中，主角其实是酒，作用是用来拌着感情下饭。

在酒桌上，中国人个个都是煽情高手。我们都见过这种场面，散伙饭局上，某人一手把酒，一手揽着一个人（那人如果是同性，通常会揽着肩膀。如果是异性，通常会揽着腰。至于是小蛮腰或者水桶腰，此时会被忽略），时而慷慨陈词，时而激情高歌，常常会哽咽，或者泪流满面。

这时候唱的歌，通常会选择比较煽情的歌。曾流行过毕业饭局十大煽情歌曲的排行榜，我看了一下，这些歌里，酒香横溢，酒气扑鼻。排行第四的干脆就叫《跟往事干杯》，“干杯吧朋友，就让那一切成流水，把那往事当作一场宿醉。明日的酒杯，莫再要装着昨天的伤悲，请与我举起杯，跟往事干杯”。排行第五的《朋友》“朋友一生一起走，那些日子不再有，一句话，一辈子，一生情，一杯酒”。

看，感情有没有，都在这杯酒。感情浅，舔一舔。感情深，一口闷。感情厚，喝不够。感情铁，喝出血。

烈酒的煽情效果要看结果，酒越烈，喝得越多，效果越明显。后来年龄渐长，逐渐不太喜欢那种煽出来的激情。那种努着劲要达到高潮的行为，其结果常常是阳痿，或者早泄。

想起当年看《红高粱》，片子激情饱满，色彩狂放浓烈，好评如潮，为中国人捧回了首尊金熊。那时我还有些不知天高地厚，看完电影就给张艺谋导演写了封信，一些溢美之词后，大大咧咧地指点人家，说能把观众煽得血脉贲张不稀罕，更高的境界是在平淡中带来震撼。这封信当然会被湮没在来信的汪洋大海中，张导肯定看不到。

不过，他后来确实风格突变，接二连三拍出了《菊豆》《秋菊打官司》这样自然朴实的片子，将激情隐没在海平面之下。他自己也说，从《菊豆》开始，他才开始把屁股坐到导演的位子上，拍《红高粱》的时候，更多还是站在摄影师的角度。

《红高粱》的煽情，属于烈酒硬煽类型。《菊豆》则属于葡萄酒的软煽型，这种煽情比较含蓄，不动声色地隐藏在品尝的过程中。为什么闪婚大多不能持久？因为缺少过程。恋爱需要曲折前行，需要时不时地采集一些路边的花草雨露，才能酿就浓郁芬芳的婚姻。许多人记忆最深刻的，不是洞房花烛之夜，而是情感旅途中的一个对视，一个背影。

在葡萄酒的品尝过程里，激情会体现在诗意当中。葡萄酒界大咖罗伯特·帕克在评价 2000 年的拉菲时用的就是这样的语言：“丰富的果味一层裹着一层，瀑布般地覆盖了整个上腭。”彼得·梅尔说起对 1982 年巴顿红酒的感受，是“褪色的郁金香”和“沉思中的贝多芬”。

上个世纪八十年代，李察基尔演过一部片子，叫《天堂之日》，算是他的成名作。曾为特吕弗掌镜的阿尔曼德罗（Nestor Almendros）担任这部片子的摄影，该片获得摄影奖无数，被称为色友必备。摄影是不错，就是太用力了。画面过于讲究，都是油画式构图和色调，有些不自然，总是感觉摄影师就站在那里，让演员成了配角。

这种摄影也属于硬煽，而《天堂之日》的内容，其实适合软煽。电影语言相对沉郁，故事情节缓慢，没有前因后果。片子里有很多这样的话：“如果我能触摸她，一切都好。”这些看起来安静平实的地方，往往最能从深处唤起波澜。

正如那本《灿烂千阳》，写了很多苦难，但没有渲染，只有素描，可看过的人都说感受了强烈的冲击力。写这本书的卡勒德·胡赛尼（Khaled Hosseini），还写过很有戏剧情节的畅销书《追风筝的人》。华盛顿邮报对《灿烂千阳》的评论是：这本是否和《追风筝的人》一样好？答案是不，因为它更好。

- 03

比较接近烈酒的葡萄酒，大概要算葡萄牙的波特酒（Port）了。一般葡萄酒的酒精度也就是十二三度，波特酒则在 17 到 22 度，因此被称为加烈葡萄酒。波特酒喝起来，比葡萄酒更有劲，更有刺激性。

没有什么根据，但是喝这酒，我总会想起大探险时代的葡萄牙人扬帆出海。这个傲视群雄的海上帝国，一度曾经是全球探险的领导者，而阴柔的葡萄酒显然不能与这种气势相衬。因此，不仅是波特，葡萄牙的葡萄酒也曾经很有力道，单宁能刮得口腔发麻。

当年海上强国的酒，都比较讲究强劲和激情。英国曾是不可一世的日不落帝国，欧洲最好的谷物烈酒威士忌，就产自苏格兰和英格兰。实际上，葡萄牙的波特酒能风靡一时，也与英国人密不可分，17 世纪末和 18 世纪初，英国是波特酒的主要市场。

另一个海上强国西班牙，则生产著名的桃乐丝公牛血（Sanger de Toro），这种葡萄酒的酒精度比法国葡萄酒略高，大多为 13.5 度，颜色深红，酒体强劲厚重，有西班牙斗牛的气势。喝这种酒，搭配的食物最好也是重口味的。

说到公牛血，更著名的是匈牙利的公牛血。匈牙利的国宝级葡萄酒有一红一白，白的是托卡依，红的就是公牛血了。这名字听起来血腥，来源也同样如此。16 世纪中叶，出产这种葡萄酒的埃格尔（Eger）城被奥斯曼帝国重兵包围。匈牙利人在出城反击之前，痛饮葡萄酒，以至酒染胡须和征衣，奥斯曼人看了以为对手喝了牛血来拼命，于是落荒而逃。

这篇文章是聊葡萄酒与电影的，既然谈到战争，本该谈谈战争电影。战争片子数不胜数，也不乏名篇佳作。只是，我有一个遗憾，有一个最该拍出好电影的战场，似乎被忘记了：至今没看到反映滇缅战争的佳片。其实相关题材的电影电视倒是有的，不过，总感觉没有拍出那个战场独特的味道。最近看韦伯斯特写的《滇缅公路》这本书，他倒是把那个战场描述得栩栩如生。

二战期间，在其他战场，中国人大多在防御。而在缅甸，是中国人追着日本人打。那支由孙将军指挥的中国军队，军装整洁，装备精良，身体健壮，训练有素，俨然铁军。他们与曾经横扫东南亚的日本军队交手，竟然所向披靡，令美国人、英国人、印度人刮目相看。

缅甸克钦人的军队太不像军队，他们行军战斗时，用绳子牵着随时可以宰食的猪猡，还有一头名叫“肥肥”的吉祥黑猪，这只吉祥猪可以自由自在地随队游走。他们行军时肩上是活蹦乱跳的松鼠，唱的行军歌是“刚路过一个俏姑娘，我为什么不和她在一起”。

在这个战场上，无奇不有。“土邦王公、舞女、军阀、猎头野人、丛林、沙漠、诈骗犯、秘密警察……美国飞行员从战斗机上扫射敌军的大象。中国密探从自己司令部里搜出美丽的敌方间谍。日本特务在加尔各答的街头射杀美军情报官员。中国军阀邀请美国少校共享吸食鸦片的美好时光。豹子和老虎扑杀英军士兵，鸟儿在 B-17 战斗机排气口做窝。”

如果一定要喜欢一个战场，那我比较喜欢这样的战场。

能体现雄性气质的电影，除了战争片，还有警匪、黑帮、灾难、谍战、探险和西部片。这些片子我都喜欢看。不过我以为，荷尔蒙气味和阳刚气质，不仅体现在铁血和暴力，更体现在大气、浑厚、责任、探索和勇气。还有，自由精神。

说起自由精神，我喜欢《荒野生存》。片子是根据真人真事拍摄的，

主人公克利斯朵夫是个富家子弟，名牌大学毕业生。他大学毕业后，想寻找什么是生命中必要的事情。他把积蓄的钱捐给慈善事业，开始流浪，走进阿拉斯加大山里时，把身上剩下的钱烧了。

片子一开始就是阿拉斯加。育空河，还有费尔班克斯。这些都是很冷的地方。我熟悉费尔班克斯这个北方城市，虽然没有住很久，但印象深刻。记得那些空无一人的街道，还有那家空无一人的麦当劳。我在那里坐了很久，只进来一个匆匆的中年人，买了一个汉堡又匆匆走了。还记得那些街灯，以及街头的气温显示屏。

这些冰冷的地方，让我感到温暖。

克利斯朵夫在阿拉斯加的山里大声喊“有人吗”，无人回应。人们都在某个城市或者乡村，过着他们的日常生活。

有人说他只是年轻，在追求一种凯鲁亚克式的冲动。可我知道不是这样。

电影里，有一个镜头是他与野马一起在山谷里奔跑。我反复回放这个镜头，血液激荡，想跳进荧幕，和他一起奔跑。

人生（下）品酒赏碟看

上次说到电影中的一些类别，激情的，战争的，还有公路片和闷片，这次，想说说自然的、家常的、生活一些的片子。

当然，通常电影不是这样分类的。不过，管它呢。

- 01

在所有喝的东西里，除了水，葡萄酒和茶是最自然的饮料，因为可以不添加任何其他东西。其实，不是“可以”不添加，对好茶好酒来说，是“应当”不添加任何东西。葡萄酒和茶，最讲究风土和生命感，任何添加都算是对上帝作品的亵渎。

当然，有的葡萄酒也加酸，加糖，加酵母，不过，这些都存在很多争议。对好葡萄酒来说，唯一认可添加的就是二氧化硫，这不是用来调整口味，而是为了储存，起到防腐、抗氧化的作用。

为了维护酒的自然本色，也要求从工艺上尽可能提炼、保留原始风味的层次和细节。现在有些工艺的作用正好相反。比如，在发酵前快速加温至 60 摄氏度，然后急降到 15 摄氏度，就能得到比较深沉的酒色，看起来像是醇厚的好酒。但是，它并不是葡萄自然发酵的颜色，只是工艺的颜色。

回归自然是葡萄酒业的发展趋势，也可以看作是葡萄酒的本质要求。

电影流派中，奉行自然主义也算是一个大类了，正如左拉所言，他主张看见什么，就表现什么，仅此而已，不带倾向。新写实主义关注现实状态和世俗生活，素材都是日常生活细节和小人物，实景拍摄，大量使用自然光。真实电影（Cin'ema v'erit'e）则更进一步，不要剧本，不用职业演员，就导演、摄影师和录音师几个人，扛着机子直接拍摄，像拍纪录片。

各种电影流派挺多的，有的还相互矛盾。意大利有个演员，演技高超，在扮演莎士比亚四大悲剧之一《奥赛罗》中的奸谗者亚戈时，由于演得过于逼真，令观众恨之入骨，以致被观众当场击毙。无独有偶，当年陈强扮演黄世仁的时候，把大地主演得太可恨了，差点被战士击毙。以至后来部队出台规定，看陈强演《白毛女》时，一律不准带枪。

斯坦尼斯拉夫斯基主张演员要完全融入角色，真实反映生活，所以他在意大利时，要去给那个扮演亚戈的意大利演员立碑，上书“世界最好演员”。而布莱希特听说此事后，也想给这位演员立碑，不过内容完全相反，只写“世界最差演员”。

布莱希特推崇的是戏剧间离理论，他认为熟知的东西往往得不到真正理解，所以要求演员与角色保持距离，让观众感到是在看戏，将演出与生活分开，保持理性思考。

如果说叙事电影是模仿现实，纪录电影是剖析现实，现代很多电影流派是在创造现实。在这些看起来不那么自然的电影流派中，抽象主义电影（Abstract Film）用视觉技巧、声音性质、色彩形状、韵律设计来表达意念。纯电影（pure cinema）反对传统叙事结构，强调纯视觉性，呈现事物的造型美。实验电影（experimental film）追求诗意化、印象派化的画面，剪辑不能连贯、流畅，要的就是狂乱和快速。超现实主义电影（surrealist film）强调无理性行为的真实性、梦境的重要，喜欢不协调的形象。至于结构主义影片则不知该如何描述，不妨看看迈克尔·斯诺（Michael Snow）执导的《波长》（*Wavelength*），那几乎是一个单镜头，45 分钟的时间里，人们进进出出，摄影机视而不见，专注于无休止地变焦，记录一个小房间里光线的细微变化。

有的学者将《疯狂的石头》列为结构主义电影，可是我觉得这块石头没什么主义，并且挺好看。在五花八门的现代流派中，如果一定要找到共同之处，我觉得就是不好看。怎么不自然就怎么来，怎么不舒服就怎么拍。或者让人怀疑导演的目的就是让人看不懂，能看懂的都不够层次。

- 02

我个人还是偏好像葡萄酒一样的电影，就是那种自自然然的。最好是看不见导演和演员在哪里，如同摄像机就架在生活里，然后截取一段，放到银幕上。

比如，日本电影《天国遥遥》，不躁动，也不励志，演员基本只有一男一女，举止很内敛，表情好松弛。他们住的那个旅馆距城市并不远，只有 30 分钟的车程，但是已经保证他们能过着与城市不同的生活方式。

电影是很久以前看的，内容都快忘了，但是我仍然能记得画面上干净的日本榻榻米和纸糊的窗棂。记得他们自己种菜，养鸡，十分认真地做一碗莜麦面。他们没有电视，没有很多我们觉得应该有的东西，可是却把乡村日子过得有滋有味。

有个实验，一个摄影师随机在城市街道上抓拍人像，拍了几千张，最后发现竟然没有一张是笑脸。在我住的城市，我也观察过，街上走过的人，地铁里的人，公交上的人，确实没有几张笑脸。

偶尔能看到一个看手机的女孩在笑，估计是对方发来一个亲热的表情符号。也能看到饭局上一伙儿中年男人边传看短信边笑，那应该是看一个荤段子。

城市里能看到的陌生人的笑脸，基本都是职业化的，餐厅、商场、宾馆和公司前台，每个女孩的笑容同质化，像是同一个模具里出来的。

根据我的经验，城市越小，笑脸越多；离城市越远，笑脸越多。我在黄河边的黄土高原住过一年，有一次在很偏僻的一个窑洞里，与一个中年男人聊天。按照当地的标准，他是贫困户，单身，全部生活资料就是一个土炕，一口锅，一个装日杂用品的纸箱子。实际上那个箱子里，也没有什么日杂用品。

聊了三四个小时，整个过程中，他一直笑着。不是那种职业微笑，是连皮带肉都在笑。

走出窑洞，洞口上方，有个对联的横批——“幸福人家”。

也许有些讽刺。也许快乐与欲望成反比。

最近看了《最后的日子》。看完后，觉得生活真的可以很简单，我们需要的，只是一些健康的简单食品，一些干净的水，几段音乐，偶尔少量的感动，一点爱，少许温情，应该就够了。

CONCORDE LA FAYETTE PARIS HOTEL
CORDE LA FAYETTE PARIS HOTEL
LA FAYETTE
PARI
CONCOR

- 03

喝万元以上的葡萄酒，其实很难快乐，而是令人紧张。需要使用著名品牌的水晶杯，需要把握最佳温度以及醒酒时间，搭配最适合的食物，最好还有几个重量级的嘉宾在场，使这酒发挥出最大效能。最好提前做功课，了解这款葡萄酒的前世今生。

需要每一口都认真品尝，否则等于糟蹋珍酿。需要深思这酒的好处，能说出它的复杂性，说出它的层次和余韵，最好还能找到与众不同的形容词，比如犹如七月流火等等（反正这么说谁都听不懂，但谁都会微微点头，做出心领神会的表情）。否则，人家问你这款酒如何，你只能说一个好字，多没品位。

这种酒，基本不是用来喝的，它的最佳功能是收藏或者炫耀。犹如你要会见一个名媛望族，听一场盛大的交响音乐会，都是作为日后可以回忆的经历去对待的。

喝日常餐酒就算不上什么经历，纯粹就是今天高兴或者郁闷了，或者什么原因都没有，就是想喝喝小酒。日常餐酒是生活中的必需品，不是奢侈品，不为追求精神享受，喝它只是在过日子。如同与邻家小妹搭讪，听电脑上的下载音乐，去洗手间顺手拿一本八卦杂志。

喝这种酒，也不需要一本正经地讲究什么年份，因为无论哪年都一样，年份完全没意义。也不要追求什么风格和产地，因为它根本没有风格，产地更可以忽略不计。

喝名庄酒，令人兴奋，同时紧张。喝普通餐酒，令人松弛，随时想靠到沙发上，来个葛优瘫。过日子需要餐酒，营造生活高潮，需要名庄酒，各有各的用途。

电影也是这样。文艺片能令我们思考，感动，或者哭泣。可是，每天都看文艺片，也能看得没了好胃口。娱乐电影其实也不错，很多人买票进电影院，就是为了张嘴笑一笑，眼睛爽一爽。当然，看娱乐片，最好的方式不是去电影院，而是从网上下了，嗑着瓜子看。

还有一类片子是我喜欢的。这类片子，不很文艺，也不是很娱乐，是一种不好分类的片子，平实而亲切，如同日常餐酒中的好酒。

《拿破仑之路》算是这种片子吧。这是一部不好评论的电影。所谓不好评论，就是看完了，想写几个字，但是不知写什么好。不写吧，又觉得应该写点儿什么。

在豆瓣上，这部片子的类型，似乎也有些不明所以，有动作、冒险、喜剧、犯罪、剧情各种标签。这些标签真的都是乱加的。动作？完全没有动作啊，一定要找出动作，就只有走路。也谈不上冒险，那路两千多公里，走完会比较累，但是其实并不太险。喜剧？连笑容都不多，马丁演的男主角汤姆基本不会笑。犯罪？嗯，好像在一个小旅店看到旅店老板自说自唱，有些吓人。剧情？不，完全没有剧情，就是每天走路。有一张关于这部片子的照片，上面就是个变成脚的人。

网上关于这部片了的介绍，似乎也没什么可说的，简单到只剩下一句话：“一位美国父亲前往法国取回他儿子的遗体，他的儿子在著名的拿破仑之路旅行时不幸去世。”连电影名字的中文翻译，都不知所以——《拿破仑之路》，可片子的英文名字是简单之极的*The Way*。那条路，确实是大名鼎鼎的圣地亚哥朝圣之路，欧洲首条文化旅行之路，世界文化遗产，不过好像没拿破仑什么事。

在网上看到有关这部片子的广告，估计也不知道该说什么，只好说，“本片为本月强推猛片，精彩程度绝对不容错过，比看艳照门、日记门、非诚勿扰之类的好多了。看片的时候，有空记得帮忙宣传一下，谢谢。”可是你自己都只能这样干巴巴地说，里面没有感人剧情，没有帅哥靓女，没有大腕明星，没有煽情内容，没有飞车搏击，没有魔幻惊悚，我们能帮助宣传什么呢。

可是，我还是很想宣传一下，我喜欢这部片子。实际上，在豆瓣上，对这部不知在说什么的片子给予五颗星评价的，竟达到47%，很高了。我不知道别人为什么喜欢这部片子，我喜欢的理由其实很简单，是因为喜欢那些熟悉的行走状态。那种状态，那些细节，确实只有亲身经历，才会引发共鸣。

里面有些话，留下印象。比如，“上帝为每一个人的存在，都设了一张时间表”。我想说，上帝，我的那份时间表，您收藏好，不必告我生活里还有什么。我只需要每天喝杯日常餐酒，看看亲切的片子，走走自己喜欢的路。

- 04

有些酒很张扬，一打开木塞，香气就会扑鼻而来，似乎在说：我香吗香吗香吗？就像是有个虚荣的小女孩从瓶子里跳了出来，不住地问，我漂亮吗漂亮吗？也像那些不解风情的恋人，不住地追问对方，想我了吗想我吗？

好酒，需要慢慢品尝。成熟的感情，不必追问。品红酒，有些阅历比较好，太年轻的时候喝红酒，会像小男孩叼个烟斗，有些滑稽。太年轻时谈情说爱，画面可能比较可爱，不过也许只是可爱，还不是爱。

克制，算是衡量品质的一个标准。高质量的酒，成熟的感情，耐看

的电影，都懂得如何克制，张弛有度。

ONCE，中文翻成《曾经拥有》，有的翻成《一生唯一》。这部片子，在以苛刻著称的圣丹斯电影节上，所有影评人都给了 A。

导演、男女主角都不是搞电影的，是搞音乐的，所以感觉整个片子的主角是音乐，电影本身几乎成了陪衬，爱情也像是陪衬。

这部片子里所有的歌我都爱听，下载了这个片子的全部歌曲，尤其是那个长镜头里的歌曲，就是女主角穿睡衣拖鞋在街上一直在唱的 *if you want me*。还有 Marketa Irglova 一开始在乐器店里弹的门多尔森的钢琴曲，一下就把人伤了。

我后来去都柏林的时候，专门去看了那条街和那个乐器店，电影就是在这里取的景。清晨光线中的街道和商店，不像晚上那样暧昧，也不像晚上那样诱人，平和并且健康。

电影结局似乎好平淡，习惯圆满结局的人会觉得有些遗憾。也许，所有好东西都应该留着些遗憾。

片子没有说相爱之人如何缠绵，而是说如何保持距离。女主角有丈夫，男主角有女友，男女主角保持的距离，恰到好处。所谓恰到好处，就是没说什么，没做什么，连拥抱都没有，几乎什么都没有发生。当然，观众都知道，男女主角也知道，其实什么都已经发生了，存在于那些发自内心深处的呼应。

另一个片子，是《爱的男人》（*L' uomo che ama*）。我看片子比较在意台词，看编剧能不能写出聪明的对话。这部片子，没有什么好的台词，大多记不住。

不过，这部片子足够克制。像看一条大河在流，缓慢，平静，河面上没有波涛。可河面下，暗流汹涌。

这部片子里，女人常常哭，男人都不哭。可是，看着看着，就知道那些男人心里原来都哭过，有的一直在哭。

很多男孩，少年时会想做这类人——让很多姑娘哭，让很多警察追，觉得这样的生活比较酷。

等下巴上长出胡子，少年开始知道，更酷的人生，是让很多姑娘追，让很多警察哭。

人到中年，才明白不是每个人都可以流成一条大河。更多的时候，更多的人，只能是一条小溪。甚至是一条阴沟，时不时还翻船，动不动就干涸。

生活到了这个阶段，很多男人会无可奈何，没有姑娘为自己哭，也没能力让警察哭。

张扬嚣张很容易，循规蹈矩认认真真过日子，其实更需要勇气和能力。好男人如同好酒，会把握好生活尺度，不让姑娘哭，不让警察追。

饮酒（上）举杯邀谁共

说起饮酒的配菜，不同酒有不同要求。

喝啤酒比较简单，一根红肠、两条黄瓜、三个凤爪，或者一小碟花生米，就成绝配。白酒也不太讲究搭配，基本是菜就行。我见过有个部队的团首长们开会，桌子上没有茶水，勤务员打开一瓶老白干，依次倒满，团长抓几头大蒜，往会议桌上一扔，大吼一声：开会！

在各种酒中，葡萄酒算是最讲究菜肴搭配的。红酒配红肉，白酒配白肉，已成为众人皆知的基本常识。在葡萄酒的销售介绍中，这瓶酒适合配什么菜肴，已经属于必备内容。甚至可以说，如果搭配不当，几乎等于暴殄天物。

葡萄酒配菜，奥妙无穷，趣味横生，俨然成了专门学问，出了很多大部头书籍。

不过，我的感觉，品葡萄酒时，配什么菜固然重要，而配什么人，似乎更重要。或许可以说，比喝什么酒还重要。

- 01

柴米夫妻，酒肉朋友，在汉语里，都算不上好词。前者还有些中性色彩，生活条件不如意，凑合搭帮过日子。后者则是完全贬义了，是“患难之交”、“生死之交”这些让人肃然起敬好词的反义词。说这个词的同时，与之配合的表情一定是不屑的，通常还会先“哼”一下。

酒肉朋友，只能一起吃吃喝喝，不干正经事。有福同享，有难你当。

可是，细究这词的出处，一般会从关汉卿先生的元杂剧《单刀会》说起。这个词出自该剧第二折，鲁肃请关羽赴宴，邀司马徽作陪。司马徽推辞，而他的道童则对鲁肃说，“你要索取荆州，不来问我？关云长是我酒肉朋友，我交他两只手送与你那荆州来。”这里说的酒肉朋友，并无丝毫贬义，倒有往脸上贴金的意思。

也许，这词的本意，并不像现在那么不堪。是啊，想想梁山好汉们，哥几个就是喜欢在一起大碗喝酒，大块吃肉。酒肉朋友，与快意人生基本成了同一个意思。看来酒肉朋友，也不是谁都能做的。

开瓶后的白酒，如果喝不完，盖好下次再喝，味道不会有太大改变。已经开瓶的葡萄酒，则不能久放。即使封好放入酒柜，顶多也就三五天，否则就会变得不认识它是谁了。而酒量普通的人，一个人又喝不完标准瓶（750ml 容量）的整瓶葡萄酒。

为什么不干脆多提供一些小瓶葡萄酒呢？其实，小瓶葡萄酒也是有的，比如 375ml，但是卖得不好。原因之一，是 375ml 的量，只适合一个人独饮。

而葡萄酒属于不适合独饮的酒。

其实无论什么酒，一个人喝都挺郁闷。南朝沈约曾说：“酒之为用，非可独酌，宜须朋侣，然后成欢。”想想也是，倘若“花间一壶酒，独酌无相亲”，就只有无可奈何的“举杯邀明月，对影成三人”了。

况且，在酒的王国中，葡萄酒是最讲究品饮过程的，而品尝带来的快乐，是需要分享的，独乐乐不如众乐乐嘛。可以设想，假如品到妙处，却无人诉说，那滋味，略等同于不戴口罩置身于北京雾霾爆表中，那种憋着自强不吸的感受，绝对是非常不爽。

正由于葡萄酒需要与人共饮，所以顺理成章，葡萄酒瓶成为各种酒标准瓶中容量最大的。啤酒瓶容量最小，而且越来越小，355ml 和 330ml 成为主打，且易拉罐大有取代玻璃瓶的趋势。原因很简单，啤酒不需要与人慢品，下班回家打开冰箱随手就喝。我国白酒注重包装，酒瓶设计不惜工本，五花八门，看起来没有统一标准，实际上，大部分白酒酒瓶的容量，仅为 500ml，亦有少部分 480ml，也少于葡萄酒。威士忌、伏特加等洋酒容量比较接近葡萄酒，大多为 700ml。

需要共享的特点，也使葡萄酒成为最需要“酒肉朋友”的酒。不过，人数也不宜太多。白酒 500ml 的容量，自有道理，这个量差不多就是 1 斤，三五人小酌，每位二三两，正好。而 750ml 的葡萄酒容量，酒精度十多度，其实一瓶两人正好。更何况葡萄酒复杂微妙，品同一款酒，能有完全相同感受的人，本来就少之又少。

\- 02

白酒为主的酒局，很少是为了喜欢某种酒而设局。上白酒通常是为了烘托气氛。这种酒局，关键不在酒，而在局。

中国历史上有许多著名酒局。有人整理了“十大酒局”，包括东晋

新亭会、赵匡胤杯酒释兵权、江东群英会、青梅煮酒论英雄以及鸿门宴等。暂且不论选择的酒局是否最具代表性，却能呼应上面的说法。这十大酒局，与政治有关，与战争有关，与情愫有关，但都与酒无关。酒在这里，只是道具。

因此，在这种酒局中，关注酒的不多，主要是关注人，还关注各色人等在酒桌上的表现。就像段子说的：喝酒像喝汤，此人在工商；喝酒像喝水，肯定在建委；喝酒不用劝，肯定在法院；酒后耍酒疯，多半是民工；喝掉八两都不醉，这人绝对在国税；白酒啤酒加红酒，估计是个一把手。这种场合，其实无所谓选哪种酒，只需看来人身份确定选什么价格的酒就好。

而日常生活中的喝酒，酒其实也是陪衬，主要是用来消遣，打发无聊。至于吃什么喝什么，随便随便，“菜要一碟乎，两碟乎？酒要一壶乎，两壶乎？”

在以葡萄酒为主的酒局上，就有些不一样了。酒当然也有应酬消遣功能，不过也有很多葡萄酒局是专为某种酒而设的。此时，重点不在局，而在酒，这可以视为葡萄酒文化的独有现象。这种酒局，喝什么酒就大有讲究了，酒的价格并不是主要考虑的，而选什么风格和气质的酒，才能凸现主人的眼光和品质。

在这种酒局中，除了要选合适的酒，配合适的菜，考虑酒具餐具，还特别讲究选择好酒友。

葡萄酒会的酒友，最好多少懂些酒。这样，有共同语言，气氛会好很多。而且，主人精心挑选的酒，也会得到知音的回应。

所谓懂酒，并非说要找一桌品酒专家。要学习相关知识，可以去上葡萄酒培训课。现在有些酒友会，经常会请上几位专家，酒友相聚，聆听指导，切磋心得。这样当然也很不错，不过参加这种酒局，感觉还是在上课。

有的酒友活动还会组织盲品（Blind Tasting）。我一直觉得盲品有些不靠谱。也可能是我这方面弱爆了才这样想，我也知道确实存在这方面的高手，不过，一般地说，盲品比较盲目。

想想葡萄酒历史上著名的1976年巴黎品酒会吧，参加盲品的都是葡萄酒界大牛，却竟然连美国、法国酒都弄颠倒，更不要提什么酒庄和年份了。据说，盲品成功率，可类比福利彩票双色球一等奖的中奖率。还据说，品酒中存在盲品魔鬼定律：

定律之一，是品尝者的经验越多，失误越多。佳士得拍卖行名酒鉴定专家麦克·布劳德班，品过8.8万款葡萄酒，有品酒笔记141本，著有《佳酿：50年品尝了3个世纪的葡萄酒》。他的结论是："在盲品时表现最好的，往往是那些品酒阅历尚浅的入门者。他们最杰出的表现，又往往是在经验还相当有限的时候。"他自称："我怀疑自己是否曾经弄混过1945年的木桐和1982年的玛德玛嘉萨。"有这方面经验的朋友知道，这两款酒的风味区别，可以类比普洱茶中冰岛与班章的区别。

定律之二，是葡萄酒的地位越高，盲品时分数越低。关于这一点，建议可以去看看那个电影——《瓶击》，说的就是1976巴黎品酒会的典故。

酒世界如此，其他类似领域这种事情亦屡见不鲜。在英国《卫报》组织的一次橄榄油盲品中，进口商认为自己进口的高级橄榄油"令人厌恶"，某大腕最喜欢的却是最低廉的打折产品，美食评论家则大赞掺杂低品质油脂的大路货。

哦，说了半天，我想说的是，一定不要把喝葡萄酒变成压力，只当作乐趣是最好的态度。在寻找乐趣的过程中，有共同语言的朋友参与，乐趣便会加倍。

当然，与完全不入门的人对话，有时也会很好玩儿。记得在网上看到过一个网友提问：“大开门是什么朝的？我是新手，谢谢。”这个网友问的是古玩市场的一个行话，不过这个问题本身有些毛病，“大开门”，不是指哪个具体朝代，是指这件古玩特征很典型，一看就没问题，是真的好东西。这个有些搞笑的问题，引来了很多网友热心并且更搞笑的回答：

有的回答挺无语：哦，应该是指西汉时期吧。

有的很雷人：不知你的房子是怎样朝向，大门一般面东开，南边也行，西、北不利。

另一位比较萌：亲，不要打开门，听说大半夜的常有坏人冒充查水表，千万不要开门。

倘若品酒也出现类似鸡同鸭讲的情况，可能就不太好玩。

- 03

找到懂酒的朋友很好，更好的是找到懂你的朋友。

想喝酒了，通常是有东西要倾诉了。

参加酒局，与自己想喝酒，是两种完全不同状态。前者是为了应酬。而自己想喝酒的，一是上了瘾，不喝不行；二是有了事，或者需要助兴，或者需要借酒浇愁，所谓喝了伤肝，不喝伤心。

无论助兴还是浇愁，当然要找知己。古人早就教导我们：酒逢知己千杯少，话不投机半句多。

亲戚都是爹妈给的，而朋友都是自己找的。那么，找朋友干什么用：

第一，多个朋友多条路。嗯，好功利。而且，生活中有一条70%定律：70%的东西都是无用的。其中包括衣柜里的衣服、电子产品的功能，豪华别墅的面积，好车速度，公务员数量，时间，还有朋友。朋友多了，除了来借钱的会多些，真的没什么用。

第二，同生死，共患难。不切实际了，要求高了，哪儿去找啊。到老才会知道，真心关心你的人，总比你自己预料的少。有资深老警察给新来的传授审讯秘籍，说根据多年经验，审讯的时候，最省事的是两种人：一是情人，问什么说什么；二是铁杆朋友，不问也什么都说。

所以，朋友其实就是拿来说话喝酒的，这是闺蜜知己红颜蓝颜们的主要功能。

这样的知己，其实也不多。不信试试，需要与人说话的时候，翻遍通讯录，都找不到合适的号码。

有天黄昏，心情无来由地有些潦倒，于是漫不经心地在网上闲逛。不经意间看到一个帖子，有个家伙正在邀人喝酒。

帖子倒是简洁明快：

“我，北京，西直门的。

哥最近难受得很，想找人喝酒。

男女不限。

酒钱我出，交通费自理。

来的可以打我手机：……”

这样的帖子，竟然十几分钟后，就有很多跟帖回应（看来像我这样闲着在网上瞎逛的不少）：

“想去，不过我不会喝酒，我坐那儿干瞅着，估计你也受不了。”

“喝完之后呢？完了还有别的玩儿吗，K 歌？台球？打电玩？”

“我半斤的量，lz 今晚打算喝几斤？”

“你怎么了……”

“哥，烟钱你能出吗？”

“我觉得姑娘我挺适合的，一般酒还真醉不了，可惜路太远啊。”

还有莫明其妙乱煽情的：

“每当看到这么有爱的帖子，我就恨自己不在那个城市。”

“我代表个人祝你生日快乐，家人身体健康，学业有成，前途似锦。”

“嗯，网上也有温情。”

虽然跟帖挺多，但大多都是围观的。最后真正去的只有一个，而且没发生什么事情，就是喝酒。

去的那人回来，留言：“和楼主喝酒归来，楼主好帅。”

楼主也留了一句：“喝完回来了。没喝到的下次吧。”

瞧，好简单，就是不想一个人喝酒，喝酒就是为了说说话，说话就要有听众。

好的知己，其实就是好听众，是垃圾箱，能够盛下对方扔过来的酸甜苦辣和五脏六腑。

重要的是，要帮亲不帮理。无论对方说得多离谱，都要坚定站在对方立场上捧场，安慰，点赞。

所以，称职的知己不需要理性，只需要感性。而且，越感性，越知己。

况且，喝起酒来，几杯下去，哪里还有什么理性。

- 04

史上通过喝酒结交知己的，数不胜数。其中大名鼎鼎的，算是魏晋时代的竹林七贤。

物以类聚，人以群分。这七个伙计能被归到一块，很大程度上是归于所谓魏晋名士之风。而其名士之风的体现，很多都在酒里。这是中国历史上最能喝酒的文人团伙，听说有些研究生的毕业论文，就专门以此为题。

山涛挺厉害的。说他厉害，是因为既能名列以潇洒不羁为标志的七贤之中（而且被视为三人核心领导小组成员），却又能深谙世故，分寸拿捏得相当老辣。这样的人，在任何朝代都适合当领导。所以七人中此人官当得最大。以喝酒为例，山涛在七贤中不但年龄最大，酒量也很大，可饮酒八斗。但他每到临界，必定止杯不饮，因此从未显过醉态。放浪形骸这个词，根本与他没有一毛钱的关系。

另一位核心成员嵇康，酒量也大，喝酒也同山涛一样：挺没劲的，甚至更没劲。嵇康喜欢小酌雅饮，怡情养生，微酒温克，适体颐性。为人也是这样，喜怒不形于声色。

向秀则偏于内敛，自然平和，以至从史料中，看不出他的饮酒风格，似乎只是跟着其他六人一起喝喝而已。他喝酒不见出色，然深谙老庄，其书、论、赋，均能扛鼎。

王戎年龄最小，人也短小精明，而且抠门到了令人发指的程度。他家有优良李树，卖李子时，先把果核钻破，以防别人得其良种。饮酒无规，时而狂放，时而节制。由于过于世俗，阮籍一度想将其清理出门。

反正，上面这几个人，怎么看都不像所谓的潇洒名士，不知道怎么

汇源

混进去的。

阮籍就比较像了。他喝高了就玩儿自驾，弄个马车无目的地随意走，反正那时也不查酒驾，不会被扣分。走到穷途末路（据说这成语就是从他这儿来的）之际，就放声大哭。在喝酒上，他算是有料可爆的——阮籍世称“阮步兵”，曾任步兵校尉，而当这个官的目的，竟然是因为步兵厨营藏有美酒三百斛，可以借此以权谋私，时时醉倒。

阮咸喝酒其实最是纯粹。此公不善与人交结，素寡欲，喝酒是因为真心喜欢酒，弹琴是因为真心喜欢琴。所以，他喝酒不在乎礼仪酒具，可以与一群猪挤在一处，同瓮共饮。弹琴弹的都是心声，后人用他的名字命名他弹奏的乐器，成为中国音乐史上唯一以人名命名的乐器。

真正喝出名堂的，当属刘伶，被誉为中华“第一酒鬼”。他确实喝出了高境界，“无思无虑，其乐陶陶。兀然而醉，豁然而醒。静听不闻雷霆之声，熟视不睹太行之形，不觉寒暑之切肌，利欲之感情”。最见性情的猛料，是携酒而行，令人荷锄随之，嘱其“醉死便埋我”。人家是“青山处处埋忠骨，何须马革裹尸还”。他倒好，青山处处埋酒骨，哪里倒下哪入土。果然名士范儿。

这七人说起来，政治抱负、人生态度，其实不尽一致。“嵇生夭、阮生亡”后，七贤中投靠体制内的不乏其人，后人对此褒贬不一。文化成就也有相当差距，酒品酒德更是大相径庭。相互之间，也常有不合，嵇康甚至还写过奇文，要与山涛绝交。

然而，他们确实经常步入竹林深处，谈诗文，议玄学，饮酒言欢，前后长达八年有余，应该是货真价实的好友。嵇康临刑前，将儿女托付之人，正是他说要绝交的山涛，并说由于有山涛在，“汝不孤矣”。而山涛也不负重托，尽心尽力地照顾嵇康后人，无愧“知己”这个称号。

我想，看起来迥然有异的七人能成莫逆朋侣，也许源于灵魂相通吧。他们“借杯中之醇醪，浇胸中之块垒”，非汤武而薄周孔，越名教而任自然，弃经典而尚老庄，蔑礼法而崇放达。

不拘礼法小节，只是一介狂夫。识清浊，本旷达，乃是真名士。

我其实挺憧憬，在一个圆月出山的夜晚，顺风而去，穿越到一千七百多年前的山阳竹林里，与这七个伙计在一起，把酒当歌，肆意酣畅。

然后，半醺之际，不管他们听过与否，我都会吟唱那首《短歌行》：

对酒当歌，人生几何？

譬如朝露，去日苦多。

慨当以慷，忧思难忘。

何以解忧？唯有杜康。

饮酒（下）举杯邀谁共

上篇说过饮葡萄酒，要找懂酒的人，更要找懂你的人。然而，要想喝得有滋有味，还有以下几类人，他（她）们各有妙处，都可以拿来下酒。

- 01

首先，可以找红颜或者蓝颜知己。一般来说，男性与女性的区别，大于人与猴子的区别。哦，我说的不是科学意义上的，而是伪科学意义上的。不过，男女之间，无法实现真正的相互理解，是很多人一生中无可奈何的切身体会。

男人女人在很多感受上不一致，甚至完全相反。男人觉得某个女孩天真无邪，女人都知道她绝对是个心机很深的小狐狸精；女人觉得某个男子深沉冷酷，迷死人不偿命，男人全明白那其实就是个弱智，什么都没有，只好装酷。

幸好老天有眼，或者说老天故意的，留下一样东西，让两性的感觉能够完全吻合——那就是葡萄酒啦。

在品尝葡萄酒的时候，只有入门早晚、道行深浅不同，与性别无关。在这方面，不同类型人感受的差异，要大大大于性别差异。

除了对葡萄酒有较深造诣的女性之外，一般女性比较喜欢喝偏甜的酒，比如贵腐、晚收或者冰酒。不仅如此，相比而言，女性也更喜欢甜食。个中原因，笔者（哦，听说这个词现在不合适用了，因为大家早就不用笔而改用键盘敲字，都是键人啦。不好听？好吧，大家都用手打字，可以叫打手。那些用鼠标的，可以谦卑些，自称为鼠辈）曾经认真研究过，想找到标准答案，结果是没啥结果。

能找到的解释大多属于信口开河，甚至是胡言乱语，不可当真。有的甚至问出这样无厘头的问题：为什么一个喜欢吃甜食的胖女人，见到蚂蚁就会踩死？答案是羡慕嫉妒恨：看到蚂蚁那么喜欢甜食还不胖，腰还那么细。

稍微正经些的解释，认为是受环境和文化的影响。在有些语言中，所有名词都有阴阳之分，与之相关的动词、形容词也有阴阳形式。连数字也有性别，通常奇数是阳性的，偶数是阴性的。对日常用品，也会加入性别判断。通常，人们会把软的、小的、暖的、香的、甜的东西，与女性相联系。对一些可爱的物体，比如宠物、小物件等，人们不是用“它”来称呼，而会用“她”。人们还会给家具和食物名词加上性别，大菜（也就是国人说的硬菜、横菜）是阳性的，而沙拉、甜食是阴性的；方形家具是阳性的，弧形家具是阴性的。

还有一种解释，似乎也勉强可以说得通：认为女性属于更加感性的动物，对幸福快乐的向往追求欲望更加强烈。而甜食甜酒中的糖，容易激活下丘脑中的多巴胺，从而带来愉悦的感受。

现实中，女性喝了葡萄酒尤其是甜白之后，确实会表现得更加温婉可人，令氛围愉快。因此，男性邀请酒伴的目的，如果是想度过一个花好月圆、愉快轻松的夜晚，那么，带上一瓶法国苏玳（Sauternes）区的伊甘（Chateau d'Yquem），或者德国的伊贡·米勒（Egon Muller），抑或匈牙利托卡依（Tokay）地区的阿苏（Aszu），那么，应当会乘兴而来，尽兴而归。

当然，即使是与异性饮酒，也要看对方是什么人。要说古往今来，最适合共饮的女性，我会投清照姐一票。哦，就是宋朝词人李清照啊。清照姐有才有情有义，而且还懂酒，还潇洒，酒风还甚好。“东篱把酒黄昏后，有暗香盈袖”，与姐喝到半醺，然后送其回家，“沉醉不知归路”，于是泛舟湖上，“惊起一滩鸥鹭”。次日，日上三竿了，仍然会“浓睡不消残酒”。与这等女子共饮一回，应该会“莫许怀深琥珀浓，未成沉醉意先融”啊。

蒹葭苍苍，白露为霜。所谓伊人，在水一方。古诗中的情境，美则美矣，也实在熬人。她就在对岸，却望穿秋水，可望而不可即。如果此时坐在对面的正是意中之人，那么，不要辜负良辰美酒，三杯红酒穿心过，两朵桃花上脸来。此时，手中这杯葡萄酒的香气当会加倍，VDT、IGT、Tafelwein 级别的酒，能喝出 AOC、DOCG、TBA 的味道。

- 02

每个人的人生，都是一条河。

每条河，都有自己的流向走势。无论它如何蜿蜒曲折，其实都是随

NO
MAN'S
LAND

着河床走的，归宿也已经注定。如果不是泛滥而散，或者夭折荒漠，那么最终都会归入湖泊海洋，消失不见。

所谓人生，其实都是沿着规定的轨道走，完成那些规定动作。

不过，总有某一些人，或者每个人的某个时候，会去尝试做出一些自选动作。人生的精彩之处，大多出自这些自选。

饮酒，算是在循规蹈矩的日常生活里，寻找一些小小的出轨。如果酒友是个喜欢自选动作的人，这场小酒会平添一些趣味。

喜欢自选动作的人，大多有些艺术气质。所谓艺术气质，可以理解为比较敏感。或者，也可以理解成比较神经质。

葡萄酒本身就是自然之手创造的艺术作品。如电影《瓶击》所言，就像德加手持画笔，罗丹打磨青铜，波德莱尔运用语言创作一样，亨利·贾伊尔和罗思柴尔德是用葡萄在进行创作。

对这句话，我稍有些不同意见，我以为，好的酿酒师不是在创作，而是翻译，能够领悟自然的语言，并把它准确表达出来。当然，翻译也可以视为一种创作。

至于是否能听懂说出来的是什么，要看品酒人的悟性和运气。如果酒友是个生活里的艺术家，善于聆听自然之声，那么这场酒可能让你受益匪浅，而不是通常情况下的受益非常浅。

有个纪录片，片名叫《永远》。说的是有个亚美尼亚女人经常到墓地来看望父亲，她告诉编导，她在这里对父亲无话不说，来一次就能平复一次内心的沟壑，回去更好更真实地面对生活。来这里的人不止她一个，我喜欢片子里每一个来这里的人说的话。

看完了发现，长眠在这里的人，大多是诗人、作家、音乐家和画家，简言之，都是有些神经质的人。也就是说，都是一些不循规蹈矩的艺术家。而来看望家人的，都是女人。导演的选择可能不是刻意的，不过倒是与我的一个看法相符：艺术家和女人，是让生和死变得美丽的两种生物。

当然，未必只有艺术家能够理解生活。亚美尼亚女人的父亲，生前是个鞋匠，而且是个有自己想法的很棒的鞋匠。只有平庸的人，没有平庸的职业，每个人，都有可能成为听懂自然语言的艺术家。

那些具有艺术家气质的酒友，饮酒时通常还能引用一些名人酒语。比如杜拉斯说："饮酒会使孤独发出声响。"比如威廉·杨格说："一串葡萄是美丽、静止与纯洁的，但它仅是水果而已；一旦压榨后，它就变成一种动物，因为它变成酒之后，就有了动物的生命。"这些话，听起来是不是都很动人？

还有一些艺术家的话，听起来比较雷人。比如杜尚说："生活不必负担太重和做太多的事。"他不但这样说，而且真的这样做。他反对一切规范好的程序人生，不按常理出牌。国家参战，他坚持不尽义务不服兵役，躲到中立国家。他认为不必要有妻子、孩子、房子和汽车。虽然最后结了婚，原因是所爱的女人年纪大到不会生孩子了。

我比较赞成杜尚的话。在人类500万年的发展历程中，所谓事业，其实不过是最近几千年来的发明。所谓辉煌，走近了仔细端详，会发现只看到灰和黄。

杜尚很早就明白这个道理。他说从来没有必须做些什么的压力。他说他最重要的作品就是度过的时光，每一秒、每一次呼吸都是他的作品。所以他说："我是生而无憾的。"他的重要作品《大玻璃》被震裂后，他也不难过，而是自得其乐地欣赏破碎的花纹。

杜尚的作品被认为无美、无用、无合理性。与此同时，也公认他实际上打破了美、有用、合理性的规则。也许，看似无用的东西，才是最

F.C.
Real Madrid C.F.
RON DE CUBA
Havana Club

无功利性的东西，也是最纯粹的东西。这样的东西，既是合理的，也是美的，蕴含着内在的至理至美。

生活的这种本质性特点，可以通过艺术创作展现，同时也存在葡萄酒那些美妙的液色中。古琴被称为世上最寂寞的声音，其实这种寂寞，包含了太多的内容。看似如此简单的古琴，音量不大，可音域达到了四个八度，其散音、泛音和按音，对应着天、地和人。

与懂得的人，经常品品酒，听听古琴，说不定也会有生而无憾的感觉。

- 03

葡萄酒桌上，通常看不到白酒席上醉倒一片的壮观场景，因为葡萄酒不是用来醉的，是用来品的。

品酒时，如果对方只能晃晃杯子，说说挂杯，提几句拉菲，那这顿酒席最好抛开酒的话题，说说股票套牢，明星八卦，或者小三逆袭。

如果对方顺口说出这款酒的涩味（Aggressive）、酸度（Acidity），说出酒中有花香草青，提起黑醋栗（Cassis）和胡椒（Peppery），还能说出肥厚的黄油味（Buttery）和橡木味（Oaky），那么此人味觉嗅觉正常，懂些入门知识，好吧，至少已经是个同好，这时就有的谈了，今晚会是个愉悦轻松之夜。

如果对方放下酒杯，说的是陈酿香气（Bouquet）和隐约香气（Hint），说的是酒体饱满（Full-bodied）和复杂度（Complexity），那么恭喜，遇上一位正宗品酒客了。此时，可以不仅谈味道，而且谈口感，谈丝绸（Silky）和天鹅绒感（Velvety）的微妙差异，谈肉味（Meaty）和荤腥（Gamy）的区别，谈手套与马鞍皮革香气的迥异不同。谈这款酒是刚刚点燃的高品质纸烟味道，还是与雪茄盒味更相似？是不是缺少了雪松味道的衬托？可以谈的还有很多，比如单宁过量给口腔带来的褶皱感觉，某些香气对上腭的冲击力，或者讨论什么是真正优雅的香气，什么是缺乏馥郁。

如果一不小心，遇上的这位，既不谈嗅觉味觉，也不谈口感喉感，一张嘴，说的是这款酒有受光照伤害的迹象，说这酒入口空洞收结处略显松散，说这酒坚强而明亮，颇有穿透力，说……行了，如果对方不是一个大忽悠，就说明遇到一只江湖老鸟了。人家喜欢说的，都抽象且高级，如果你不是同样精通此道，最好实施“两多一少”：多品、多听、少说，以免露怯。

还有一些人，他们不谈味觉，不谈嗅觉，不谈口感，不谈结构。他们一边品酒，一边闲聊。说出来的，平平淡淡，可都是人生的沉淀，自自然然，散发醇酒之醇。

滋味，不仅是味蕾的感觉，还包括心的感觉。喜剧领域有句格言：经历苍白的人，说不出好笑话。同理，真正喝懂一瓶酒，也需要阅历和历练。环境好，浇灌适宜，土地肥沃，按理说应该长出好葡萄。实际上，用这种环境下生长的葡萄酿酒，味道通常会有些难闻，酒体也显得单薄。

在这个意义上，葡萄酒适合人到中年之后再喝。

有个段子，中学生问家长：“什么是长大？”家长：“不知道，你说呢？”中学生：“知道的多了。”中学生再问：“什么是成熟？”家长：“不知道，你说呢？”中学生：“知道了不说。”

这个段子是用来嘲讽那些被岁月磨去棱角的所谓成熟。其实，也可以这样理解：所谓成熟，就是当年非常渴望的东西，现在不想要了。不需要了，也就没有什么可说的。能用钱买到的东西，其实都不贵。能说出来的东西，其实都不重要。

生活的艺术，也许可以归结为对度的把握吧。没有最好，只有最合适。比如，在感情方面，那种熊熊燃烧的，都不会持久。人到中年以后，才知道最舒服最适宜的感情关系，不是炽热，而是淡淡的想念，恰到好处的温馨和关切，不多但有质量的性。

至于度如何把握，只能意会，无法言传。在古玩领域，看一个瓷器是不是老物件，可以看其釉的光泽。新的瓷器表面会有贼光，作伪者会用各种稀奇古怪手段作旧，有点化学知识的就用氢氟酸、高锰酸钾加水处理，或者裹上结核石粉复烧。比较土的就放在茶叶加碱的水里煮，或者擦上鞋油后埋入土里。勤快的就用牛皮摩擦几个月，比较懒的就干脆挂在灶边上任其烟熏火燎。

尽管这些手段都有一定效果，不过，都无法展现那种老釉的温润。老釉之光，不会光芒灿烂，而是精光内敛，柔和温润，少一点就干枯，多一点就贼精。那是被时光长期打磨后，一种恰如其分的美好感觉。

- 04

波尔多与勃艮第是葡萄酒江湖的两大重镇。两个产区的葡萄酒风格迥异，波尔多讲究 Blend，注重品种调配；勃艮第讲究 Terroir，还原风土，使用单一葡萄。

好的调酒师，善于将不同品种、不同葡萄园、不同风格甚至不同橡木桶的酒进行调配。这种调配，是充分发挥各种基酒的长处，弥补缺陷。在这种调配中，不是 1+1=2，而是 1+1=N。这个 N，会是一些新的好味道。

到香港不喝丝袜奶茶，等于没到过香港。奶茶的配制诀窍中，奶是

次要的，关键在茶的配方。中环结志街的兰芳园店面很小，可奶茶获得过金奖，关键在于用了 5 种以上红茶拼配，喝起来就是不一样。

上帝就是一位超级调配大师。在他调制的五花八门的人生类型中，有一类是波尔多风格。这一类人，他们不仅爱过，而且深爱过。不仅深爱过，而且失恋过。不仅失恋过，而且心尖都是血滴子。只是，他们善于将各种生活烙印加以调和，如果没弄成人格分裂，便有可能将复杂化为圆融，整个人变得恬淡大气，优雅雍容。他们的人生之河，在波涛汹涌之后融入大海，然后安静下来，随着日升月落，听浪抚白滩，看帆影鸥痕。

另一大类是勃艮第风格的人。这些人，从始至终，都是用单一葡萄酿造的。可纯粹不等于单调，他们也有丰满人生。

“爱就是累的时候让你笑起来的东西。”——Terri

“如果一个人爱你，他叫你名字的方式是不同的。你知道你的名字在他嘴里是安全的。”——Billy

上面这些对爱的理解，很到位，好干净，像是勃艮第类型人的风格。只是，Terri 和 Billy 说这些话的时候，都只有 4 岁。也许，勃艮第类型人的内心深处，永远住着个孩子。

也许，中年之后，少年之前，是真正懂得生活奥秘的两个年龄段。至于两眼放光、肤顺毛滑的年轻人们，呵呵，还是慢慢咂摸着试酒吧。

反正人都只活一次，说到底大家都是新手。而且人生没有彩排，每天都是直播，收视率通常还很低，大部分时间只有自己在看。

除了服务业发来的广告，手机一天都没动静。房间不会响起敲门声，能不受任何打搅地把电视上的新闻联播肥皂剧都从头看到尾。这样的日子总会来临。

据计算，迄今为止一共有1077亿人在这个地球上走了一趟，现在还有70亿人活着，占总数的6.5%。作为比例很低的一员，活在当下，认真感受就好。

我国董酒的品质分为A、B、C、D、E级别。A段属于大众酒，占97%。B段是调味酒。C、D段是好酒。至于E段，可遇不可求，属于该厂珍藏不传之酒。一吨普通酒体，加入一点E段酒，立马暗香盈袖。

饮酒时分，如果有波尔多或者勃艮第类型的人加入，听他们边品酒边讲故事，应该会挺享受。这些人，犹如E段董酒。

- 05

有个著名的市场调查公司在西班牙做了一项测验，题目是“你最想和谁一起喝啤酒？”结果进入前三位的分别是首相、女明星和F1赛车冠军。

很没劲吧，好俗好俗。

不过可以理解，调查的是喝啤酒的最佳对象嘛。

如果改成葡萄酒，结果应该不一样。

嗯，女明星可能还是会在前三甲之内。其余的，大概就是我说的这些啦：懂酒的，懂你的，红颜或者蓝颜，有悟性的，有阅历的，哦，还有E段的。

与这样的酒友共饮，酒酣席散之时，相信可以由衷地说一声，今晚很愉快。

你来了
怎么知道

很多年前，出国的华人圈里多是从港台来的，内地华人还不多。从内地出去的华人初次见面时，据说会这样打招呼：

“您好您好，天王盖地虎？”

“认识您很高兴，宝塔镇河妖！”

“呵呵，嘛哈嘛哈？”

“哎呀，正晌午说话，谁还没有家！”

一般问到这里，双方就会哈哈大笑，握手言欢，知道遇到自己人了。

- 01

当然，上面说的是个段子，双方像是特务接头。实际上，这就是《智取威虎山》中土匪的接头暗号。那时候，能看的东西真的太少，少到男女老少都能对样板戏的台词倒背如流，其熟练的程度，现在的骨灰级粉

FOR SALE

丝也望尘莫及。所以，使用戏中的接头暗号，以辨识对方来自何方，其可行性和可能性都很靠谱。

那个接头暗号对话其实挺长，而且后面的更是家喻户晓，耳熟能详：

座山雕：“脸红什么？”

杨子荣：“精神焕发！”

座山雕：“怎么又黄了？”

杨子荣：“防冷涂的蜡！”

戏的原著是小说《林海雪原》，书中此类暗号比比皆是，而且看起来十分地道，匪腔十足。导致有不少人怀疑，小说作者搞不好就是土匪出身。

通过暗号找到自己人，不知是什么年代的发明。军队中使用口令，无线通信中也使用暗语。不过似乎还是坏人用得更多些，间谍、特务、土匪、黑道，神秘和惊险。

对我们小市民而言，生活中能用到暗语的时候几乎为零，顶多是打麻将斗地主时出老千时用用。我们所熟知的接头暗号，大都是从电影上看来的。在银幕上，那个戴着墨镜穿着绸布长衫的中年人，手持杂志或者报纸，对电线杆旁戴鸭舌帽穿皮夹克的小伙子说：“家乡的海棠花还开着么？”我们就知道，接头开始了。

老电影中有些经典接头暗语：

最具正能量的应该是这个：“消灭法西斯！”“自由属于人民！”这个出自《地下游击队》，阿尔巴尼亚电影。说这话的游击队员们，表情严肃，眼神坚毅，燃烧理想之光。通常对上暗号后，就是双方紧紧握手，或者热烈拥抱。是啊，对上暗号，表明终于找到组织了，令人温暖和安心。

最普及的也许是这句：“你手里拿的是什么书？”“歌曲集。”“什么歌曲？”“阿里拉。”源自朝鲜电影《看不见的战线》。其影响之深远，导致很多后来相亲的男女，也用这两句相认。

最文艺的，是南斯拉夫电影《瓦尔特保卫萨拉热窝》：“空气在颤抖，仿佛天空在燃烧。”“是啊，暴风雨要来了。”看电影的男孩子们，看到这里都会热血涌动，恨不得冲进银幕，也成为英雄中的一员。

这个电影里还有一个接头暗号，在豆瓣网上被评为最有人情味。“你想干吗？”“我要放大一张我表妹的照片。”“有底片吗？”“有。”我不是很明白，为什么这个最有人情味，是因为表妹的照片吗？倒是多年以后，有个挺有名的音乐专辑就用了这句。这张唱碟的制作人，一定看过这个电影，而且念念不忘。

对，能知道上面这些暗号的，也算是对上了暗号——那些都是20世纪六七十年代的电影了，知道这些的，至少也得是个70后了。

如果你熟悉的是下面这些，那就差不多是80或者90后：“请问今天会下雨吗？”“今天不下明天下。”（《玉观音》）；“曲径通幽处”，“禅房花木深”（《黑三角》）；“有汇文版的朱子家训吗？”“有，不过不是单刊，是和增广贤文合本的。”（《潜伏》）

当在网上看到诸如凡客体、火星体、喵星人，以及喜大普奔、人艰不拆、男默女泪等像是汉语又不是汉语的时候，不必理睬，那是青涩小孩们在网上接头呢。

如果遇到越来越多不是英语，不是法语、德语、西班牙语、日语和汉语，确实感觉很不明觉厉的语词时，不必烦恼，不必惊慌，你仍然是正常的，安全的。

说那些黑话的，并非都是黑道上的，其实可能只是一些《魔戒》的发烧友，在用人造的黑暗语（Black Speech）、昆雅语（Quenya）、半兽人语（Orkish）、矮人语（Khuzdul）、阿登纳克语（Adûnaic）、洛汗（Rohirric）、依尔克林语（Ilkorin）、树人语（Entish）、古精灵语（Primitive Elvish）进行接头和交流呢。

阿根廷的孩子突然敲出mal这个西班牙单词时，并非是说“错误的”，而是在对网络那头的孩子说，“嘿，妈妈在身边呢”，那是mama al lado的缩写，是阿根廷青少年在facebook中的专用语。

还是怀念过去啊，那时候，暗语没这么晦涩，听起来都挺可爱的。一句“芝麻开门”，地球人都知道。（当然，既然众人皆知，似乎应该叫作明语了。）

我记得早些时候最弱智同时也最呆萌的接头暗号是，问：“是你吗？”答：“是我啊！”

- 02

在各种圈子里，也形成了各式各样的术语和行内语言。这些话也是一种暗语，通过使用这些话，可以将圈子内外的人轻易区分出来，还可以试出你到底是菜鸟还是专家。

这方面最典型的，莫过于古玩收藏圈子了。圈内老手切磋的时候，他们可能说得眉飞色舞或者面红耳赤，而外人听起来，完全一头雾水。

盛世讲收藏。现在日子好过些了，咱们也成了世界第二大经济体，因此国内收藏热始终高烧不下。正在小康路上闷头狂奔的人们，似乎人人都能时不时地蹦出捡漏、走眼、老坑、高仿、包浆、A货等词汇，感觉整个社会就是一个古玩大卖场。

如果去潘家园、夫子庙、送仙桥、朱雀路走走，会发现这些地方，既不是普通话的天下，也不是北京话、南京话、成都话和西安话的天下，而是行话和暗语充斥的地方。

这个说我这玩意儿可是“大开门”（真东西）的，那个说看起来像是“新家生”（赝品）啊；这个认为“有一眼”（看起来不错），那个认为是“八爷”（新仿旧的）；卖主悄声说这是“铲地皮”来的（农村收来的），买主心里认定是“埋地雷”（卖主与农民合伙造假）的。

这个柜子一看就是“扒散头”（为了糊弄人对残损家具进行整修），那个桌子应该是“叉帮车”的（将几件不完整的家具拼装）；这瓶子可是祖传的宝贝，瞧瞧，“裹足烧”（足部有釉裹过来）、“芝麻钉”（底部支钉痕迹），看这釉面的哈利光（老瓷器上如同蛤蜊皮的紫蓝色）！哼哼，还哈利呢，这么明显的“贼光”（新瓷器釉面刺眼的光）看不出来，你当我是“棒槌”（经常受骗的）啊！

如果是在广东揭阳或者云南腾冲等翡翠集散地，会听到来自不同地方的人，用五花八门的各路方言说着同一种词汇：玻璃种，冰种、糯种；阳绿、秧苗绿、豆青；老坑和新坑，蟒带和松花。这种氛围让人觉得，如果不说一些行话，绝对不好意思开口买东西。

- 03

中国是个茶叶大国。说是大国，是说产区面积大，产量高，出口也多。茶是中国老百姓的基本生活用品，消费量也大。笔者认识的人里，不喝酒的大有人在，不喝咖啡的比比皆是，不喝茶的？寥寥无几。

不过，如果人均一下，中国人却不是最爱喝茶的，甚至在全世界竟然排不上号。根据近年一个全球性的统计调查，按照人均消费量排名，中国排在第19位，不但不能和土耳其、英国这些传统饮茶大国相比，还落在智利、乌克兰、南非之后，有些匪夷所思。

不过，我还是认为，中国人是最懂喝茶的。英国喝茶纯粹是讲究，日本人喝茶变成仪式，土耳其喝茶十分单调。而我们喝茶，那里面的学问大了去了，穷尽一辈子都弄不明白。

只是，这些学问似乎更多局限于圈子里。茶叶圈子里用的那些术语暗号，不要说老外不懂，真懂的国人其实也不多。我的感觉，懂翡翠的都比懂茶的多。你看满大街的女子都带着一个翡翠手镯，问起来都能说出一二三四。如果问茶，顶多说出知道红茶绿茶，听说过大红袍龙井，普洱是越陈越香。再聊下去，其实基本就聊不下去了。

有次在安徽芜湖，去了家小有名气的茶室。外面看挺徽州文化范儿，一开门，炒菜油烟扑鼻而来。嗯？不是茶馆吗？拿来茶单后随手翻，翻到红茶类，赫然写着大红袍。大红袍是乌龙茶类好不好，名字里有个红字就红茶，龙井里面有龙吗？咦，普洱？普洱也算是红茶？就因为茶汤是红色？我有了些疑虑，四下环顾，横匾上分明写着茶馆。

好吧，点了一壶祁红。茶上来，却是那种挤压咖啡的不锈钢罩壶，茶就在里面一直泡着。这可是专业茶楼哦。稍微有些常识的，都讲究冲泡时间。再讲究一点，冲泡时间都论秒。于是，就一直喝着这壶一泡到底的茶，等着茶点上来。两个小碟子上来了，一个是豆腐皮，另一个是……咸菜。我说，老板，这是喝啤酒或者喝粥的东西好不好。

当地朋友说，我们芜湖的茶馆都是这样的。我心里想，安徽好像是产茶大省呢。悄悄用手机上网查了查，有些评论是这样的：芜湖茶馆实际都是酒馆，看那些出门顾客的醉态就知道了。

我们倒是没有踉踉跄跄走出来，只是带了满身油烟。同行的有几位合肥的，说合肥也没有像样的茶馆。真的是这样吗？安徽人民好彪悍。

笔者喜欢喝岩茶。喝了很多年，可与武夷茶人聊起天来，仍然觉得自己是个圈外人。我知道岩茶要喝正岩的，正如喝武夷红茶要喝正山的。我也知道正岩里的“三坑两涧”，也知道“牛肉”、“马肉”，我还知道鬼洞呢。我觉得自己知道得不少了，应该能与当地同仁接上头。

在武夷山的一个小茶馆里，我与一位不认识的路人甲喝茶。我试探着聊起“三坑两涧”的慧苑坑，路人甲打量我一眼，说，哦，外地来的吧。我吓一跳，怎么一张口就被看出来了。路人甲说，我们本地人都叫慧王坑。我硬着头皮接着说，这茶气还行哈。他不接话茬，自顾自喝了几口，自言自语地说：韵起了。我知道，聊不下去了。

想起一次看铁观音的摇青制作，这我懂啊，不就是“三守一攻一补充”嘛。与我同去的一位茶人，不停地与我耳语，说这个摇不好就成“死青”，那个可能会摇成“大水”。嗯，这个摇得好，能出观音韵了。又是虚无缥缈的什么韵。整个过程，他说的话我一句都没接住，全都直接掉在地上了。

在台湾的时候，品茶的茶名都是一些编号。我壮着胆子说，12 号的味道与金萱有些像吧。对方不带表情地说，这就是金萱。后来知道，这些品种名字都是大众叫的，圈内人习惯说编号。我又说，嗯，奶香味道挺明显。对方看我一眼，委婉地说：这个是已经七八年的茶树了。我后来才知道，金萱茶树在 4 至 5 年树龄的时候才有奶香，而且只在这个阶段有。

普洱的水就更深了。想进入普洱茶圈，需要在那个水里摸爬滚打多少年才行。否则，一两句话就会露馅儿。

Rio

我在这方面教训多多，所以，迄今为止，我和普洱茶人聊天，轻易不敢发言。如果不得不说，就说些“下水道不通，倒普洱茶就行”的趣闻，再说一些不疼不痒的话，比如“无事喝茶，喝茶无事”，“喝茶男人不会变坏，喝茶女人永远可爱”，“茶字上面是二十八，下面是十八，所以喝茶前二十八岁，喝完就变成十八啦。”哈哈。哈哈哈。

不过，只说这些调侃的话，好像还是接不上头，找不到进普洱茶圈子的大门。

- 04

说了半天，该说葡萄酒圈子的接头暗号了。

葡萄酒圈子的专业性和复杂性，与茶叶圈子有一拼，或者说让人更加头晕。

随着葡萄酒文化在国内的普及，现在大家都能说些醒酒、挂杯之类的话了。经常吃吃喝喝的，还可以说说波尔多，说说几大名庄，说说葡萄酒的新世界老世界了。

不过，如果你在酒席上说这些，倘若在座的正好有几位资深葡萄酒人士，你会发现，他们会相互对视一眼，会心一笑。因为，这正好说明你基本没有入门。

即使你已经能够说出各种葡萄酒分级制度，能知道法国的AOC，意大利的DOCG，葡萄牙的DOC，西班牙的VCPRD，德国的QMP，仍然还可能是在圈外转呢。

倘若你一上来说的就是车库酒，同道们就知道可以不必讨论红肉配红酒、白肉配白酒，可以进一步切磋了。

各种圈子都是这样，经常是一句话，一个动作，就能准确无误地表明你在这个领域的层次和水准。

手拿葡萄酒杯子的位置，碰杯时杯子接触的部位，都能揭示你对葡萄酒文化了解的程度，就像挂了个胸牌一样清晰。

嗅酒前摇晃杯子是对的，“抖气”能释放更丰富的香气。不过晃得太厉害就是你的不对了，那不叫晃杯，叫撕扯。如果喝香槟前也不停地晃杯，那叫自取其辱。

喝粥吃面呼呼有声，绝对是没有素质的表现。品茶喝酒正好相反，嘴唇收拢，下唇微收，吸溜声令人侧目，说明你是专业人士。因为只有圈子里的人才知道，品尝红酒是需要“嚼”的，正所谓书生闻，土匪啜。啜嘛，就是一口，一口，又一口。

使用海马刀开酒，转动酒瓶是要减分的，割在瓶颈环状突起上部、拔出木塞过于用力发出砰声都是不专业的。手动瓶不动，正反潇洒各一刀，然后将螺丝钻深入 5 圈，行云流水般地拔出一个完整木塞，这些细节，都有助于你拿到酒圈入门通行证。

别人说褒曼瓶的时候，应该知道那是指波尔多的酒瓶，平肩高耸，在液面随着酒龄降到肩底（Low Shoulder）时，只有英格丽·褒曼的“香肩”，才可能依然风韵犹存。至于梦露瓶，一看那圆润斜肩、丰满瓶身，自然会将这种勃艮第瓶与玛丽莲·梦露联系起来。

你需要知道倒酒时酒标要正对喝酒的人。也需要知道倒出的酒量，白葡萄 90 毫升，红葡萄酒 150 毫升。标准的 ISO 杯容量是 215 毫升，也就是说，如果用 ISO 杯，白葡萄酒大约 1/3，红葡萄半杯吧。

看电视上一些美食节目主持人，我每次都替她们担心，担心品尝完后只会说“好好吃哦”，结果每次品尝后她们果然就是“好好吃哦”。

这个基本属于废话。品尝葡萄酒也一样，一口下去，感叹一声，好香啊，基本等于什么都没说。

好歹说些“圆润”（Round）、“醇厚”（Opulent）、“单宁（Tannic）强劲”之类，也能勉强混过去嘛。过去有个朋友，不怎么喝葡萄酒，有次听我说了句“酒体丰满”，从此只要喝葡萄酒，他品酒的第一句话都是“这个酒体很丰满”。

只有酒体丰满显然不够，还要能说些“结构”、“肥厚”什么的就更好。不但要能说“余韵”、“后味”这些词，最好还能在回味之际，说出“酒尾巴”如何之类的行家用语。甚至还可以说得俏皮些，比如说“可惜这酒在咽喉处一扫而过，尾巴有些小。”

如果是说气味儿，能说出葡萄酒的“黑醋栗味”（Black currant）、“橡木味”（Oaky）很好，进一步说出“黑色水果”（Black fruit）、“葡萄梗味”（Stalky）就更好。如果还会用“荤腥”（Gamy）来描述，那就装得比较像了。

假如放下杯子，若有所思地随意说一句：嗯，这酒有了鹿尿味儿。那么 OK，欢迎你加入葡萄酒俱乐部。

- 05

这种行内人的话，有几种作用。

一是分出类别和阶层。在战争年代，谁是敌人，谁是朋友。在和平年代，用来寻找同类，惺惺相惜，抱团取暖。

二是鉴别高下。微信上有个帖子，将普洱茶爱好者分出班级，从小学生到博士。我对照了一下，我似乎就是小学五年级，所谓“始饮生茶，

生熟搭配，苦涩敏感，茶量渐涨，关注纯料，对睡眠无影响。”问了一位业内资深人士，他说也才是高二水平，属于“生茶熟茶，功效各异，山头纯料，魅力无穷，茶界忽悠，开始能辨东西”。我瞄了一眼博士级别的，是“普洱之道，涅槃之果，有茶无茶，心中自有，佳茗劣茗，映射人间万象”。天，估计这辈子我是拿不到这个博士头衔了。

三是用来找对的人。

很多葡萄酒朋友都信奉一条，品酒最重要的，是与一个对的人，喝一瓶对的酒。

这让我想起那年去浙江龙泉寻找开片瓷器的事儿。开片是瓷器生命的体现。有的开片，从出窑开始，断断续续开裂，有的可以延续一两年。期间，夜深人静时，能听到它开裂时的短促迸裂声音，那是说它从 1300 度高温中一路走来，经历的一些人所不知的故事。

我不知道这个说法对不对，说汝窑瓷器还有六十多件存世，而古代龙泉开片技艺已经失传，所谓百圾碎、蟹爪纹、鱼子纹、流水纹、冰裂纹等，并没有多少人见过。一些残片，也面目模糊。

工艺美术大师叶小青，用 5 年之功，使冰裂纹重现于世。我在叶老师工作室坐着聊天，相谈甚欢。老师朴实低调，室内到处摆放着他的作品，确实精致，紫口铁足，清灰素雅。白胎青釉，清润柔和。梅子青碧如翠玉，粉青如雨后晴空。只是，不知是什么感觉，反正那个对的它没有出现。

叶老师也许是看出了我的心思，不经意地说，我家里窗台上还有一件冰裂小碗，是我自己留着玩儿的，不知是否想看看。我说好啊，心里并不抱期望。

小碗拿来了，一点不夸张，远远的，我知道等的就是它。打开质朴木盒，我心一动，再一跳。看了许久，抬起头说，叶老师，就是它。

我想，这只龙泉小碗，一定对我释放了接头暗号。

我们在等待另一个人的时候，也需要寻找这个心灵暗号。

美国堪萨斯大学做过一项研究，发现约会时候很多下意识的动作，其实就是一种心理投射，等于一种暗示。比如，对女性有好感，男性会压低说话的声音。女性正好相反，对有好感的男性，会变得越来越健谈，微笑以及点头。如果开始对男性说自己的故事和私人细节，同时手掌张开，那么说明对这位男性来电了。如果女性交叉双腿，耸耸肩，不经意地触摸自己的手臂、胸口或头发，则表明出对这位男性不感兴趣。男性对女性不感兴趣的暗号，最常见的是在胸前交叉起双臂。

网上还有一个广为流传的帖子，是对问题的回答投票。关于“如何隐晦地表达我想你”这个问题，得票最多的答案是“在干吗？”嗯，这个问得有些太隐晦，其实可以更直接些。比如，关于“姑娘发短信说‘我感冒了’，最好的回答是什么？”得票最多的答案是“开门”。

有个女生的微信签名档是这样一句话：我知道你会来，所以我等你。嗯，这句话挺好，说明有信心，而有信心是很重要的。

同样重要的是，需要听得懂接头暗号，能够知道他已经来了。

醉里挑灯看酒刀（上）

不知是否有人统计，全世界到底有多少个葡萄酒庄？

找到一组数据，说全世界有数百个葡萄酒产区，上千个葡萄品种，30 万家酒庄。如果这些数字靠谱，那么，从 18 岁成年后开始喝葡萄酒，每天至少品 10 种，也要到 100 岁时才能品完。这还是假设每个酒庄只生产一种酒。所以，想品完全世界的葡萄酒，基本属于梦想，白日做梦的那种梦想。不过，罗伯特・帕克（Robert Parker）大帝可能会成为例外，据说他已经品评过 25 万种葡萄酒了。

其实，不仅美酒数不胜数，与葡萄酒相关的物件也是琳琅满目。俗话说，好马配好鞍，靓女配丑男。作为一个合格的葡萄酒爱好者，我们在收藏和品尝好酒的过程中，也需要关注一下陪伴美酒的那些酒物件。

这些物件有些很常见，如酒杯、醒酒器、开瓶器、酒塞、温度计、冰桶等。有些物件，属于葡萄酒爱好者专用的，像酒鼻子、酒舌头、倒酒片、酒刷、酒棒等。还有些神器，除了特别讲究的场合，除了那些专

业侍酒师和葡萄酒玩家外，就比较少见了，比如封口切割器、导流器、试酒碟、止滴环等。有朋友送我一个精致的德国止滴环，可我没看出来是做什么用的，嗯，有些丢脸，还好意思写专栏呢。

在葡萄酒物件中，最常用也是最酷的，当然是酒刀了。

- 01

很早很早以前，其实也不算很早，六七十年代吧，结婚需要备齐三大件：自行车、手表、缝纫机。在那个不知奢侈品为何物的年代，有手表是要把袖子高高卷起来的，有缝纫机是要用布罩罩起来的，自行车的车梁嘛，一定要用彩条裹起来，而且车座罩子还是有穗穗的。如果手表是“梅花”的，缝纫机是“蜜蜂”或者“飞人”的，自行车是“飞鸽”或者“永久”的，甚至还能加上一台收音机，凑成“三转一响”，那排场风光，略等同现在由兰博基尼、劳斯莱斯、布加迪威龙利组成的结婚车队。

80 年代，三大件变成了冰箱、彩电、洗衣机。当然，洗衣机是单缸的（没有电的时候，是可以用来当粮缸放大米的），冰箱是单门的（没有电的时候，是可以用来当柜子的），电视机是黑白的（上面插根铁丝当天线，收看效果挺好的）。

90 年代，生活开始多元化，三大件也有些多元了，有人说是空调、电脑、录像机，也有把摩托车列入其中的。

时至今日，三大件又开始回归，这回大家意见很一致，变成了房子、车子和票子。与此相呼应，对择偶的要求，也高度归纳为“三大条件”：高富帅和白富美（后面这个我有些不懂，为啥对女性要求中也有个富呢？

按照当下女生的流行说法，不是“你负责赚钱养家，我负责貌美如花”就行了吗）。

嗯，扯远了，其实想聊的，不是结婚“三大件”，而是出门“三小件”。

大约十多年前，濮存昕给商务通做了个广告，80后以前的“后”们，对这句广告词想必都是耳熟能详：“呼机、手机、商务通，一个都不能少”。这三样，是当时出门必带的扮酷利器。没过多少年，出门时手机还是不能少的，岂止不能少，那东西基本已经成了人的第五肢体。可另外那两样呢，早已踪迹全无，仿佛没有出现过一样。过去是三十年河东，三十年河西。现在变化快，才十来年，连河都没了。

不妨测试一下，今天出门，如果只带三件东西，你会带什么？

记得《走进非洲》中，丹尼斯在非洲打猎时，也有三件必带：来复枪、干粮，还有莫扎特。这个这个，太远方，还是回到现实中来。

手机、钥匙、钱包，一看就是和我一样的普通人。

身份证、户口本、结婚证，此人绝对良民。

公交卡、饭卡、山寨手机，是打工仔过日子的必备品。

榨菜、泡面、老干妈，是出国旅行小白领的必备品。

牛仔裤、双肩背、黑框眼镜，不用问，IT男。

村上春树的书、笔记本、破碎的心，当然，这是文青。

格子衬衣、帆布鞋、各种萌，小清新标配。

冲锋衣、大背囊、瑞士军刀，驴友经典配置。

iphone、ipad、ipod，这是苹果粉。

魔杖、扫帚、斗篷，哈利波特粉。

墨镜、网球拍、口香糖，时尚人士或者自认为时尚的人士。

LV 包包、CUCCI 香水、Hermes 丝巾，时尚女士或者自认为时尚的女士。

纸巾、牙签、胃药，酒友的好友——吃货。

香烟、打火机、便携烟灰缸，可怜的烟民。

拐杖、老花镜、硝酸甘油，嗯，老同志您慢慢走。

啤酒瓶（预测地震用，到一个地方拿出来倒立放起）、体温计（防流感）、铁榔头（防止被困在车里），基本都是强迫症患者。

板砖、钢丝钳、套头丝袜，这个嘛，见到就打 110 吧。

对女人来说，大部分人会带镜子、唇膏、还有闺蜜。对男人来说，出门要带银行卡、保险套、还有面子。

对咱们葡萄酒爱好者来说，出门标配，应该是好心情、好胃口，还有一把好酒刀。

- 02

喜欢刀。

刀可以是武器，不过与其他武器有个很大不同——其他武器是纯粹的武器，它们存在的理由，就是攻击或者防御。

瞄准的目标无论是人还是动物，枪都是用来射杀的。不过枪还是具备观赏功能的，有的枪，长得挺美。而其他武器，身上的标签就剩下赤裸裸的两个字：武力。

火炮的所有设计，充分运用了数学、力学、机械、材料等学科知识，但是美学没有参与其中。在所有的榴弹炮、加农炮、加榴炮、迫击炮、高射炮、无后坐力炮和自行火炮中，我见过好用的，从没见过好看的。

至于火箭炮，基本就是没有任何修饰的一个长方体。

还有那些导弹，所有的导弹都非常难看，尤其是洲际导弹，典型的土肥圆。

它们不需要美学，哪怕是暴力美学，它们只有一个功能——快速、精准地打击目标。通常来说，功能越少，目的越明确，越难看。

水有两面，可载舟，亦可覆舟（嗯，还可煮粥）。刀也有两面，可作为冷兵器投入战斗，但更多的时候，是投入到人类日常生活中。镰刀用于收获，菜刀用于烹饪，剪刀用于服饰，雕刀用于艺术，手术刀用来治病救人。绞个窗花，修个指甲，削个苹果，切个西瓜，都少不了用刀。所以，刀的本性是温和的，日常的，形状也是俊美的。

不太喜欢长相过于狰狞的刀，像施瓦辛格常用的那类。也不喜欢很粗苯的刀，那是砍排骨用的。不喜欢世界三大名刃之一的日本武士刀，缺少日本文化中禅的味道，多了一些武士道的态度，阴森，凄冷。也不怎么喜欢另一名刃大马士革刀，对乌兹钢锭形成的穆罕默德纹心存敬畏，但总觉得那刀过于花哨。

所以，这次不聊那些搏击刀。虽然那些刀也自有一种美，甚至曲线也动人，比如朋友送我的名刀卡巴（KA-BAR）和巴克（Buck）119。不过，它们美则美矣，却依然透着些戾气和肃杀之风。

也不聊那些手工刀了，那些不是日常用品，是艺术品，可以用来欣赏，不宜用来切削。像大师 BOB Loveless 的作品，动不动上万美元，买这刀的人，或者存有膜拜之心，或者是作为投资。如果有人买来就为了削苹果，那只能说一声：你真的好拽。

喜欢日常生活中那些文静的刀，刀姿典雅，曲线流畅，工艺纯正。当手掌与刀柄吻合为一体，就有与它牵手一生的心草萌动。当手指在如镜刀面上划过，手感精致如丝绸。这样的刀，其实大多是书桌上、厨房里用的。

在欧洲游走，会发现很多城市都有自己的生活刀具品牌。有种说法，欧洲的历史是建立在刀具上的，所以刀具文化相对发达。各个阶层都有自己的特定用刀，刀是地位、身份、品位和阅历的体现。

我自己用得最多的，是一把从西班牙托莱多（Toledo）带回来的水果刀。托莱多是西班牙的历史名城，16 世纪时被称为“帝国皇冠城市”，现在整座城都被列为人类文明遗产。

有三座古桥可以入城，城里到处都是刀剑铺子。一了解，原来这里盛产名牌刀剑。我买了几把，其中一把细长的，刀身与刀柄一体锻造，简约，修长，甚至柔美。

每天早晨，我用它切橙子。每个剖面，都是一幅艺术作品。

- 03

瑞士军刀不用说了，它虽然军刀出身，但是发展到后来，俨然是个居家过日子的婆婆妈妈，开开罐头，剔剔牙，清除一下指甲缝，都很顺手，当年的硝烟味道，早已悄悄飘散。不过，正是日常功能的极致化，基本做到了一把瑞士军刀在手，就有了一个小型工具箱。

在家里，男人是用来修东西的。因此，这东西遍布全世界男人的腰间、包包和抽屉里。或者说，没有男人的世界是可以想象的，没有瑞士军刀的世界难以想象。咦，这句话用在瑞士军刀的广告中是不是挺棒？谁帮我向维氏（Victorinox）和威格（Wenger）公司推荐一下，广告创意费可以五五分成。

我曾经想收齐各种瑞士军刀，后来发现这基本属于一种事业，非我实力能够完成。再后来，在南非德班登机时，一时疏忽，忘记将用了多年的“冠军”放在托运行李里，被安检老黑翻出，他一脸阳光灿烂，笑得合不拢嘴，连说没收了没收了。nnd，肯定归他了。冠军的离去让我的瑞士军刀队伍刀心涣散，逐渐分崩离析。现在这支队伍只剩下一把普通的“工匠”了，它茕茕孑立，暗自神伤，躺在抽屉角落里，寂寞地回忆当年那些好弟兄。

不像手工刀，绝大多数生活用刀都是工业化生产的。提到浪漫，会想到法国。提到霸气，会想到美国。提到热，会想到非洲。提到冷，会想到北欧。提到绅士，会想到英国。提到土豪，会想到中国（哦呸，我们才不是土豪，我们是五千年的文明古国，我们穿丝绸用精美瓷器品茶的时候，欧洲人几乎还在茹毛饮血呢。可是，不过，确实，现在咱们很多人的表现，真的挺土和豪）。提到工业化，最容易想到的国家是德国。

说到德国刀具，不能不提索林根（Solingen）。索林根其实是个城市，可现在几乎成了刀的代名词，是个名副其实的“刀城”。有句形象的话，说这里“铁匠铺的锤声盖过教堂的钟声”。这种情景，现在应该找不到了，铁匠铺已经停留在时光记忆中。

现在这里制作刀具，材料都使用实验室里的最新研究成果，刀刃切削角度，是用计算机精准分析出来的。这里诞生了许多国际顶级刀具品牌，如博格（Boker）、三叉（Wusthof）等。但最为国人所知的，还是双立人（Zwilling）的那个双子座联体人图标。

这些大牌，都继承了正宗的德国血统——理性，严谨，一丝不苟。好刀难得，在于材料。俗话说，好钢用在刀刃上。可什么是好钢，这里面的水就深了去了。

比如，刀刃要想锋利，就需要坚硬的钢材。做人宁折不弯，大家都会说是条好汉。可钢太硬了容易发脆崩裂，所以刀刃应该有些韧性。其实做人也一样，好汉不吃眼前亏，退一步，海阔天空。当然也不能太软，人太软，就是叛徒奴才墙头草，谁都看不起。钢太软，容易变钝。因此，坚硬与韧性的平衡，是衡量好刀的关键。58至60洛氏硬度是个合适的平衡。同时，选材、锻造、淬火、打磨，一个环节都不能疏忽。

德国大牌刀具，在把握这种平衡和工艺方面，可以用上这句中国成语：炉火纯青。

- 04

在很多场合，尤其是厨师大赛的时候，有个很好玩的现象。经常可以看到西餐厨师带个箱子，一打开，里面整齐排列着各式各样的刀，显得很专业。而中国厨师则是一刀平天下，切、割、削、拍，一把菜刀统统搞定，也很牛。

这种现象体现了两种文化的区别：西方注重专业分工，科学技术的发展就是拆零，专业越分越细。而中国文化，注重整合，万物归一，善于把握全局和整体。

这方面中西医的区别尤其明显。西医头疼医头，脚疼医脚，逻辑清晰，立竿见影。在中医这儿，“头疼医头、脚疼医脚”是带贬义的说法，是庸医的代名词。中医讲究头疼泡脚，脚疼捏背，阴阳五行，寒热经络，虚虚实实，云里雾里。然而，确能解决西医解决不了的问题。两种文化，没有高下之分，你走你的阳关道，我走我的高架桥，并行不悖。

西方厨刀丰富多彩，有句口号是：你能想到的用途和类型的刀，我

们都有，总有一款适合你。厨房放一堆刀确实有些麻烦，不过用起来真的挺爽。以刀刃的形状来说，直刃可切大部分食材，锯齿刃切外硬内软的面包、西红柿之类更顺手，空心刃切粘连的生鱼片、火腿、寿司一点不拖泥带水，藕断了丝也不连。

其实，这些大牌刀具，也有很多朴素系列。我用得最多的瑞士军刀，其实是个厨房的刮皮器（它应该也算是刀具吧）。用得最多的双立人刀具和巴西的查蒙蒂纳（Tramontina）刀具，都是看起来很普通的削水果刀。用得最多的索林根刀具，是一个有风车 logo 的小切刀，甚至不知它是哪个公司的，只是听说是兄弟两个创建的，其中之一还来过中国，对中国很友好。

它们都很好用。赏心悦目，刀手合一，心到刃到，给日常生活带来超出日常的乐趣。甚至会特意去削一些不用削的皮，切一些不用切的东西，仅仅是为了享受使用它们的感觉。

它们住在日常生活里，看起来就像家的组成部分。Opinel，被称为法国国刀和法国人第 11 根手指（它的 logo 就是被加冕的手），获得赞誉无数，可是它所做的都是日常琐事。在每年的法国苹果节上，Opinel 的角色，就是参赛者用它削苹果，谁削的果皮最长谁就是优胜者。

Opinel 看起来貌不惊人，不过，如果是法国人回答本文开始的那个测试问题，答案可能会惊人的统一。在法国，每个远足者、登山者出发前，都会检查行装，看是否带上了水、手电筒和 Opinel。

钻石很贵，可是除了戴在脖子上和无名指上，没有其他任何用处。最日常的，通常是最有用的，就像阳光、空气和水。

本来是要说酒刀的，结果说了半天，还没怎么提酒刀的事呢，有些标题党的行为了。这样吧，上面说的，算是给酒刀做个铺垫，下次咱们好好聊酒刀。

醉里挑灯看酒刀（中）

我们使用那些司空见惯的东西时，会很自然地认为这个东西天生就存在。比如帽子，比如锅，比如桌子和冰箱。对现在的孩子来说，这些东西是手机，超市，各种卡。不能想象，生活里怎么能缺少这些必需品。

可我们还是原始人的时候，除了身体，我们什么都没有。什么都没有，并不影响我们过着正常生活，可能还活得挺快乐。

实际上，动物们都是这样过的。蜜蜂不用勺子取蜂蜜，蚊子吸血的那个工具，长在身上。没有举着枪的熊。下雨时，猴子们也不打伞。

人类生活里的必需品，也许未必都是必需的。

- 01

我们习惯了用开瓶器开酒瓶。可是在很多很多年以前，人们喝葡萄酒的时候，并没有开瓶器。

SIMONSIG
Old Brown Sherry
CAMPARI
CINZANO
ROSSO
SMIRNOFF
J&B
LIMETTO
OLMECA
DISARONNO
TOMATIN
12
BOLS
PIMM'S
CINZANO
MARTINI
KOLA TONIC
Captain Morgan
CAMPARI
BOLS

那么，什么时候发明的开瓶器？

发明开瓶器是为了开启软木塞。那么，什么时候发明的软木塞？

软木塞不是用于桶和罐子的，主要用于酒瓶。那么，是什么时候发明的葡萄酒瓶？

葡萄酒瓶是用来装葡萄酒的。那么，什么时候开始酿造葡萄酒的？

我小时候就喜欢看《十万个为什么》。和大人讨论问题时，也经常是睁着渴求知识的小眼睛，不停追问，从此让大人们一听到我的名字就落荒而逃。

后来，长大一些，就喜欢上了推理小说。在我的书橱里，有个地方，放满了阿瑟·柯南·道尔（Arthur Conan Doyle）、阿加莎·克里斯蒂（Agatha Christie）、松本清张、东野圭吾，哦，当然还有硬汉雷蒙·钱德勒（Raymond Thornton Chandler）！说起钱德勒，简直就是风中凌乱啊，我和小伙伴们都痴呆了。（这网语模仿的，什么意思我也不知道。）

好了，继续说开瓶器。如果按照上面那个思路问下去，将会进入一个美好神奇的葡萄酒世界。而这个世界，其实就是一座深深深的迷宫。在这个深深深的迷宫里，很多问题都还是待解之谜，或者干脆没有答案。

葡萄酒什么时候酿造的？

有的说有七千多年，有的说九千多年，可也有考古证据表明，远在上万年前，人类已经开始使用葡萄酒。大致可以这么认为，葡萄酒的历史很悠久，几乎与人类文明同步。其实，最初的葡萄酒是上帝酿造的，有了葡萄、阳光、雨水和土壤，它就自然成熟、掉落、发酵，成为天然之液。

葡萄酒瓶是什么时候发明的？

最早的葡萄酒，不是放在玻璃酒瓶里，而是放在天然容器里，比如竹木、果壳和动物角之类。我挺欣赏用这些东西喝酒——天然之液当然应该用天然容器来盛。有一次去云南，在距离缅甸边境只有3公里的一个深山山寨里，与老乡聊天，吃多依，喝米酒。酒杯是用刚砍下的青竹节做的。浅浅一试，悠悠地蕴含着竹子清香，俨然是那酒的最佳容器。用这种竹管喝酒，一口下去，一抹清风；三盅入喉，人就是一棵随风摇曳的凤尾竹。

后来，古代的人们开始用羊皮袋、陶罐和木桶装酒。目前发现的世界最早的葡萄酒残留物就装在陶罐里。1976年，考古学家在伊朗西南部扎格罗斯山（Zagros）的一个古老村庄（Hajji Firuz Tepe）的遗址里，找到一个看似是厨房的地方，那里保留着6罐葡萄酒残留物。据测定，这些残留物，已经在这个世界里经历了七千多年。

木桶储存酒的历史也有五千多年了。现存最古老的桶装葡萄酒已有五百多年的寿命，它存放在法国东部的Strasbourg Hospice酒窖中，年份为1472年，至今酒液呈琥珀色。

至于玻璃酒瓶出现的年代，则显得凌乱不清。不妨先追溯玻璃是什么时候发明的。比较权威的资料，说最早的玻璃出现在四千五百多年前，埃及和美索不达米亚人于公元前2500年造出了最早的玻璃。又过了1000年，埃及人造出了类似玻璃瓶子的器皿。直到公元前200年，也许是因为好玩儿，巴比伦人弄根铁管子在玻璃液体中吹啊吹啊，发明了玻璃吹管工艺。这个发明在玻璃生产工艺上是个重大突破。今天去威尼斯，还能看到一些当地工匠，用这根管子吹出千姿百态的玻璃制品。

比埃及人稍晚一些，中国人在西周时期（公元前1046年—前771年）也开始制造玻璃，不过老祖宗把它称为琉璃，不太透明。我国古人

还喜欢用青铜器、漆器、玉石和陶瓷制作酒具。

在这堆历史谜团里，看起来比较靠谱的资料中（只是看起来靠谱哦），认为葡萄酒瓶是在 1632 年，由英国人 Kenelm Digby 爵士发明的，那是一种含铁带绿色的瓶子。根据这个说法，葡萄酒瓶的历史，不过区区三百多年。

不过，这个说法很可能有问题。如果有机会去德国法尔兹历史博物馆，会看到馆里赫然陈列着一瓶葡萄酒，而这酒（是这瓶酒而不是这桶酒或者这罐酒）装在无色透明玻璃酒瓶中。里面的液体，被称为现存最古老的葡萄酒，酒瓶口则用橄榄油和蜡密封。这瓶酒是在一个古罗马墓葬中找到的，而这位罗马贵族于公元 350 年下葬。也就是说，这瓶酒或者说，这个玻璃酒瓶，至少有一千六百多年历史了。

顺便猜测一下，这瓶能够陪葬的葡萄酒，一定是当时的珍藏佳酿；这位贵族，也一定是位好酒的超级发烧友。估计无人能有机会品尝这瓶千年古酒。嗯，即使有机会，也还需要具备品尝的胆量吧。

- 02

与上面的推论相似（其实算不得推论，顶多算是推测吧），软木塞的问世年代也比较凌乱。最大胆的说法，认为软木塞的发明，几乎与发明葡萄酒同步。然而，软木塞适合塞酒瓶，不适合塞陶罐，因此上面这个说法比较浪漫，或者说，有些想当然。

还有个说法相对具体一些，认为是在公元前 5 世纪，希腊人和罗马人率先使用了软木塞。不过，看那些中世纪的油画，上面塞葡萄酒壶的东西，大多是一团被扭缠揉紧的布或者皮革，有的似是用蜡密封着。因此，即使软木塞很早被用于酒塞，成为主流也是在比较晚的时候。

公认程度较高的看法，是认为直到 17 世纪，软木塞用于葡萄酒才成为普遍现象。这个说法，倒是与上面提到的 17 世纪才发明葡萄酒瓶的说法一致起来了。王受之先生认为最早在 1676 年的一份名为“苹果酒协定”（Treatise on Cider）文件中，已经提到过用软木塞封苹果酒瓶。

有了软木塞，才有了对打开软木塞的工具需求。因此，开瓶器的发明，应该在 17 世纪或者之后。至于具体时间，则尚无定论。网上流传的一些说法，基本源于王受之先生的博客。根据他掌握的资料，1681 年，英国已有文献提到类似东西。1795 年，英国人萨姆尔·汉赛尔获得英国第一个开瓶器专利。1882 年，德国人卡尔·温克（Karl Wienke）设计了杠杆结构的开瓶器，就是大名鼎鼎的侍者之友（Waiter's Friend corkscrew）。

在开瓶器发明之前或者之后，人们打开葡萄酒，也还有各种各样的方法。

最容易的做法，就像现在很多人仍然做的那样——将软木塞捅进瓶子里。现在使用这种方法其实有些难度，因为软木塞的工艺逐步改进，通常顶部略大，将其捅进瓶子是需要有些力气和手法的。

过去使用较多的另一种方法，就是用利器快速砍掉瓶颈。实际上，在软木塞之前，有一段不算太短的时间，人们使用玻璃瓶塞。要取出这些瓶塞，唯一的方法就是打碎它。不用脑子想都可以想象，这两种方法，对以优雅为特征的葡萄酒来说，都过于彪悍。敲碎瓶颈，太像古惑仔电影里小混混在酒吧闹事的形象。

而且，木塞和碎玻璃掉进酒液中，也会影响酒的品质和口感，甚至带来饮用安全问题。

日常生活中，开啤酒倒是有很多方法的，比如，用牙咬，这需要一口好牙，而且不适合女士采用。我经常用的方法，是将啤酒盖的下沿，顶在窗台、灶台、桌子等坚硬棱线上，然后对瓶盖猛击一掌，通常盖子就会应声而飞。做好了，动作还是蛮潇洒的。不过，这种方法适合日常场所，那些棱线们不怕损坏。在高档地方可找不到这种棱线。好在啤酒本来就是日常喝的。所以说，如何开酒，先要看是什么酒。

用牙咬的，可以叫自然派（也有叫野兽派的，与一个著名画派齐名）。如我一般拍飞的，叫拍拍派（听起来像幼稚园的孩子们在做游戏）。开啤酒更加具有技术含量的，是另外一个门派，叫大力水手派。这个门派的弟子，通常会采用筷子或者勺子，折叠起来的纸币，或者手指顶在盖沿下，利用杠杆原理撬开瓶盖。据说，如果用纸币撬不开，那张纸币很可能是假币，纸张质量不好。而且，一张纸币折两三折就可以了（反正也多折不了，再大再薄的纸，对折最多超不过 9 次。嗯，我乱七八糟的知识不少吧）。

在墙上垫一块抹布，或者直接把鞋跟放在墙上，用酒瓶底部不停地墩敲，这是打打闹闹派。还有一个雷人派。他们（这个派通常都是他们，偶尔也有她们，好像没有它们）通常利用身体不可思议的部位，比如把酒盖夹在手肘处，一拧就开。如果是她们，那个部位会是肚脐。对，就是肚脐，有个啤酒电视广告就是这么做的。看那些女汉子的操作，会觉得那个地方的真实用途，也许就是用来干这个的。

此外，还有用鞋带的（鞋带打结，然后用钢针将鞋带带入软木塞底部，然后提拉木塞）、用回形针的（回形针弄成个钩子，从边上插下去钩住木塞拉出）、用锤子钉子的，用……这些不好归类的旁门左道，就统称为蛋黄派好了。

总之，在没发明开瓶器或者手头上没有开瓶器的时候，开瓶是一件仁者见仁、智者见智，勇者示勇、弱者装公主的好玩的事。我觉得这好像也是一条规律：无论什么时候，当一个领域还没有老大的时候，这个领域就比较有趣儿，熙熙攘攘，丰富多彩，牛鬼蛇神仙女魔头三教九流各显神通。但老大一出，万马齐喑。

在经济领域，竞争是保持生机勃勃的灵魂。当龙头企业一旦确立并且发展到垄断地步时，这个领域的发展将会减慢甚至停顿萎缩。在生态领域，自然界本无老大，谁都有克星和天敌，良性循环形成生态链，带来百花齐放，百鸟争鸣。可是，进化到几乎完美的人类一出现，其他生物都傻了眼，链条崩溃，千兽灭绝，百木凋零。在这个意义上，人不是人，是妖魔鬼怪。

嗯，这算是第N条沈氏定律吧：越完美，越单调。

- 03

开瓶器是一个统称，用于一切可以开启软木塞、酒盖子一类的工具，具体也分很多种。

开瓶器有多少种？答案是不知道。不过，2006年8月份，加利福尼亚大学伯克莱校区搞了一个开瓶器专题展览，参展的开瓶器有1500种。

最大的开瓶器？答案是重达半吨。没听错，不是半蹲（那是吓傻的姿势），而是半吨！发明者是个叫Rob Higgs的英国设计师。这个开瓶器，不，这个开瓶机是他利用三百多块废品制造的，高1.5米，青铜材料。看过去，这个庞然大物是相当的复杂，真是杀鸡在用牛刀啊。只是这把牛刀有点小贵，价值10万英镑。用这个复杂昂贵巨大的牛刀开瓶红酒，应该是眨眼间的、湿湿碎的小事情了吧？嗯，差不多吧——当转动牛刀的手柄后，令人眼花缭乱的无数齿轮、轴承、链条、力臂（其中还有一颗加农炮弹）相继转动起来。好几分钟后，伴随着参观小女生的惊呼和铃铛声，渺小的软木塞被缓缓拔出。所需时间，比使用最简陋的开瓶器稍慢几分钟。嘿嘿。

最小的开瓶器？答案是就像一把小钥匙（具体尺寸？我怎么知道，资料上没说啊）。一根小螺锥套在小金属棍上，精巧玲珑，放到包里不容易找。使用也很简便，把金属棍套在螺锥上慢慢转就行了——让你每看到一瓶酒，都会忍不住拿出来试试身手。

最贵的开瓶器？如果不算上面那个变态开瓶机的话，史上最贵的开瓶器，是2001年7月，苏富比拍卖的一只象牙嵌钻的开瓶器，拍出了7万欧元。正如许多工具一样，开瓶器也逐渐成为身份的象征，早就进入了收藏品领域。很多皇室望族收藏的开瓶器，由名师设计制作，用材包括了黄金象牙，镶嵌宝石钻石，而且大多是孤品。

最怪异的开瓶器？这个嘛，见仁见智了。我比较喜欢这个叫Port Tongs的开瓶器。它长得就像一把北方老乡家里的火钳子。这种火钳子专门用来对付陈年波特酒（Port），因为这种酒容易使木塞变质，黏结在酒瓶中，很难取出。使用时，把它加热，必须很热很热，然后套在瓶颈上几分钟，再用沾满冷水的毛巾迅速将瓶颈缠裹——咔嚓一声，瓶颈就会齐齐断开了。嗯，听起来好像不算是开瓶器哈。

目前开瓶器已经有三代了，第三代属于现代开瓶器，种类更是琳琅满目。比如那种打气的，根本不用螺丝钻了，使用气针插透木塞，把空气打入酒瓶，使气压把木塞缓缓推出。

不过，万变不离其宗，最基本的开瓶器，还是可以归结为以下几大类。

T 形开瓶器。这是最原始最简单的开瓶器了。其实，这种开瓶器，更应该叫作拔塞器，它基本上就是一个把手加一个螺丝锥——钻进去，拔出来。这倒符合开瓶器的英文 Corkscrew 的原意：Cork，软木塞；screw，拧；Corkscrew，用劲拔出来。也许开瓶属于男人该干的活儿，因为这种古老的开瓶器不适合女人和小孩使用，力气小了是无法拔出来的。当然，彪悍型女生除外。

蝴蝶型开瓶器。算是最文雅的开瓶器了。这种双臂式杠杆开瓶器，随着椎头钻入软木塞，蝴蝶双翼缓缓张开。椎头最深入时，双翼全张，举翅欲飞。轻轻收拢翅膀，木塞无声滑出，整个过程，十分完美。

双片型开瓶器。上述两种开瓶器，遇到那种失去弹性或者糟朽的软木塞，就束手无措了。这时需要请“阿叟”（Ah-so）出马。听这名字就知道，阿叟不适合年轻新酒，新酒木塞不易插入。它专门用来对付老酒，通常是 10 年以上的。它的两片薄钢片可以插入木塞和瓶颈接缝，然后边转边拔，木塞就可以毫发无损地拔出。阿叟的另一个用途是，当其他开瓶器们不小心拉断瓶塞时，它可以救场。另外，如果要想完整保留木塞，那也是舍阿其谁？所以，阿叟也被称作是文艺青年的开瓶器。

海马型开瓶器。海马开瓶器被称为侍者之友，也被誉为“开瓶器之王”。说了半天，才说到它，它就是本文题目所说的酒刀啊。最后说，不是因为不重要，而是因为这是我的最爱。吃葡萄分两种人，先吃好的或者先吃不好的。我是后一种——把最成熟的、最好看的、最饱满的、最喜欢的那粒葡萄，留到最后——就像钱钟书说的，这样每一口后面都有希望，否则每一口都只能回忆。

刀是体现男人魅力的最好载体。不过，在当今社会，如果你不是少数民族，腰上别把刀到处转悠还真有些不Fashion。但是在酒席上一坐，从包里随意掏出一把好酒刀，那就不一样了——专业，时尚，酷且性感。

当然，也不能不看场合的时不时就掏刀。否则，人家即使不把你当成打劫的，也会以为你是专职开瓶的。

酒刀（下）
醉里挑灯看

说起刀的钢材，人人言必称大马士革；说起搏击刀，言必称卡巴（Ka-Bar）；说起工具刀，言必称维氏（Victorinox）；说起厨刀，言必称索林根（Solingen）；说起剪刀，言必称王麻子和张小泉（这两个现在好像不怎么提了，说十八子的多）。

说起酒刀，人人言必称法国拉吉奥（laguiole）。

- 01

我有一把酒刀。

这个句式，透着美感。听着挺有文化，还有点范儿。

还可以这样说：我有把酒刀，拉吉奥。这就有些低调的小拽了。发音也可以是拉吉奥乐，透着些法国味。还可说成 Laiole，莱奥乐，是拉吉奥镇当地人的发音，这样说显得更地道。

酒友聚会时，除了照旧说些酒庄年份酒体结构什么的，有时也可换个话题，活跃下气氛，说一句，我有一把 laguiole。

我也有一把。实际上，在圈子里，laguiole 几乎泛滥成灾，酒友们几乎人手一把，或者说，人手 N 把。作为一名葡萄酒爱好者，这个不是可以有，而是必须有——它略等同于酒友的接头暗号。

我忘记我那把是怎么来的了。那天翻弄收藏的酒刀，那个小蜜蜂标志一下就跳了出来。

作为拉吉奥酒刀的著名标志，也许这是一只世界上最著名的蜜蜂。据说它是拿破仑对当地人骁勇善战的御赐。我不太喜欢这个解释。我想找个更加自然和诗意的说法。没找到，索性编一个吧：

从前啊，在一个阳光明媚的春日下午，小镇上有位工匠完成了一把酒刀的最后工序。他把玩欣赏着这件纯正手工艺品，满意之余，总觉得似乎哪里还缺点什么。此时，一只蜂儿从窗口飞了进来，转了几圈，然后轻轻落在了刀身上。那对翅膀还在轻轻抖动，抖碎了透明蜂翼上的金色阳光。

工匠内心也随之颤动。蜜蜂，是人们不能离开的伴侣，要知道，世界上 76% 的粮食作物和 84% 的植物花粉，就靠这小小的昆虫传授。有一句不能确认但流传甚广的爱因斯坦格言："如果蜜蜂从地球上消失，人类只能再活 4 年。"这句话的真实性不好说，不过，有现代研究表明，蜜蜂减少与植物减少确实呈正相关性。

拉吉奥小镇所在地阿韦龙省（Aveyron），位于法国南部高原，被认为是法国最不发达的地区之一，也是入选"法国最美丽乡村"数量最多的省。居住在美丽乡村的人主要工作是种地和放羊，与自然关系极为密切。因此，当地人对蜜蜂情有独钟，应该是顺理成章的事情。

这位工匠瞬间领悟到，也许这是造物主送来的暗示。于是，在这把酒刀上，从此就有了一只金属蜜蜂。很多人见到这把刀后，都爱不释手，于是其他工匠也开始仿造，最终成了拉吉奥酒刀的著名Logo。

嗯，这个故事编得不咋地？那再编一个：

拉吉奥酒刀名声渐起后，全镇的工匠坐在一起开会，讨论是否要弄个统一的标志。纯朴的工匠们那时候不懂Logo是什么东西，也没有什么艺术细胞，年纪大的伊夫爱吃鹅肝，说要不然就画只肥鹅吧。小帅哥路易说，咱这地界儿羊比鹅多，不如来个羊头。比埃尔把快烧到手指的卷烟掐了，说，依我看，镇东头的那棵老橡树几百年了，就用老橡树当标志吧，也显得高端大气上档次。

大家七嘴八舌，议论纷纷，说了半天也没形成共识。时至黄昏，女人们不耐烦了，玛丽、莫妮克、苏珊娜都站了起来，拍拍围裙，说散了散了，回家做饭了。这时候，一直没说话的弗朗索瓦开了瓶自带的葡萄酒，木塞刚拔出，酒香瞬间充斥室内。这时，斜靠在沙发上的工匠勒布雷讥讽说：各位，这香气怎么把你们口水都引出来了。弗朗索瓦接着调侃：你啥意思，是要把哈喇子作为Logo？全场大笑。勒布雷坐了起来，咳嗽一下，认真地说：其实，酒香不仅能引出口水，还能引来蜜蜂呢！我看，就用蜜蜂做标志吧。全场安静了几分钟，接着喝彩声与掌声响成一片。镇花苏珊娜忍不住跑上来，使劲亲了勒布雷的脸颊一下下。对苏珊娜心仪已久的路易这下坐不住了，腾地一下站了起来……哦，这个编得还不如上一个。

反正，不知从何时起，在拉吉奥出品的每把酒刀上，都有了一只小小蜂儿。它安静地落在酒刀头上，等待采集瓶内深深深处的芬芳。

- 02

人的好坏，不是一眼能看出来的，比如我看人就经常走眼。

不过也有说法，说人品能从长相看出来。正所谓命由己造，相由心生。观七尺之躯不如辨七寸之面，有什么样的心思，就有什么样的面相。

科学似乎也支持这种说法。有关研究结论是，人的心理变化会影响身体内的化学变化，长此以往，会影响容貌和机体。正如林肯说的那句名言：一个人 40 岁以前的脸是父母决定的，40 岁以后的长相应该自己负责。

汉语好像对这种说法也投了赞成票，因此汉语中有很多类似词汇。比如，贼眉鼠眼，獐头鼠目，满脸横肉，听这词就是专给坏人准备的。慈眉善目，当然是德行兼备的大好人。沉鱼落雁，一定是人见人爱，花见花开。演员中，有的一辈子只能演汉奸狗腿子，如果让他演好人，观众会笑场。如果你说一个有金城武外貌的男人，其实是个恶贯满盈的大恶棍，95% 的女人不会相信。其余那 5%，不但不相信，还会找你拼命。所以，外貌协会从来不缺少会员。

在动物界，这个规律似乎也存在。小白兔长得乖巧可爱，性情也确实温柔。丑陋无比的鬣狗，确实也凶残无比，它们喜嗜腐肉，凶悍好斗，甚至能从狮群口中抢走猎物。八眼狼蛛毒性极大，被称为“冷面杀手”，我觉得这词并不合适，“冷面”，通常是挺酷的“面”；狼蛛的“面”，只剩恐怖。

不过，我对这种以貌取人（动物）的理论，还是有些异议。汉语中还有表里不一这类词呢。我认识的很多人，内心与外貌，实在是大相径庭。有的长得就是一个黑社会，可是内心柔软如棉，看电影都会偷偷抹旧。在动物界，这种情况更加比比皆是，比如美国田纳西州的艾莉，被称为“世界上最丑的狗”，可是它非常温和，而且热衷参加公益慈善活动。我见过长得最变态的动物，是亚马逊的树懒，基本就是刚从地狱出来的模样，不过它一点都不凶，也不毒，只是懒而已——根本就是从不动弹。

以貌取人或许不可取，以貌取物却比较靠谱。资深收藏家都知道，古玩真货通常都是好看的。好的酒刀也如此，一眼看上去，就能知道好坏——工艺水平在那里摆着呢。

一般来说，拉吉奥酒刀外形没有直线，大都是优美弯弧。这一点与西班牙的高迪接近，高迪说上帝不创造直线的东西，所以圣家族大教堂里的石柱都成了树木。拉吉奥的线条倒不像树枝，而是像女人。具体说像女人的腿，而且是穿着细高跟鞋的腿。

这样也对，树枝和女人，都是上帝钟爱的作品。所以女人身上也没有直线，都是妙曼曲弧。不仅如此，女人内心更加缺少直线，并且是蜿蜒曲折，千回百转，如同迷宫。说不要有时候是要，说你坏有时候是说你好。

制作一把拉吉奥酒刀，需要经过126道工序，还有很多特定要求。一把地道的拉吉奥，除了有蜜蜂标志，在早期的拉吉奥刀柄上，还会有牧羊人十字架标志。牧羊人出去放羊，没有教堂，就把刀插在面包上，对着刀柄上的十字架祷告。

拉吉奥使用钢材一贯比较讲究，现在大多用瑞典的山特维克（Sandvik）12C27钢。这种钢硬度较高，耐磨，耐腐蚀，用在很多知名刀具上。

一把好刀，不但钢材要好，刀柄材质也必须相当。否则，就像身穿大牌时尚时装，脚上却是双塑料拖鞋。老拉吉奥大多使用自然材质，比如鹿角、牛骨和象牙。也用硬木，包括紫杉、红酸枝、葡萄藤、黑黄檀等。经过加工打磨，再经数年与执刀之手的耳鬓厮磨，那些兽骨和木材的纹理，会印上岁月痕迹，流淌出典雅质感。

拉吉奥刀具的历史并不算长，最早出现在 1829 年，作为酒刀的时间更短，应该是 1880 年。虽然只有一百多年的历史，可是当你看到一把地道的拉吉奥时，会感到它很有历史感。不妨定睛看它 20 秒，如果有缘，能感觉到它在与你对视，与你在无声交谈，让你不得不伸出手，带它回家。

一瓶珍酿，喝完就没了。一位佳人，也许只能陪你度过几个春秋。而一把好的拉吉奥，会一直陪着你，静静的，熬过那些寂寞的正午，还有更寂寞的深夜。

- 03

在法国，工薪阶层使用 Opinel 这种刀多一些，而中产阶级偏好拉吉奥。再到后来，时尚大腕和明星开始高端个人定制拉吉奥酒刀，政府也把它作为国礼。

当它从牧羊人手中转到欣赏者乃至收藏者手中的时候，它就不再仅仅是一种工具，而是成为文化符号。也可以说，开始代表一种对待生活的态度。

就像那谁谁谁说的，会不会喝咖啡是一回事，喝不喝咖啡就是生活态度问题。

这话听起来是有些不舒服。不喝咖啡，不喝红酒，不打高尔夫不玩

网球，同样可以把日子过得风生水起。一边不停喝咖啡一边把生活过得狼狈不堪的人，比比皆是。

我觉得，归根结底，生活态度是一种人生观。是啊，好大的词。换个小点儿的说法，生活态度与人生目的有关。好吧，这词还是太大，没法子，一时找不到合适的小词。

有的人，人生就是为了成功。那么，他会披荆斩棘，一往无前，直奔目标。这样的人，顾不上看路边的小花和天上的云彩。

如果人生就剩下谋生，能活着就行，那么，这样的人，也顾不上看路边，只顾着看路上有哪些可以捡起来的东西。

也有的人，对路的终点并不在意，他的兴趣在路上。他关注那个篱笆后面有什么样的女主人，那个炉子上在烹调什么美味，那条九曲十八弯的小河里游的是什么鱼。他关注的不是路牌上的地名，而是觉得那个地名也许用楷体书写更适宜，也许用水杉作为牌子的用材，与周围环境更搭配。

这样的人，其实知道路的尽头是什么。正如一位名人所言：出生是偶然的，死亡是必然的。路的终点，只有那个必然。所以，这些人不会急急忙忙往前赶，而是会走走停停，东张西望。

他们会活得比较精致。而精致，其实就是一种生活态度。

急急忙忙地走路，狼吞虎咽地吃饭，一饮而尽各种喝的，对星汉银河晨曦夕阳没兴趣，对琴声鸟鸣没感觉，看不懂微笑读不懂眼眸，这样的人，也许不能算是真的活过了。

那些带着拉吉奥赶着羊群上高原的牧羊人，那些在拉吉奥刀柄上刻上四叶苜蓿、圣雅克甲壳、人形面孔和蜜蜂的工匠，那些将拉吉奥酒刀配上胡桃木匣的收藏家，那些借着吧台烛光把玩酒刀的侍酒师，应该都有精致的、敏锐的、天生具有美感的内心。

螃蟹那东西长相狰狞，所以在鲁迅先生的笔下，第一个吃螃蟹的人是勇士。据说，这位勇士叫巴解。不是阿拉法特的那个巴解，而是大禹手下的一位督工。我想这种考据也只能作为一种佐料吧，因为这是没办法证明的事情，也许周口店的哪位北京猿人也吃过螃蟹呢。

我想，第一个吃螃蟹的人，应该不仅是为了果腹。因为螃蟹那点肉，真的不够塞牙缝的。而且费力费时，急性子的人绝对吃不好螃蟹。因此，吃螃蟹一开始就是件雅事。现在流行很多雅集，就是雅皮士们的聚会喽，比如品茗雅集，古琴雅集。其实，完全可以弄个吃蟹雅集。

古人倒是深谙其道，每逢秋风起，金菊开，就到了温酒品蟹的时令了。螃蟹宴中，吃是很重要的，但重点并不在吃，而是文人骚客们的文雅优雅儒雅素雅水准的大比拼。

《红楼梦》记载了大观园闺蜜们的一次吃蟹，从中能略窥一斑吃蟹之雅。吃蟹前，洗手的水，是菊花叶儿桂花芯薰的绿豆面。蟹性寒，一定要用酒搭配，最好是黄酒，也可以是烧酒。正如黛玉弱弱地说的："我吃了一点子螃蟹，觉得心口微微地疼，须得热热地吃口烧酒。"而黛玉喝的那口热热的暖心口的酒，是用合欢花浸的；盛酒的壶，是乌银梅花自堪壶；饮酒的杯子，是海棠冻石蕉叶杯。

大观园的文学女青年们设局吃蟹，自然一定要作菊花诗的。且不说《菊梦》、《访菊》、《咏菊》、《问菊》、《簪菊》、《对菊》、《供菊》、《画菊》、《忆菊》写得如何，书写这些诗词的纸，是一定要用含有隐形波纹的雪浪笺的。

明代就有了吃蟹的专用工具蟹八件，据说是个名叫漕书的人发明的。这些使用金银铜制作的小方桌、腰圆锤、长柄斧、长柄叉、圆头剪、镊

子、钎子、小匙，件件玲珑精巧。使用起来，垫、敲、劈、叉、剪、夹、剔、盛，个个得心应手。有了这些工具，吃蟹的过程，就成了一首妙趣横生的食蟹曲。

其实，老饕吃蟹，工具远不止蟹八件，曾有六十四件之多。

这方面，西方人比咱们古人毫不逊色。说起来，咱们老祖宗请客，再隆重的豪宴，嘉宾人手一双筷子足矣。而随意的一次西餐，每上一次菜就要换一副刀叉，刀叉并起来是什么意思，交叉放又是什么意思，喝汤调羹是从外向里还是由内而外，都有讲究。

饭后抽根雪茄吧，也不让人省心。抽之前，要将雪茄预热加温。然后，用专用雪茄剪剪口。点燃雪茄要用香柏木片，即使用打火机，也要用专用打火机。吸雪茄的时候，只能吸到口中轻轻吐出。不能让雪茄成了火球，烟灰也不能弹掉。不抽了也不能掐了，只能让它平躺着，自己熄灭。

总之，吸雪茄，就是要有一种从容或者雍容的架势。靠在电线杆上抖着腿，从裤兜里摸出那根皱巴巴的，一定不会是雪茄，一般是8毛一包的大丰收。

- 04

我也觉得有些麻烦，甚至有些矫情。

其实，进一步了解后，才懂得那些讲究都是有道理的。专用火柴专用火机，是为了避免硫黄和汽油味道混淆雪茄香气。轻吐是为了让茄雾轻轻围绕，形成香氛。留有烟灰是为了保持雪茄温度。一支好的雪茄，需要两百多道工序才能完成，从种植烟叶开始算起，走完这些路程需要

5至6年。然后，需要再收藏若干年，使它的香气臻于化境。

与葡萄酒一样，雪茄是一个逐渐丰满的生命。要真正了解它，需要细心品味。因此，讲究一些，不是矫情，算是尊敬。

经岁月形成的东西，是天赐之物，也需要用时光滋润。

玩玉的人都知道，玉是需要养的。藏玉而不养，得宝如得草，暴殄天物。盘玉讲究文盘，带在身上，放在心里，与身体长期摩挲，时间长了，人玉合一。

其实，精致并非奢靡，高贵其实不贵。我们也许不能避免贫穷，但是可以避免草率。需要做的，只是静下心来，把生命过成一个假期，体味那些有共鸣的东西。大自然有一万张脸，需要学会看它的脸色行事。

体验多了，人的内心便会丰盈。感悟到的那些枝枝杈杈，会合成一棵茂密大树。如果没有这些枝杈，我们的生命，也许就剩下一个主干，如同一根孤零零的电线杆。

最近，我去了一趟拉吉奥小镇——不是在现实空间去的，而是从虚拟空间——其实也不算是虚拟空间啦，Google 地图现在有了街景功能，使用这个功能，真的可以身临其境。

嗯，小镇和我想象的差不多。周围是田园风光，街道整洁安静。我顺着一些街道走，然后走到一个房子前，站住了。我还是在虚拟世界——没法敲门，也进不去。于是，我开始想象，现在是傍晚，这家人也许正在吃饭。

据说，镇上有个习俗。如果家里主人打开拉吉奥酒刀，意味着开始吃饭。主人合上酒刀，则意味着可以收拾餐桌，该干活儿了。

在生活里，既需要合上拉吉奥酒刀，也需要经常打开它。

斜阳 雨后复

你可以努力使自己成为十分完美的人，不过，真到了那个境界，你基本不再是人，是神。缺点，有时候是一种魅力，正所谓男人不坏，女人不爱。还有的时候，缺点发展到极致，可能会摇身一变，成为一种大美，比如维纳斯雕像。

当然，能成为大美的缺点，需要有足够的底蕴和太好的运气。更多的时候，缺点，就只是一个缺点。

- 01

化腐朽为神奇，似乎是个普遍存在的现象。

我最喜欢喝的葡萄酒，是贵腐酒（Noble rot wine）。通常会认为贵腐葡萄酒适合女性，尤其是女孩。我觉得这算是有关葡萄酒的九大误解之一。（至于其他八个误解是什么，且看以后的专栏文章）。

TOKAJ HÉTSZ
RÁKÓCZI PINCE

其实，说冰酒更适合女性，比较恰当。因为冰酒最明显的特征就是甜，而女性普遍喜欢甜食。我猜测，正式西餐中最后上的那道甜点，是女性设计的进餐程序，以此为美好的享受画个圆满句号。一般来说，女人是餐桌上的绝对主角，男人只是陪衬。聚餐时，吃什么，什么好吃，基本都是女人说了算。

不过在人类社会中，除了母系社会外，实际上一直是男性主导。现代女性们为了改变这个状况，大多成了女权主义者。没有争取女权之前，女人做饭，收拾家务，带孩子。争取女权之后，女人去上一天班，然后回家做饭，收拾家务，带孩子。其实，男人们天生就有你扫房子我扫天下的虚荣心，女人尽管让男人且傻且骄傲地在外面卖苦力好了，只要把收成或者工资带回来上交就成。

放眼整个动物世界，男动物们的处境也同样挺悲催。比如，在诡异的蜜蜂社会中，男蜂本来数量就不多，而且在其有限的二十多天生命里，唯一的工作就是嘿咻。蜂王（其实应该叫蜂后）巡视大好河山时，全体男蜂都必须在后面追，这种行为艺术有个看上去挺美的词，名曰婚飞。飞得最快的那个，就可以与蜂后洞房花烛。

故事到这里还好，以后的事儿就太暴力了——未成年人请勿往下看——完事后，嘿咻的“工具”会脱落，被蜂后没收，就两腿一蹬（准确说是四翅一张）死翘翘了。没追上的男蜂们的运气也好不到哪儿去，不能被蜂后临幸，也不会干其他活儿，冬天来了，粮食缺乏，这些游手好闲的二流子会被赶出蜂巢，流落街头，哦，流落枝头。饥寒交迫，最后也都四翅一伸死翘翘。

所以，在生物世界的大书中，女人是主要章节，男人只是标点符号，而且是省略号。男人打下的江山，挣下的家业，都是为了给女人的。所以才有了那句话，男人收获整个世界，女人收获男人，进而收获整个世界。

- 02

继续说冰酒。其实冰酒的甜，有些傻甜，有些浓俗。贵腐不一样，或者说，有天壤之别。不过，被贵腐的葡萄很难看。这就应了本文的主题了，腐朽可以化为神奇，这个暗藏在自然世界中的规律，在贵腐葡萄成长和酿造过程中，表现得淋漓尽致。

不是所有腐朽都可以化为神奇，大多数腐朽，就是不可救药的腐烂。能够转化为神奇的，只是貌似腐朽而已，在它们体内，一定有神奇的天然禀赋。贵腐这两个字结合得很哲学，也很到位。Noble，高贵；Rot，腐朽。相距两端的事物，缺一不可，结合在一起，就有了新天地。

酿造贵腐酒，首先要靠霉菌（Botrytis Cinerea）。一个古惑仔遇到一个情窦初开的少女，也许会给少女造成创伤，甚至使她从此堕落。贵腐霉菌遇到的如果是尚未成熟的葡萄，会导致葡萄的彻底腐烂。古惑仔如果邂逅的是成熟的大家闺秀，有可能演绎出浪子回头金不换的故事，而那位大家闺秀，也从此有了个丰富多彩的余生。这种小说电影里经常出现的情景，在贵腐霉菌遇到了成熟葡萄后，会真实开演。

古惑仔此时的任务，是在葡萄上打洞，形成无数小孔，促使葡萄水分得以挥发，浓缩糖分和有机酸。感染贵腐霉菌后的葡萄，一个"腐"字，确是真实写照——缩成一团，披着灰黑色绒毛，还拉着丝，其貌岂止是不扬，简直就是丑陋不堪。那副尊容，让人唯恐避之不及。因此，我觉得最勇敢的人，应该不是吃螃蟹的那个，而是第一个酿造贵腐酒的。

TOKAJ

HÉTSZŐLŐ

不是所有邂逅古惑仔的闺秀，都有圆满结局。能产生好贵腐酒的地区，需要一种微型气候（Micro Climat），早上足够冷，让霉菌滋生蔓延；午后足够热，让葡萄水分迅速蒸发。这样的地方，在地球上屈指可数，只有法国的苏玳（Sauternes），匈牙利的托卡伊（Tokaji）和德国的莱茵河地区具备条件，由此成为三大甜白酒的著名产地。

经过酿制的贵腐酒，似乎是被上帝整了容，面目全非。此时的她，早已不是只会伸出 V 形手笑眯眯扮萌的小女生，而是一只涅槃后的凤凰。

她色泽犹如过滤的河畔夕阳，去除了尘埃，只剩纯净金黄。举止高贵优雅，言谈字正腔圆。甫一接触，暗香浮动。继续交往，百转千回。曲终人散，她回眸一笑，宛如蒙娜丽莎，神秘而深邃。余香在心，绕梁三日，仍不绝如缕。

如果一定要把贵腐葡萄酒视为华筵之后的甜点，那么，与之相比，所有的甜点，都只是一种前戏。

- 03

茶和酒有同样的生命历程，也有同样多的化腐朽为神奇的故事。

比如，陈年普洱茶，看起来就是一些发黑的陈年叶子。

同样是普洱陈茶，有的冲泡之后，基本没有什么香气可言，饮后涩显舌苔，燥扰喉管，满口僵苦，甚至有腐败的味道。有的则不同，那块黑褐色的东西，经沸水冲泡后，似乎慢慢醒了过来，一种生命活力徐徐释放，茶汤如珍品琥珀一般美丽，饮之甘醇厚实，饮后满口生津。

造成两者差异有产地、工艺、仓储等很多原因，其中有个关键要素，就是这块茶饼，是死的还是活的。

倘若制茶不当，足以使茶叶中各种酶迅速失活，阻断了其变化路径。如果使用自然工艺，有适宜的温度和湿度，提供保留多酚类化合物的转化环境，这时，普洱茶是有生命的。这与葡萄酒的陈化非常相似，异曲同工。

同样都是黑褐模样，丧失活力的普洱茶，体内沉闷窒息，只有黑暗与寂静，无论陈年多久，都没有多少意义。而好的陈茶体内，则一直有东西在萌动，在变化生长，遇到灌顶甘露，瞬间便可释放生命的芬芳。

在桂湘黔交界的苗族、瑶族地区，这里出产一种茶，名字很高大上，叫龙珠茶。其实当地人们不这么叫，他们管它叫虫屎茶，真的有些低粗土。这个粗俗到不好张口的别名实际上名副其实。严格来说，龙珠茶不是茶，而是当地一种小黑虫吃了茶叶后的粑粑。不过炒制的时候，有的也确实加一些茶叶进去。

这个听起来想起来都有些不堪的东西，冲泡之后，奇迹发生，茶汤香气毫无粗俗之感，而是优雅甘醇，犹如贵妇，真的令人惊异。难怪它曾经贵为贡茶，现在好的三叶虫茶的身价也在每斤万元以上。据说，曾有茶友喝此茶后，顿觉其他茶都寡淡如水，从此只喝龙珠。

提到龙珠茶，很容易联想到另一种出身相同、地位相似的饮品，不过不是茶，而是一种咖啡：麝香猫咖啡（civet coffee），这个可爱名字也有一个不怎么可爱的别名，而且更为普及：猫屎咖啡。这个咖啡的来路，与龙珠茶一样，也是排泄物，只不过由虫子改成麝香猫而已。无独有偶，最大宗的龙珠茶，名字中也有个香字，叫化香虫茶。虫屎猫屎，经过某种神秘过程，都摇身一变，乌鸦变凤凰。

想起当初刚听说这种咖啡时，去一个工具书查询，相关词条配了两

Borüzlet
Wineshop

张图，一张是可爱的麝香小猫咪，另一张我以为是咖啡了，可打开一看，上面不是咖啡豆，也不是一杯咖啡，只有路边草堆里的一条粑粑。这个小编，也太诚实直接了吧。

后来阅历渐多，就有些见怪不怪了，而且还想尝试一下。不过，也只能是尝试，经常喝是喝不起的，这也许算是最昂贵的咖啡了，1 公斤至少 500 美元，比蓝山还贵。有个知名咖啡评论家说它的香气里有酒香（听起来靠谱，在猫的肠胃里发过酵嘛），还有巧克力味道。他还特别提到，那是一种“纯净的味道”，哈哈，他真敢说。而且这种纯净味道能“在舌尖上长时间地徘徊”。嗯，让人想起舌尖上的猫……

当然，也有人不以为然，认为纯属炒作。美国特种咖啡协会很严肃地说，采用 SCAA 的标准，它的评分“比其他三种咖啡的最低分还要低两分”。有人也说：“它尝起来就像是烂掉的、没有生命的味道。像是在洗澡水里泡了石化的恐龙屎。”我估计，也许他是喝了假冒伪劣之猫拉出来的东西——国内现在也开始有了，人工喂养，像填鸭一样不停地塞咖啡豆，而且喂养的不是麝香猫，是果子狸。虽然果子狸的小模样也很可爱，与麝香猫也同在灵猫科，不过不是一个种属，大致算是亲戚。

- 04

喝的东西如此，吃的东西中类似现象也很常见。

微信上有个帖子，是一些蘑菇的照片。过去没看过这些图，不知道蘑菇也能长得如此妩媚娇艳，真是好看，甚至有些震撼。不过，帖子最后还有这样一句话：一般来说，漂亮的蘑菇都是有毒的，颜色越鲜艳毒性越大。

也许，正是因为它们有毒，我们才很少见到它们。我们能见到的，都是容貌普通的蘑菇。或者简直可以说，长得越丑的蘑菇，越好吃。反正，四大名蘑都是中吃不中看，羊肚菌、松茸、牛肝菌和黑虎掌菌，一个比一个上不了厅堂，只能进厨房。

在村上龙的料理小说中，提到牛肝菌时引用了一个传说，认为好吃的蘑菇不是植物，而是动物。它们都生长在黑暗潮湿的地方，这些动物逐渐衰弱到不能动弹时，就会变成蘑菇。所以蘑菇吃起来有些像肉。

把植物与动物搅在一起，只是村上龙的比喻。不过，这种事儿在现实中也确实有，比如冬虫夏草。国人将其与人参、鹿茸并列为三大补药，甚至将功效无限放大，说成是地上有，天上无。冬虫夏草，不但是化腐朽为神奇，基本就是化腐朽为神了。

这位神的尊容大家都见过，远看就是个挺恶心的虫子，近看呢，更是一只虫子。写到这里，把自己也写郁闷了，为什么好东西都这副模样呢。

严格说，冬虫夏草不完全是虫子，而是虫子和草的结合体。先是蛾子幼虫钻进地下，吸取植物根茎营养，把自己养得肥肥的，一点儿不考虑身材。等虫子长胖后，植物孢子钻进虫子体内，真菌开始在虫子体内生长。虫子向上蠕动，快到地表时，头向上而亡，成为冬虫。春末夏初，冬虫头部长出小草，名为夏草。

在它们的生命历程中，互相依赖，相互榨取，朝夕相伴，共同生长，真正实现了你中有我，我中有你。整个过程与爱情相似，残酷，并且浪漫。

水果中当属榴梿了。我不能接受那种味道。有一次，在新加坡，当地朋友请我吃雪糕，我没在意，一口下去，奇异的怪味让我当场吐了出来，定睛一看，原来是榴梿雪糕。

这种我避之不及的东西，有很多人认为是上天赐予人间的美味珍馐。他们（主要是她们，我认识的女性中，似乎鲜见不爱吃榴梿的）只要一提到榴梿就做垂涎欲滴状，提起来眉飞色舞，说它口感滑如凝脂，犹如高手制作的冰淇凌，吃后齿颊留香，回味无穷。所以，有个说法，榴梿令人上瘾，它的中文名字，应该叫留恋。泰国人甚至说，可以“卖掉老婆吃榴梿”。

尽管对其味道有异议，这个臭得不准带进公共场所的水果营养价值却得到公认。榴莲是最有营养的水果，被视为百果之王。用广东人的话说，是“一个榴梿三只鸡”。

- 05

喜欢吃榴梿的，当然属于重口味了。仔细一想，类似这种臭得很香的东西，在人工制作的食物中，竟然比比皆是。

其中名气大的，应该算是鲱鱼罐头、臭鳜鱼、臭豆腐和豆汁儿。

这些东西有很多共同之处，最大特点自然就是臭了。虽然臭味有轻重之分，风格之别，但是一闻之下，首先要臭，否则就不地道。所以，各地街摊做臭豆腐的有句著名广告词，叫作“不臭不要钱”。

细究起来，其实这些食品臭得不太一样。徽菜的特点就是“严（盐）重好色，轻度腐败”，关键在这个“轻度”，只有把握好了，才会有臭鳜鱼讲究的那种“似臭非臭”味道，这种拿捏，并非易事。

另外一个相同点，是它们虽然有些不登大雅之堂，但是都是名声赫赫，并非平庸之辈。臭鳜鱼号称徽菜第一名菜。绍兴臭豆腐曾经贵为贡

品，如今绍字坊臭豆腐还被列入中国非物质文化遗产项目。至于豆汁儿，不但是北京小吃的代表，地道老北京人将其视为“本命食”。倒回多少年，如果不能适应这个酸臭的泔水味道，根本就不敢说自己是北平人。

还有一个重要特点，就是它们都是有机物在微生物作用下的变化结果。这个过程，实际也是很多腐朽化神奇食物的共同特征。在腐败或者发酵过程中，它们虽然都臭，但绝不是一臭到底，需要闻起来臭，吃起来香，味在食外，其中精妙之处，只有食者自知。

它们的被发现，都有一些故事和传说，如同贵腐葡萄酒的发明一样，似乎都是源自于某种疏忽，结果却带来意外惊喜。也许，这些传说都是真的，是造物主发出的一个接头暗号。

为了改变徽菜不雅形象，有些改良者建议把“臭鳜鱼”改成“暗香鳜鱼”。其实大可不必，嗜好这种味道的大有人在，有着非常广泛的群众基础。

君不见，臭豆腐早已遍布大江南北，包括海峡对面的台湾。在全国各地，出了地铁口或者巷弄口，迎面而来的第一波“香氛”，很可能就是千奇百态的油炸臭豆腐。有天晚上，细雨熏风，正是讲情调的良辰。我从上海一条都是咖啡厅酒吧的小街拐上淮海路，熟悉的臭豆腐味道扑面而来，与香水、咖啡味道混搭在一起，营造了很诡异的超现实主义氛围。

其实，普及程度最高的发酵之物，应该是酱。把酱字拆一下，上面从“将”，涂抹的意思；下面从“酉”，粮食腐败变质的意思。酱，就是把腐败变质的食物涂抹在主食上。

咱们中国玩这个是拿手好戏，是酱的创始国，有数千年历史，据说从黄帝起，就开始成汤作醢。醢就是最早的肉酱。发展至今，没有酱油，很难做出正宗的中国菜。酱还俨然成为烹调之法，酱牛肉，酱猪蹄，酱……中国菜，某种程度，就是一个大酱缸。对老百姓来说，开门七件事，柴米油盐酱醋茶。

其实，西餐中，也有类似食物。比如各种火腿腌肉，比如奶酪（Cheese）。奶酪在西餐中的普及程度，与酱在中华料理中的地位相近，有的欧洲国家，比如希腊，就有“无奶酪不成菜”的说法。

虽然也是发酵产品，但是大多数奶酪看起来还是挺舒服的。也有一些重口味的，比如戈贡佐拉（Gorgonzola），意大利蓝纹奶酪，就密布着许多粗糙霉纹，也有一些不雅气味，吃起来则是别有风味，因此，被称为全世界最好的蓝纹奶酪。

在我国一些少数民族中，这种习俗更加彻底，更加接近自然。在一个比较偏远的地区，我去当地朋友家里吃饭，他从院子地下挖出一个封存了五六年的坛子。打开泥封，不夸张地说，我闻到了平生遭遇的最臭味道，出于礼貌才没有落荒而逃。里面是腌制生肉，已经微微腐烂。当晚用这些肉做成菜肴，味道嘛，一言难尽吧。

我在美国和加拿大因纽特人的居住地，都曾经看到房子后面有一些死鸟，其中，有的已经腐烂。据说当地人会以此作为食物。我没有看到他们食用，我只是与他们一起分享了刚刚从活的鲸鱼身上割下来的肉。那些肉，很新鲜。

- 06

也有一些变异，看起来就很美。

比如珍珠。温婉细腻的珍珠，其实是蚌受到异物刺激后的反应，也可以看成是一种病变。

比如琥珀。纯净高雅的琥珀，无非是树脂的化石，而树脂，只是树木新陈代谢的分泌物。

还有一些变异，看起来普普通通，一旦醒过来，称得上美轮美奂。“沉檀龙麝”，四大名香。除了檀香，其他几种，竟然都是动植物的分泌物。沉香和龙脑香，都是树木的分泌物。而麝香，则是雄麝腺囊中的东西。

四大名香之首是沉香。沉香的身世，类似珍珠加琥珀的传奇。风树遭受创伤后自我修复，分泌物与木质混合，遭受真菌感染，结香醇化，成了沉香。沉香沉香，其貌不扬，沉默不语。只有遇到火，才会醒来，燃烧生命，释放出高贵典雅的香气。

也有人认为“沉檀龙麝”中的“龙”是龙涎香。说起来，龙涎香也离不开分泌物这个听起来不怎么样的归属。它是抹香鲸肠道受伤后自行分泌的疗伤物质。看起来黑不溜秋，闻起来腥臭。然而，经过大海的漂洗，终于成就了凝聚天地之华的香气。

万物消长盛衰，周而复始，事物发展到极限，就会朝相反方向走。

我们真的应该多听听古代那些声音，在千百年的词语中，有多少这样至深至准的词啊：物极必反。全则必缺。合久必分。分久必合。否极泰来。盛极而衰。乐极生悲。喜极而泣。月盈而亏。日中而移。福可为祸。正可为奇……当然，还有，化腐朽为神奇。

甲之砒霜，乙之蜜糖。其实，现代医学证明，从砒霜中提取的三氧化二砷，能够治疗绝症，可以抑制肝癌细胞，还能增进人体免疫活性。在生态系统中，种群之间的正、负相互作用，会最终趋于平衡。松毛虫们如果超出上限，会自然走向衰减；低于下限时，虫虫们不但不会给松林造成灾害，反而会刺激林木生长。

体重50公斤的女子会减肥。体重60公斤的女子会减肥。体重70公斤的女子会减肥。体重200公斤的女子就不减肥了，她们会去申请世界吉尼斯纪录。

因此，什么都不要过于极端。比如，不要爱得死去活来，那样也许会生出恨。不要太过想念，那样会伤心伤神。在感情生活里，有些心动，留些温暖，其实就正好。

烟色 苍茫

有句老话，叫作烟酒不分家。

喝烈酒时，常见有点根烟的，边喝边抽，并做出陶醉神仙状。倒是很少看见喝葡萄酒时抽烟的。也许，烟与葡萄酒，没啥关系，不是一家的。

- 01

细究起来，烟和酒的特征之一，是都能让人上瘾。

能令人上瘾的东西很多，酒精，尼古丁，咖啡因，可可碱、茶碱，四氢大麻酚，二乙酰吗啡，它们应该一家的，而且是个大家族。它们和赌博、恋爱一样，都让大脑某些区域兴奋起来，产生多巴胺，让我们感到轻松，产生快感和幻觉。

总之，上瘾是因为这些东西能带来愉悦感。很多人说喜欢过平淡生

活，城里人追求的是一家一户，小店小铺。村里人曾经的理想生活是三亩地一头牛，老婆孩子热炕头。可是，人生有些长，生活有些累，天天过寡淡如水日复一日的日子，确实让人有些不甘心，不开心。

我们大多是平头百姓，凡人一个，走在路上没人看，掉到沟里没声音。不过，偶尔小小愉悦一把，应该无可厚非，而且可望可即。所以，我们都会时不时抽口小烟，喝口小酒，看个小剧，购个小物。它们不仅带来愉悦，还能消除小痛苦小忧伤，正所谓吸烟解解闷，借酒消消愁。

如果再进一步，让这些独奏小乐器合作，来个二重奏，或者小合唱，比如烟酒携手，愉悦应该也会加倍。这样想的似乎大有人在：统计表明，每天消耗两包以上香烟的烟民，大多是嗜酒者，这个比例竟然接近100%。同时，90% 以上的嗜酒者也是烟民。

商家们深谙这个道理，所以，食品商店和日杂店铺，烟酒大多同柜销售，有如鱼水关系。还有很多研究心得，就像酒配餐一样，将不同烟与酒搭配，找出最佳配偶。据说，公认茅台酒与中华烟，是实至名归的“黄金搭档”。

第一次世界大战时期，有个令人感叹的现象，被称为“圣诞节休战”。比利时西南部有个古老小镇，名叫伊普雷，让它更为世人所知的，不仅是镇里那座著名大教堂，而是德国和英法联军在这里爆发了血腥大战，那是 1914 年西线的最后一场战役。

1914 年 12 月 24 日，在寒冷、泥泞、潮湿、恶臭充斥的战场上，圣诞夜还是踩着点来了。尽管参战国拒绝了教皇“在天使歌咏之夜，让枪炮沉默”的呼吁，前线士兵却不管不顾了，自发停火。

夜色中，两边战壕里燃起小蜡烛，有的竟然还找到一棵伤痕累累的圣诞树。德国士兵和英国士兵，合唱起圣诞颂歌。歌声中，一些士兵陆续爬出战壕，来到无人地带，握了手，还交换了礼物。据说，当晚双方共有 10 万士兵自发停止战斗，共度圣诞。

1915 年，这一现象再现，交战士兵甚至在中间地带开设临时“集市”，交换物资。双方达成君子协定，午夜过后 3 分钟，准时恢复开战。这个奇妙协定，真的够君子，足以成为战争史中的奇葩事件。以至战后很多年，每年圣诞都有很多人来到伊普雷，穿上各自军装，重演交换礼物的场景。

当年双方交换的礼物，主要就是烟和酒。

你给我一瓶酒标都划烂了的杜松子，我给你一包存了很久有些发潮发霉的烟丝；你给我一瓶红葡萄酒或者科涅克白兰地，我索性送你一支老烟斗。

事情过去了 100 年。能看到上面这段文字的人，应该和我一样，都没有可能亲历其境。不过，我会经常想象那时的场景。圣诞之夜，枪炮裹上了清冷月光。在沙哑的不同语言的圣诞歌声里，硝烟散去，香烟袅袅升起；在火药呛人的气味中，酒香静静释放。

我想，这个时候，士兵们的嘴角线条可能变得松弛，眼神应当有些柔和。扣着扳机的手，不再冰冷。枪口上，说不定会插着一支香烟。

- 02

烟酒之间的默契关系，在于烟酒同源，属于同类。

首先它们都具备充当社交道具的功能。有些来往，名曰社交，其实属于那种“研究研究（烟酒烟酒）”的功利性接触。在经济还不发达的时候，烟酒是办事最合适的敲门砖。20 世纪 80 年代，办事带上几条好烟，“一云二贵三中华，黄果树下牡丹花”，事情就差不多了。当然，现在办事如果还拿这些，估计连门都进不去。

在正常社交场合，烟酒也都曾经是不可或缺的，经常结伴出现，也由此形成了相应的礼节。饮酒礼仪几乎各国都有，中国的敬酒礼仪更是可以写成一本大书。与饮酒相比，抽烟的习俗礼仪就少多了。

常见的是拿烟扮酷。有些人叼根烟，不怎么抽，而是一直用嘴玩。玩得好的，可以一口烟吐出十几个形态各异的烟圈。还可以吸口气，然后猛然将烟丝全都喷出，嘴上留根空烟壳。小时候觉得这些动作都好酷，挺仰慕。其实这些都是不好的习惯，带些江湖气。

在江湖中，敬烟有时是挑事儿的手段。比如有的混混，敬烟其实是暗藏挑衅：双手执烟两端敬上，对方若不接，就有理由翻脸；对方即使要接，敬烟的也可能会将其一折两断。再往后不用说了，免不了一场血雨腥风。

更常见的挑衅方式，是吸足一口烟，然后慢慢向对方脸上喷过去。伴随这个动作的，还一定要有不屑的眼神和讪笑。这是全世界通用的侮辱性烟语。

其实，抽烟有自己的主流烟语，其中表达的主要是友好、尊敬和谦恭。

以烟敬客的最早习俗，大概可以追溯到印第安人。五百多年前，哥伦布抵达美洲大陆时，有个现象令他相当迷惑，当地土著无论男女，每人都衔着一根点燃的东西吞烟吐雾。当地人召开部落会议的时候，大家会轮流分享。在此之前，会先来一场敬烟仪式，把烟喷向天空、大地和太阳，由此也能看出原住民对烟草的敬畏。

有些国家和民族还鼓励女性抽烟。据说，柬埔寨少女如果不抽烟，可能会受到家庭和社会排斥。在我国满族，过去也常见女孩吸旱烟，“关东三怪”中“十七八岁姑娘叼个大烟袋”说的就是这个现象。满族传统习俗中，还有“装烟礼”，媳妇要为客人先敬烟，再倒茶。同时，媳妇也要为公婆“装烟”，以示恭敬。

作为礼仪之邦，中华民族吸烟礼仪自古有之。清代《昭代丛书·烟谱》，明示吸烟有“八宜”、“七忌”、“七节”，还有“五可憎”。现在很少人知道这些规矩了，不过有些约定俗成的习惯还是保留了。

比如敬烟。有些人，在酒席上会到处撒烟，看起来蛮豪爽，其实属于不懂规矩。对资深老烟民来说，敬烟不可随意。如果你随意取出一根烟给对方，这属于失礼行为。对方如果是个讲究人，有可能就从此对你不敬而远之。

正确的做法，最起码是要抽出两根以上请对方选择。如果面对多人，敬完一个人，需要再抽出一根配好后依次轮敬。此时接烟的如果随便抽一根，也是不懂礼数了。正确的做法，是取离自己较远的那根，据说理由是取远者，需要微微欠身。因为你欠身奉上，礼尚往来，我也要欠身取烟。

也可以从烟盒里抖出来几根，任人自取。遇到这种时候，接烟者应该取露出来最短的那根，以示“不托大”。当然，如果你就是老大，取长的也行。

烟的包装都是过滤嘴在外，这样取烟位置大多是过滤嘴，正是抽烟时嘴唇接触部位。有人认为这样不卫生，认为香烟应该反着装，过滤嘴那头向下。哦，这是题外话了。

点烟礼仪也不能忽略。标准动作是一手送火，一手护风。此外一次不能点两支以上的烟。每次需要重新打火。打火机的火苗大小要适中，

小了点烟时间长，大了可能将烟和对方鼻子一起点了。

被点烟者如果烟礼修养足够深，或许会在点着烟后，用手指轻叩对方手背，以示谢意。这个意思，如同人家敬茶时指叩桌面，叩首的意思，也类似会车时对让路车的轻短鸣笛致谢。

随着时代变化，这些烟礼估计不要说使用，恐怕知道的人都不多了。实际上，就连在社交场合敬烟，本身已经成为不礼貌的过时行为。

虽然烟礼已经逐渐湮没，不过，抽烟时的动作，倒有一些心理学的意义。网上有张图，说从持烟的姿势，能看出抽烟者的很多习惯，包括职业。普通人用食指和中指夹烟，小职员是拇指和食指夹着，手心向外。下岗的也是拇指食指夹着，不过另外三指弯曲内收。土豪则喜欢用食指钩着。还有五指都伸开的那种，这种人比较神经质。

我原来喜欢那种用拇指中指夹烟的方式，烟头要向下，手心向内，这样很有冷酷杀手的范儿。可那图说用这种手势的都是教书匠。

- 03

关于烟酒经常联袂出现的原因，除了社交道具之说外，还有五花八门的各式解释。其中最高大上的，当属哲学层面。

这个说法更多中国哲学味道，认为烟酒同根同源，盖因烟酒皆为自然之物，聚集自然之灵气，吸收天地精华。于是，道法自然，烟酒共同承载着自然阴阳之道。

烟在五行之中属火，火为阳；不抽之时，烟阴燃，阳中有阴；一明一暗，阴阳交替，刚中有柔。酒于五行之中属水，水为阴；入口下腹，如火烧，阴中有阳；觥筹交错，阴阳交替，柔中有刚。烟酒阴阳轮回，平衡和谐，融合太极两仪，形成了烟酒的生命历程。

嗯，没看懂？我也有点儿晕。

换个角度吧，从哲学转到科学。

2004年，杜克大学进行了一项实验，结果表明，酒精对尼古丁带来的愉悦效果有提升作用。也许这能解释为什么喝酒之后，人们总喜欢点起一根烟。饭后一根烟，胜似活神仙。而酒后一根烟的效果，应该是神仙他爹。所以，烟民往往也是酒鬼。

另一方面，而且是挺重要的另一方面——不少研究表明，尼古丁对酒精效果不但不提升，反而起抑制作用。看来，这对搭档并非是相互提携的好兄弟，尼古丁做人不太厚道，人家帮你锦上添花，你却恩将仇报，不帮忙就算了，还出手打压。

这样一来，喝酒时候抽烟，容易让饮酒者觉得不过瘾，从而会喝更多的酒，以此达到半醺、微醉或者烂醉之目的。估计酒吧老板都知晓个中奥秘，所以，酒吧通常也售烟。

虽然抽烟之后喝酒不易醉，但这并不表明这个人的酒量增加。胃吸收酒精能力有限，主要通过肠道吸收，而尼古丁能够延缓酒精进入肠道的过程，从而减少血液中的酒精浓度。

尽管酒精进入血液少了，却仍然会通过代谢过程对人体造成影响或者伤害。而且，抽烟时候喝酒，由于不容易醉，会不知不觉喝到超出身体的承受能力。所以，烟酒不分家，害处有些大。物无善恶，过者为害，最好还是少抽烟少喝酒，听老婆话跟党走。

在烟酒关系中，最靠谱的角度，还是应该回到烟酒本身来。

在城市的时尚地带，或者在高档酒店的隐秘区域，经常会看到一间场所，比酒吧安静，甚至比图书馆还安静，皮质或者深色格子沙发，橡木书橱，有些像世界500强大公司CEO的VIP会客室。不过灯光又稍嫌暗了些，有些神秘或者暧昧，令人好奇，又有些望而却步。这样的地方，很可能是间红酒雪茄吧。

其实，对葡萄酒而言，并不主张品酒时抽烟，对专业人士来说更是如此。抽烟会导致对酒的分辨能力下降，所以，品酒师通常不抽烟。然而，为什么会将红酒和雪茄拉郎配，似乎很难说出像样的理由。

即使去问经营者，绝大多数也说不出个所以然，顶多会说这两种东西，都代表了高端和时尚。其实，高端时尚的东西很多，但好像没见过将LV包包和青海虫草摆在同一个橱窗里，也没有见过把法拉力限量版跑车和黑松露放在一起吆喝着卖。

此外，葡萄酒未必代表高端，在欧洲只是日常佐餐的东西，像我们喝小二吃花生米差不多，10欧元一瓶的已经不错了。时尚更谈不上，大家都喝了几千年了。即使是中国人，八辈子老祖宗就在喝了，说是复古还沾些边。

雪茄也是如此。客观说，玩儿雪茄是要经济实力的，好的雪茄确实很贵，古巴的Cohiba Behike，每盒卖到1.8万美元，差不多每根近500美元。不过，除非假货，恐怕很难买到便宜的LV、虫草、法拉利和黑松露，但是要买便宜雪茄却并非难事。国产雪茄自不待言，人民币几块钱一根，比香烟贵不到哪儿去。在雪茄圣地古巴，限于老百姓的工资水平，高档雪茄买不起，但日常雪茄也并非属于高端消费。不像雪茄玩主讲究使用一大套专用工具，当地老百姓大多不用什么雪茄剪，开烟直接用牙咬下茄帽（这范儿其实更酷，也许更时尚，也更高端——技术难度高，咬不好，口感不对，茄口破裂，吸起来漏气）。

不过，平心而论，将红酒雪茄放到一起，并非完全是风马牛不相及，

L'archetto

它们确实有很多相似的地方。

雪茄讲究陈年。都说，雪茄有生命，会在不同环境下呼吸和成长。新鲜的雪茄，常有单宁的苦涩辛辣味道，需要在发酵过程中醇化。不同雪茄，需要不同陈年时间。通常雪茄陈化需要经过“病态”、“空窗期”的变化。越是高端，陈化时间越久，有的要达到最佳口感，需要十几年甚至数十年。因此，保存雪茄需要合适的温度与湿度，需要专用的雪茄窖，至少是专用的雪茄保湿盒。

总体来说，雪茄醇化发展是一个曲线，达到曲线顶端的时候，是生命最饱满的时候，也是最佳的品尝时机。

说到这里，熟悉红酒的一定会说，这不就是在说红酒吗?

不仅如此，品雪茄时会发现，其实，好的雪茄只有很少的烟味。老烟客评价雪茄的味道，通常会用皮革、香料、慕斯、巧克力、黄油、坚果、可可、蜂蜜等加以形容。瞧，连品鉴术语都和红酒一样。

有趣的是，好的葡萄酒中倒是会有烟味。有人就此调侃，说葡萄酒里没有禁烟区。与土壤、环境和葡萄品种有关，格拉夫和卢瓦河谷地区有的葡萄酒，能喝出烟草、烟熏、雪茄盒等香气。不过，大多数葡萄酒中的烟草味道，是在橡木桶陈化过程中产生的。制桶过程中为了成型需要进行烘烤，这会让木桶产生不同烟熏和焦香，并加入酒的醇化过程。

这样看来，那些红酒雪茄屋的存在，还是有一定道理的。有经验的品尝者，会先选择清淡或者以梅洛为主酿造的葡萄酒，以此启动味蕾，如同大餐前的沙拉。接着点燃雪茄，感受眉目含情的清香初恋。雪茄的中段之后尾段之前，加入层次丰富复杂的陈年红酒。此时，饱满曲线的峰值来临，绅士和淑女如何渐入佳境，实现水火交融的高潮，就完全看是否能有“天时地利人和”的造化了。

- 04

各种烟酒同源的解释中，我比较喜欢感性点儿的解释。

写这篇文章时，收到新的一期《中国葡萄酒》，上面有一篇葡萄酒买手的文章，其中有一段是“我不会抽烟，但是我喜欢看自己假装抽烟的样子”。

很多时候，人们接触烟酒，要的就是一个样子。或者说，要一种姿态。

烟走心，酒走身。看着一个姑娘的背影走远，知道从此不会再见，很多男人此时下意识的动作，是点上一根烟，看着背影远去。然后，掐灭烟，默默走开，让生命中的一页，就此翻过，烟消云散。

不过电影里，那种遇到痛苦就喝到烂醉，企图一醉解千愁的场景，以及站在一个街角一棵树下，愁肠千结、一地烟头的场景，其实都很烂。

现实中，更多的时候，人们抽烟喝酒，只是为了一些如烟如水的微妙情绪。在这个世界上，我们都是孤独的个体。在日常生活里，孤独寂寞这些比较中性的情绪，比痛苦和幸福要多很多。

大千世界里，一片烟色苍茫。

《志明与春娇》里，两人因烟结识，因烟而爱，但是，关系也像烟一样缥缈，似有似无，若即若离。春娇说，我好累啊，你到底想怎样？志明说，很难说出我喜欢你这种话。就连他们之间发送传达感情的短信，也是看不明白的“n 55!W ！”必须反过来看，才是 i miss u。恰如电影里的那首歌：“吸走孤寂，呼出空气……无法把谁和谁看清，情绪很朦胧，难以飘起。”

有个帖子，题目是《深夜的红酒与烟草》。看这个题目，我以为其

中会弥漫着很多很多的情绪。打开后，整个帖子就一句话：“没啥说的了，都来我家喝酒吧。”

也许有不少人，能感受其中要说而说不出来的情绪。

当然，除了这些，我们以红酒和烟草为伴，还可以收获其他更多的心情。

上面提到红酒与雪茄的共性，这两个东西还有一个共同点，都需要一个基本条件：悠闲。要有悠闲的时间，还要有悠然的心境。

红酒不能干杯，需要慢品。抽雪茄也是，通常能从燃烧程度和吸烟节奏，看出是老鸟还是雏儿。

每口烟，都需要把烟留在口腔数秒，慢慢感受。如果不抽，雪茄会自行熄灭。燃烧不充分，重新点燃后会有令人不快的氨水味道，也无法体验不同部位的微妙变化。因此，就如欣赏一支曲子一样，抽雪茄尤其重视节奏和持续，最好不要中断。这样一来，享受一只雪茄，需要半小时到一个半小时。

所以，红酒雪茄，能让生活慢下来。正如周作人说的那样：“我们于日用必需的东西之外，必须还有一点无用的游戏与享乐，生活才有意思。”

想起美国作家霍桑的话：“幸福像一只蝴蝶，你去追它却总是抓不到。如果静静坐下来，它就会轻轻地落在你身上。”

静静坐下来，抽一口烟，品一杯酒，说不定会看到有只蝴蝶，翩然落下。

图书在版编目（CIP）数据

每滴酒都不一样 / 沈爱民著. -- 天津 : 百花文艺出版社，2019.3
ISBN 978-7-5306-7702-5

Ⅰ. ①每… Ⅱ. ①沈… Ⅲ. ①散文集 - 中国 - 当代
Ⅳ. ①I267

中国版本图书馆CIP数据核字(2018)第301520号

每滴酒都不一样
MEI DI JIU DOU BU YIYANG
沈爱民 著

责任编辑：赵世鑫　**特约编辑：**于善伟
装帧设计：吕彦秋
出版发行：百花文艺出版社
地址：天津市和平区西康路35号　**邮编：**300051
电话传真：+86-22-23332651（发行部）
+86-22-23332656（总编室）
+86-22-23332478（邮购部）
主页：http://www.baihuawenyi.com
印刷：小森印刷（北京）有限公司
开本：910×640毫米　1/16
字数：350千字
印张：25
版次：2019年3月第1版
印次：2019年3月第1次印刷
定价：58.00元
